十八家诗钞

◎经典普及版◎
第八册

曾国藩 纂

上海大学出版社
·上海·

目 录

卷二十一 / 2415

苏东坡七律上·二百五十八首 / 2417

和子由渑池怀旧 / 2419
留题延生观后山上小堂 / 2419
留题仙游潭中兴寺。东有玉女洞,洞南有马融读书石室。过潭而南,山石益奇。潭上有桥,畏其险,不敢渡 / 2420
石鼻城 / 2420
楼观 / 2420
九月二十日,微雪,怀子由弟二首 / 2421
病中闻子由得告不赴商州三首 / 2422
和子由寒食 / 2423
七月二十四日,以久不雨,出祷磻溪。是日宿虢县。二十五日晚,自虢县渡渭,宿于僧舍曾阁。阁故曾氏所建也。夜久不寐,见壁有前县令赵荐留名,有怀其人 / 2423
二十六日五更起行,至磻溪,未明 / 2423
周公庙,庙在岐山西北七八里。庙后百许步,有泉依山,涌洌异常。《国史》所谓"润德泉世乱则竭"者也 / 2424
楼观 / 2424
五郡 / 2425
十二月十四日夜微雪,明日早往南溪,小酌至晚 / 2425
和子由木山引水二首 / 2425
寄题兴州晁太守新开古东池 / 2426
华阴寄子由 / 2426
和董传留别 / 2427
次韵柳子玉见寄 / 2427
次韵王诲夜坐 / 2428
傅尧俞济源草堂 / 2428
陆龙图诜挽诗 / 2428
胡完夫母周夫人挽词 / 2429
次韵柳子玉过陈绝粮二首 / 2429
出颍口初见淮山,是日至寿州 / 2430
寿州李定少卿出饯城东龙潭上 / 2430
龟山 / 2431
次韵柳子玉二首 / 2431
姚屯田挽词 / 2432

和刘道原见寄 / 2432

和刘道原咏史 / 2433

和子由。柳湖久涸，忽
　　有水，开元寺山茶旧
　　无花，今岁盛开二首 / 2433

是日宿水陆寺，寄北山
　　清顺僧二首 / 2434

送张轩民寺丞赴省试 / 2435

和邵同年戏赠贾收秀才
　　三首 / 2435

莘老葺天庆观小园，有
　　亭北向，道士山宗说
　　乞名与诗 / 2436

秀州报本禅院乡僧文长
　　老方丈 / 2436

宋叔达家听琵琶 / 2437

祥符寺九曲观灯 / 2437

正月二十一日病后，述
　　古邀往城外寻春 / 2438

有以官法酒见饷者，因
　　用前韵，求述古为移
　　厨饮湖上 / 2438

新城道中二首 / 2438

寒食未明至湖上，太守
　　未来，两县令先在 / 2439

次韵孙莘老见赠，时莘
　　老移庐州，因以别之 / 2439

李钤辖坐上分题戴花 / 2440

自昌化双溪馆下步寻溪
　　源，至治平寺，二首 / 2440

会客有美堂，周邠长官
　　与数僧同泛湖往北山，
　　湖中闻堂上歌笑声，以
　　诗见寄，因和二首，时
　　周有服 / 2441

立秋日祷雨，宿灵隐寺，
　　同周、徐二令 / 2442

病中独游净慈，谒本长
　　老。周长官以诗见寄，
　　仍邀游灵隐，因次韵
　　答之 / 2442

病中游祖塔院 / 2442

癸丑春分后雪 / 2443

孤山二咏 / 2443

与述古自有美堂乘月夜
　　归 / 2444

有美堂暴雨 / 2444

登玲珑山 / 2445

宿九仙山 / 2445

海会寺清心堂 / 2446

汪覃秀才久留山中，以
　　诗见寄，次其韵 / 2446

洞霄宫 / 2447

初自径山归，述古召饮
　　介亭，以病不赴 / 2447

明日重九，亦以病不赴
　　述古，再用前韵 / 2447

九日，寻臻阇梨，遂泛
　　小舟至勤师院，二首 / 2448

次韵周长官寿星院同饯
　　鲁少卿 / 2449

次韵述古过周长官夜饮 / 2449

述古以诗见责，屡不赴
　　会，复次前韵 / 2449

贺陈述古弟章生子 / 2450

赠治易僧智周 / 2450

张子野年八十五，尚闻
　　买妾。述古令作诗 / 2451

宝山新开径 / 2451

李颀秀才善画山，以两

轴见寄，仍有诗，次
　　韵答之 / 2451
夜至永乐文长老院，文
　　时卧病退院 / 2452
钱安道席上令歌者道服 / 2452
除夜野宿常州城外二首 / 2453
元日过丹阳，明日立春，
　　寄鲁元翰 / 2453
刁同年草堂 / 2454
惠山谒钱道人，烹小龙
　　团，登绝顶，望太湖 / 2454
和苏州太守王规父侍太
　　夫人观灯之什。余时
　　以刘道原见访，滞留
　　京口，不及赴此会。
　　二首 / 2454
常润道中，有怀钱塘，
　　寄述古五首 / 2455
刁景纯赏瑞香花，忆先
　　朝侍宴，次韵 / 2457
同柳子玉游鹤林、招隐，
　　醉归，呈景纯 / 2457
景纯见和，复次韵赠之，
　　二首 / 2457
柳子玉亦见和，因以送
　　之，兼寄其兄子璋道
　　人 / 2458
子玉家宴，用前韵见寄，
　　复答之 / 2458
景纯复以二篇，一言其
　　亡兄与伯父同年之契，
　　一言今者唱酬之意，
　　仍次其韵 / 2459
书普慈长老壁 / 2460
刁景纯席上和谢生二首 / 2460

留别金山宝觉、圆通二
　　长老 / 2461
杭州牡丹开时，仆犹在
　　常、润。周令作诗见
　　寄，次其韵，复次一
　　首送赴阙 / 2461
苏州闾丘、江君二家，
　　雨中饮酒二首 / 2462
过永乐，文长老已卒 / 2462
赠张、刁二老 / 2463
八月十七日，天竺山送
　　桂花，分赠元素 / 2463
捕蝗至浮云岭，山行疲
　　苦，有怀子由弟二首 / 2463
与毛令、方尉游西菩提
　　寺二首 / 2464
平山堂次王居卿祠部韵 / 2465
次韵陈海州书怀 / 2465
次韵陈海州乘槎亭 / 2465
次韵孙职方苍梧山 / 2466
雪后书北台壁二首 / 2466
谢人见和前篇二首 / 2467
游庐山，次韵章传道 / 2467
和子由四首 / 2468
孔长源挽诗二首 / 2469
寄吕穆仲寺丞 / 2470
余主簿母挽诗 / 2470
张文裕挽词 / 2471
和梅户曹会猎铁沟 / 2471
祭常山回小猎 / 2471
和章七出守湖州二首 / 2472
寄题刁景纯藏春坞 / 2473
玉盘盂二首 / 2473
闻乔太博换左藏知钦州，
　　以诗招饮 / 2474

乔将行，烹鹅鹿出刀剑
　　以饮客，以诗戏之 / 2474
次韵刘贡父、李公择见
　　寄二首 / 2475
寄黎眉州 / 2476
同年王中甫挽词 / 2476
次韵周邠寄《雁荡山图》
　　二首 / 2476
苏潜圣挽词 / 2477
和晁同年九日见寄 / 2478
送乔施州 / 2478
雪夜独宿柏仙庵 / 2478
董储郎中尝知眉州，与
　　先人游。过安丘，访
　　其故居，见其子希甫，
　　留诗屋壁 / 2479
刘贡父见余歌词数首，
　　以诗见戏，聊次其韵 / 2479
至济南，李公择以诗相
　　迎，次其韵二首 / 2480
和孔君亮郎中见赠 / 2480
次韵子由送蒋夔赴代州
　　学官 / 2481
宿州次韵刘泾 / 2481
次韵李邦直感旧 / 2482
次韵答邦直、子由四首 / 2482
次韵吕梁仲屯田 / 2483
王巩累约重九见访，既
　　而不至，以诗送将官
　　梁交且见寄，次韵答
　　之。交颇文雅，不类
　　武人，家有侍者，甚
　　惠丽 / 2484
台头寺雨中送李邦直赴
　　史馆，分韵得忆字、

人字，兼寄孙巨源二
　　首 / 2484
九日邀仲屯田，为大水
　　所隔，以诗见寄，次
　　其韵 / 2485
有言郡东北荆山下，可
　　以沟畎积水，因与吴
　　正字、王户曹同往相
　　视，以地多乱石，不
　　果。还，游圣女山，
　　山有石室，如墓而无
　　棺椁，或云宋司马桓
　　魋墓。二子有诗，次
　　其韵二首 / 2485
送郑户曹 / 2486
坐上赋戴花得天字 / 2486
夜饮次韵毕推官 / 2487
和孙莘老次韵 / 2487
游张山人园 / 2487
杜介熙熙堂 / 2488
答仲屯田次韵 / 2488
次韵王定国马上见寄 / 2489
次韵答顿起二首 / 2489
九日次韵王巩 / 2490
次韵王巩、颜复，同泛
　　舟 / 2490
次韵张十七九日赠子由 / 2491
与舒教授、张山人、参
　　寥师同游戏马台，书
　　西轩壁，兼简颜长道
　　二首 / 2491
次韵王庭老，和张十七
　　九日见寄 / 2492
与参寥师行园中，得黄
　　耳蕈 / 2492

十月十五日观月黄楼，
　　席上次韵 / 2493
答王定民 / 2493
次韵王廷老退居见寄二
　　首 / 2493
次韵颜长道送傅倅 / 2494
台头寺步月得人字 / 2494
台头寺送宋希元 / 2495
次韵曹九章见赠 / 2495
余去金山五年而复至，
　　次旧诗韵，赠宝觉长
　　老 / 2496
赠惠山僧惠表 / 2496
与秦太虚、参寥会于松
　　江，而关产长、徐安
　　中适至，分韵得风字
　　二首 / 2496
次韵孙秘丞见赠 / 2497
仆去杭五年，吴中仍岁
　　大饥疫，故人往往逝
　　去。闻湖上僧舍，不
　　复往日繁丽，独净慈
　　本长老学者益盛，作
　　诗寄之 / 2497
舶趠风 / 2498
丁公默送蝤蛑 / 2498
泛舟城南，会者五人，
　　分韵赋诗，得人皆苦
　　炎字四首 / 2499
送表忠观钱道士归杭 / 2500
次韵答孙侔 / 2500
重寄 / 2501
陈州与文郎逸民饮别，
　　携手河堤上，作此诗 / 2501
万松亭 / 2502

张先生 / 2502
初到黄州 / 2503
今年正月十四日，与子
　　由别于陈州。五月，
　　子由复至齐安，以诗
　　迎之 / 2503
次韵答子由 / 2504
观张师正所蓄辰砂 / 2504
正月廿日，往岐亭，郡
　　人潘、古、郭三人送
　　余于女王城东禅庄院 / 2504
与潘三失解后饮酒 / 2505
侄安节远来夜坐三首 / 2505
乐全先生生日，以铁拄
　　杖为寿二首 / 2506
送牛尾狸与徐使君 / 2507
太守徐君猷、通守孟亨
　　之，皆不饮酒，以诗
　　戏之 / 2507
雪后到乾明寺，遂宿 / 2507
三朵花 / 2508
正月二十日，与潘、郭
　　二生出郊寻春，忽记
　　去年是日同至女王城
　　作诗，乃和前韵 / 2508
是日，偶至野人汪氏之
　　居。有神降于其室，
　　自称天人李全，字德
　　通，善篆字，用笔奇
　　妙，而字不可识，云
　　天篆也。与余言，有
　　所会者。复作一篇，
　　仍用前韵 / 2508
红梅三首 / 2509
和子由寄题孔平仲草庵 / 2510

次韵答元素 / 2510
谢陈季常惠一揞巾 / 2511
赠黄山人 / 2511
六年正月二十日,复出
　东门,仍用前韵 / 2512
食甘 / 2512
二月三日点灯会客 / 2512
次韵子由种杉竹 / 2513
徐君猷挽词 / 2513
别黄州 / 2513
圆通禅院,先君旧游也。
　四月二十日晚至,宿
　焉。明日忌日也,乃
　手写宝积献盖颂佛一
偈,以赠长老仙公。
　仙抚掌笑曰:"昨夜梦
　宝盖飞下,著处辄出
　火。岂此祥乎?"乃作
　是诗,院有蜀僧宣逮,
　事讯长老,识先君云 / 2514
次韵道潜留别 / 2514
次韵叶致远见赠 / 2515
次韵杭人裴维甫 / 2515
次韵段缝见赠 / 2516
次韵滕元发、许仲途、
　秦少游 / 2516
次韵蒋颖叔 / 2516
王仲父哀辞 / 2517

卷二十二 / 2519

苏东坡七律下·二百八十二首 / 2521

和王斿二首 / 2523
次韵张琬 / 2523
赠梁道人 / 2524
泗州南山监仓萧渊东轩
　二首 / 2524
泗州除夜雪中黄师是送
　酥酒二首 / 2525
章钱二君见和,复次韵
　答之,二首 / 2526
书刘君射堂 / 2527
留题兰皋亭 / 2527
和人见赠 / 2527
和田仲宣见赠 / 2528
记梦 / 2528
与欧育等六人饮酒 / 2529
和仲伯达 / 2529
送竹几与谢秀才 / 2529
次韵许遵 / 2530
送穆越州 / 2530
赠葛苇 / 2531
次韵送徐大正 / 2531
次韵徐积 / 2532
过密州,次韵赵明叔、
　乔禹功 / 2532
登州孙氏松堂 / 2532
次韵赵令铄 / 2533
次韵王定国得颍倅二首 / 2533
次韵王震 / 2534
次韵周邠 / 2534
次韵胡完夫 / 2535
次韵钱穆父 / 2535
次韵穆父舍人再赠之什 / 2536

再次韵答完夫、穆父 / 2536
次歆答满思复 / 2537
和人假山 / 2537
次韵子由送千之侄 / 2538
次韵钱舍人病起 / 2538
次韵朱光庭初夏 / 2539
送贾讷倅眉二首 / 2539
次韵李修孺留别二首 / 2540
和周正孺坠马伤手 / 2541
潘推官母李氏挽辞 / 2541
玉堂栽花，周正孺有诗，
　　次韵 / 2541
杜介送鱼 / 2542
送杜介归扬州 / 2542
次韵张昌言给事省宿 / 2543
送钱承制赴广西路分都
　　监 / 2543
次韵曾子开从驾二首 / 2544
再和二首 / 2544
次韵贡父省上 / 2545
再和 / 2546
和张昌言喜雨 / 2546
次韵刘贡父西省种竹 / 2546
次韵刘贡父独直省中 / 2547
次韵张昌言喜雨 / 2547
次韵孔常父送张天觉河
　　东提刑 / 2548
次韵王定国倅扬州 / 2548
次韵张舜民自御史出倅
　　虢州留别 / 2549
次韵刘贡父所和韩康公
　　忆持国二首 / 2549
次韵刘贡父叔侄扈驾 / 2550
次韵韩康公置酒见留 / 2550
次韵王都尉偶得耳疾 / 2551

和宋肇游西池次韵 / 2551
仆领贡举未出，钱穆父
　　雪中作诗见及，三月
　　二十日，同游金明池，
　　始见其诗，次韵为答 / 2552
次韵子由五月一日同转
　　对 / 2552
次韵许冲元送成都高士
　　敦钤辖 / 2553
卧病逾月，请郡不许，
　　复直玉堂。十一月一
　　日锁院，是日苦寒，
　　诏赐官烛法酒，书呈
　　同院 / 2553
次韵王定国会饮清虚堂 / 2554
夜直玉堂，携李之仪端
　　叔诗百余首，读至夜
　　半，书其后 / 2554
范景仁和赐酒烛诗，复
　　次韵谢之 / 2554
次韵刘贡父春日赐幡胜 / 2555
再和 / 2555
叶公秉、王仲至见和，
　　次韵答之 / 2556
再和 / 2556
王郑州挽词 / 2557
送吕昌朝知嘉州 / 2557
次韵黄鲁直寄题郭明父
　　府推颍州西斋二首 / 2557
次韵秦少章和钱蒙仲 / 2558
次韵钱越州 / 2559
去杭州十五年，复游西
　　湖，用欧阳察判韵 / 2559
送子由使契丹 / 2560
次韵答刘景文左藏 / 2560

坐上复借韵送岢岚军通判叶朝奉 / 2561
始于文登海上得白石数升,如芡实,可作枕,闻梅丈嗜石,故以遗其子子明学士。子明有诗,次其韵 / 2561
次韵钱越州见寄 / 2562
次韵刘景文、周次元寒食同游西湖 / 2562
新茶送签判程朝奉,以馈其母。有诗相谢,次韵答之 / 2562
次韵送张山人归彭城 / 2563
次韵林子中、王彦祖唱酬 / 2563
寿星院寒碧轩 / 2564
赠善相程杰 / 2564
次韵林子中蒜山亭见寄 / 2564
再和并答杨次公 / 2565
次韵曹辅寄壑源试焙新芽 / 2565
次韵袁公济谢芎椒 / 2565
次韵杨次公惠径山龙井水 / 2566
次韵林子中见寄 / 2566
次韵苏伯固主簿重九 / 2567
送李陶通直赴清溪 / 2567
闻钱道士与越守穆父饮酒,送一壶 / 2568
次韵刘景文西湖席上 / 2568
次韵答马忠玉 / 2569
次韵答黄安中兼简林子中 / 2569
次韵子由书王晋卿画山水一首,而晋卿和二首 / 2570
和刘景文见赠 / 2570
次歆陈履常 / 2571
和陈传道雪中观灯 / 2571
次韵林子中春日新堤书事见寄 / 2571
双石 / 2572
王文玉挽辞 / 2572
行宿、泗间,见徐州张天骥,次旧韵 / 2573
次韵刘景文赠傅羲秀才 / 2573
在彭城日,与定国为九日黄楼之会。今复以是日,相遇于宋。凡十五年,忧乐出处,有不可胜言者。而定国学道有得,百念灰冷,而颜益益壮。顾予衰病,心形俱瘁,感之作诗 / 2574
次韵蒋颖叔、钱穆父从驾景灵宫二首 / 2574
次韵穆父尚书侍祠郊丘,瞻望天光,退而相庆,引满醉吟 / 2575
钱穆父、蒋颖叔、王仲至,见和仇池诗,复次韵答之 / 2575
玉津园 / 2576
次韵王仲至喜雪御筵 / 2576
次天字韵答岑岩起 / 2577
次韵蒋颖叔扈从景灵宫 / 2577
程德孺惠海中柏石,兼辱佳篇,辄复和谢 / 2578

次秦少游韵赠姚安世 / 2578
次韵颖叔观灯 / 2579
次韵王晋卿奉诏押高丽
　燕射 / 2579
吕与叔学士挽词 / 2580
表弟程德孺生日 / 2580
次韵曾仲锡承议食蜜渍
　生荔支 / 2581
再和曾仲锡荔支 / 2581
次韵滕大夫雪浪石 / 2582
次韵滕大夫沉香石 / 2582
和钱穆父送别并求顿递
　酒 / 2583
寄馏合刷瓶与子由 / 2583
次韵刘焘抚句蜜渍荔支 / 2583
次韵曾仲锡元日见寄 / 2584
次韵李端叔送保倅翟安
　常赴阙兼寄子由 / 2584
中山松醪寄雄守王引进 / 2585
次韵王雄州还朝留别 / 2585
次韵王雄州送侍其泾州 / 2585
赠清凉寺和长老 / 2586
壶中九华诗 / 2586
八月七日初入赣，过惶
　恐滩 / 2587
天竺寺 / 2587
舟行至清远县，见顾秀
　才，极谈惠州风物之
　美 / 2588
广州蒲涧寺 / 2588
赠蒲涧长老 / 2589
浴日亭 / 2589
十月二日初到惠州 / 2590
朝云诗 / 2590
新酿桂酒 / 2591

惠守詹君见和，复次韵 / 2591
詹守携酒见过，用前韵
　作诗，聊复和之 / 2592
正月二十六日，偶与数
　客野步嘉祐僧舍东南
　野人家，杂花盛开，
　扣门求观。主人林氏
　媪出应，白发青裙，
　少寡，独居三十年矣。
　感叹之余，作诗记之
　一首 / 2592
赠王子直秀才 / 2593
真一酒 / 2593
二月十九日，携白酒、
　鲈鱼过詹使君，食槐
　叶冷淘 / 2594
连雨涨江二首 / 2594
桄榔杖寄张文潜一首。
　时初闻黄鲁直迁黔南，
　范淳父九疑也 / 2595
答周循州 / 2595
六月十二日，酒醒步月，
　理发而寝 / 2596
十一月九日，夜梦与人
　论神仙道术，因作一
　诗八句。既觉，颇记
　其语，录呈子由弟。
　后四句不甚明了，今
　足成之耳 / 2596
章质夫送酒六壶，书至
　而酒不达，戏作小诗
　问之 / 2596
和子由盆中石菖蒲忽生
　九花 / 2597
悼朝云 / 2597

白鹤峰新居欲成,夜过西邻翟秀才,二首 / 2598
吴子野绝粒不睡,过,作诗戏之。芝上人、陆道士皆和予,亦次其韵 / 2599
次韵惠循二守相会 / 2599
又次韵二守许过新居 / 2599
又次韵二守同访新居 / 2600
循守临行出小鬟,复用前韵 / 2600
客俎经旬无肉,又子由劝不读书,萧然清坐,乃无一事 / 2601
次韵子由三首 / 2601
十二月十七日夜坐达晓,寄子由 / 2602
上元夜过赴儋守召,独坐有感 / 2602
海南人不作寒食,而以上巳上冢。予携一瓢酒,寻诸生,皆出矣。独老符秀才在,因与饮,至醉。符盖儋人之安贫守静者也 / 2603
庚辰岁人日作,时闻黄河已复北流,老臣旧数论此,今斯言乃验,二首 / 2603
庚辰岁正月十二日,天门冬酒熟,予自漉之,且漉且尝,遂以大醉,二首 / 2604
追和戊寅岁上元 / 2605
汲江煎茶 / 2605

六月二十日夜渡海 / 2606
次韵王郁林 / 2606
送鲜于都曹归蜀灌口旧居 / 2606
送邵道士彦肃还都峤 / 2607
题冯通直明月湖诗后 / 2607
次韵郑介夫二首 / 2608
昔在九江,与苏伯固唱和。其略曰:"我梦扁舟浮震泽,雪浪横江千顷白。觉来满眼是庐山,倚天无数开青壁。"盖实梦也。昨日又梦伯固手持乳香婴儿示予。觉而思之,盖南华赐物也。岂复与伯固相见于此邪?今得来书,知已在南华相待数日矣。感叹不已,故先寄此诗 / 2608
次韵韶守狄大夫见赠二首 / 2609
次韵韶倅李通直二首 / 2610
李伯时画其弟亮功《旧隐宅图》 / 2611
过岭二首 / 2611
留题显圣寺 / 2612
赠虔州术士谢晋臣 / 2612
王子直去岁送子由北归,往返百舍。今又相逢赣上,戏用旧韵,作诗留别 / 2612
次韵江晦叔兼呈器之 / 2613
寒食与器之游南塔寺寂照堂 / 2613
永和清都观道士,童颜

鬖发，问其年，生于
丙子，盖与予同，求
此诗 / 2614
赠诗僧道通 / 2614
予昔作《壶中九华》诗，
其后八年，复过湖口，
则石已为好事者取去，
乃和前韵，以自解云 / 2615
次旧韵赠清凉长老 / 2615
予以事系御史台狱，狱
吏稍见侵，自度不能
堪，死狱中，不得一
别子由，故作二诗授
狱卒梁成，以遗子由 / 2616
十二月二十八日，蒙恩
责授检校水部员外郎、
黄州团练副使，复用
前韵，二首 / 2616
十二月二十日，恭闻太
皇太后升遐。以轼罪
人，不许承服，欲哭
则不敢，欲泣则不可，
故作挽词，二章 / 2617
赵成伯家有丽人，仆忝
乡人，不肯开樽，徒
吟春雪美句，次韵一
笑 / 2618
赠虔州慈云寺鉴老 / 2618
观开西湖次吴左丞韵 / 2619
渝州寄王道祖 / 2619
闻洮西捷报 / 2619
己未十月十五日，狱中
恭闻太皇太后不豫，
有赦，作诗 / 2620
谢人惠云巾方舄二首 / 2620

被命南迁，涂中寄定武
同僚 / 2621
次韵王定国得晋卿酒相
留夜饮 / 2621
秋晚客兴 / 2622
陈伯比和回字复次韵 / 2622
留别登州举人 / 2622
过岭寄子由二首 / 2623
歇白塔铺 / 2623
西蜀杨耆，二十年前见
之甚贫，今见之亦贫，
所异于昔者，苍颜华
发耳。女无美恶，富
者妍，士无贤不肖，
贫者鄙。使其逢时遇
合，岂减当世之士哉？
顷宿长安驿舍，闻泣
者甚怨，问之，乃昔
富而今贫者，乃作一
诗，今以赠杨君 / 2624
赠人 / 2624
观湖二首 / 2625
寄高令 / 2625
寄子由 / 2625
诗送交代仲达少卿 / 2626
次韵马元宾 / 2626
第五桥 / 2627
次韵完夫再赠之什，某
已卜居毗陵，与完夫
有庐里之约云 / 2627
和林子中待制 / 2627
九日袁公济有诗，次其
韵 / 2628
和吴安持使者迎驾 / 2628
鹿鸣宴 / 2628

次韵张箖棠美昼眠 / 2629
真兴寺阁祷雨 / 2629
惠州近城数小山，类蜀
　道。春，与进士许毅
　野步，会意处，饮之
　且醉，作诗以记。适
　参寥专使欲归，使持
　此以示西湖之上诸友，
　庶使知余未尝一日忘
　湖山也 / 2630
送蜀僧去尘 / 2630
曾元恕游龙山，吕穆仲
　不至 / 2630
黄河 / 2631
壬寅重九，不预会，独
　游普门寺僧阁，有怀
　子由 / 2631
小饮公瑾舟中 / 2632
和子由次王巩韵，"如囊"
　之句，可为一噱 / 2632
儋耳 / 2632
答李端叔 / 2633

立春日，病中邀安国，
　仍请率禹功同来，仆
　虽不能饮，当请成伯
　主会。某当杖策倚几
　于其间，观诸公醉笑，
　以拨滞闷也，二首 / 2633
和参寥见寄 / 2634
东园 / 2634
奉和陈贤良 / 2635
秋兴三首 / 2635
夜直秘阁呈王敏甫 / 2636
次韵参寥寄少游 / 2636
谢曹子方惠新茶 / 2637
题潭州徐氏春晖亭 / 2637
赠仲勉子文 / 2638
讲武台南有感 / 2638
题宝鸡县斯飞阁 / 2638
重游终南，子由以诗见
　寄，次韵 / 2639
次韵和子由欲得骊山沉
　泥砚 / 2639
次韵子由弹琴 / 2639

卷二十三 / 2641

黄山谷七律·二百八十六首 / 2643

赠郑郊 / 2645
和游景叔月报三捷 / 2645
赠惠洪 / 2646
崇宁二年正月己丑，梦
　东坡先生于寒溪西山
　之间，予诵寄元明
　"觞"字韵诗数篇。
　东坡笑曰："公诗更

进于囊时。"因和予一
　篇，语意清奇，予击
　节赏叹，东坡亦自喜。
　于九曲岭道中连诵数
　过，遂得之 / 2646
王圣美三子补中广文生 / 2647
次韵柳通叟寄王文通 / 2647
次韵王定国扬州见寄 / 2648

寄黄几复 / 2648
次韵几复和答所寄 / 2649
同子瞻韵和赵伯充团练 / 2649
送顾子敦赴河东三首 / 2650
寄上叔父夷仲三首 / 2651
咏雪奉呈广平公 / 2652
次韵宋楙宗僦居甘泉坊，
　雪后书怀 / 2652
次韵宋楙宗三月十四日
　到西池，都人盛观翰
　林公出遨 / 2653
次韵张昌言给事喜雨 / 2653
次韵奉酬刘景文河上见
　寄 / 2654
和答元明黔南赠别 / 2654
赠黔南贾使君 / 2655
次韵黄斌老晚游池亭二
　首 / 2655
次韵杨君全送酒长句 / 2656
次韵少激甘露降太守居
　桃叶上 / 2656
次韵奉答少激纪赠二首 / 2657
次韵文少激推官祈雨有
　感 / 2657
次韵马荆州 / 2658
赠李辅圣 / 2658
和高仲本喜相见 / 2659
和中玉使君晚秋开天宁
　节道场 / 2659
自巴陵略平江临湘入通
　城，无日不雨，至黄
　龙奉谒清禅师，继而
　晚晴，邂逅禅客戴道
　纯，款语作长句，呈
　道纯 / 2660

新喻道中寄元明用觞字
　韵 / 2660
湖口人李正臣蓄异石九
　峰，东坡先生铭曰"壶
　中九华"，并为作诗。
　后八年，自海外归过
　湖口，石已为好事者
　所取，乃和前篇以为
　笑，实建中靖国元年
　四月十六日。明年当
　崇宁之元五月二十日，
　庭坚系舟湖口，李正
　臣持此诗来，石既不
　可复见，东坡亦下世
　矣。感叹不足，因次
　前韵 / 2661
追和东坡题李亮功归来
　图 / 2661
次韵雨丝云鹤二首 / 2662
次韵文安国纪梦 / 2662
次韵德孺五丈惠贶秋字
　之句 / 2663
宜阳别元明用觞字韵 / 2663
廖致平送绿荔支为戎州
　第一，王公权荔支绿
　酒，亦为戎州第一 / 2664
次韵李任道晚饮锁江亭 / 2664
再次韵兼简履中南玉三
　首 / 2664
罢姑熟寄元明用觞字韵 / 2665
胡逸老致虚庵 / 2666
送刘季展从军雁门二首 / 2666
徐孺子祠堂 / 2667
送徐隐父宰余干二首 / 2668
答德甫弟 / 2668

何造诚作浩然堂，陈义
　　甚高，然颇喜度世飞
　　升之术。筑屋饭方士，
　　愿乘六气游天地间，
　　故作浩然词二章赠之 / 2669
池口风雨留三日 / 2670
思亲汝州作 / 2670
次韵戏答彦和 / 2671
冲雪宿新寨忽忽不乐 / 2671
郭明父作西斋于颍尾，
　　请予赋诗二首 / 2672
戏咏江南土风 / 2672
和答孙不愚见赠 / 2673
次韵裴仲谋同年 / 2673
次韵寄滑州舅氏 / 2673
病起次韵和稚川进叔倡
　　酬之什 / 2674
稚川约，晚过进叔次前
　　韵赠稚川，并呈进叔 / 2674
和答登封王晦之登楼见
　　寄 / 2675
伯氏到济南，寄诗颇言
　　太守居有湖山之胜，
　　同韵和 / 2675
同世弼韵作寄伯氏济南，
　　兼呈六舅祠部学士 / 2676
世弼惠诗求舜泉，辄欲
　　以长安酥共泛一杯，
　　次韵戏答 / 2676
次韵盖郎中率郭郎中休
　　官二首 / 2677
和张沙河招饮 / 2677
闰月访同年李夷伯子真
　　于河上，子真以诗谢
　　次韵 / 2678

次韵郭右曹 / 2678
次韵元日 / 2679
次韵答柳通叟求田问舍
　　之诗 / 2679
过平舆怀李子先时在并
　　州 / 2680
谢送宣城笔 / 2680
寄怀公寿 / 2681
读曹公传 / 2681
楙宗奉议有佳句，咏冷
　　庭叟野居，庭坚于庭
　　叟有十八年之旧，故
　　次韵赠之。庭叟有佳
　　侍儿，因早朝而逸去，
　　其后乃插椒藩甚严密 / 2682
李濠州挽词二首 / 2682
卫南 / 2683
奉送刘君昆仲 / 2683
劝交代张和父酒 / 2684
次韵寅庵四首 / 2684
附大临诗四首 / 2685
次韵张秘校喜雪三首 / 2687
和师厚郊居示里中诸君 / 2688
和师厚秋半时复官分司
　　西都 / 2688
次韵外舅谢师厚喜王正
　　仲三丈奉诏祷南岳回，
　　至襄阳舍驿马，就舟
　　见过，三首 / 2689
以十扇送徐天隐 / 2690
闻致政胡朝请多藏书，
　　以诗借书目 / 2690
汴岸置酒赠黄十七 / 2691
题落星寺三首 / 2691
叔父钓亭 / 2692

次韵胡彦明同年羁旅京师，寄李子飞三章，一章道其困穷，二章劝之归，三章言我亦欲归耳。胡李相甥也，故有槟榔之句 / 2693
元丰癸亥，经行石潭寺，见旧和栖蟾诗甚可笑，因削柎灭稿，别和一章 / 2694
出迎使客质明放船自瓦窑归 / 2694
次韵奉寄子由 / 2695
再次韵奉答子由 / 2695
再次韵寄子由 / 2696
附大临奉寄子由元唱 / 2696
次韵寄上七兄 / 2696
吉老受秋租辄成长句 / 2697
再次和韵吉老 / 2697
寄黄从善 / 2698
登快阁 / 2698
题息轩 / 2699
题安福李令朝华亭 / 2699
寄舒申之户曹 / 2699
和七兄山蓣汤 / 2700
弈棋二首呈任公渐 / 2700
次韵吉老寄君庸 / 2701
寄袁守廖献卿 / 2701
廖袁州次韵见答，并寄黄靖国再生传次韵寄之 / 2702
袁州刘司法亦和予"摩"字诗，因次韵之 / 2702
次韵奉答吉老并寄何君庸 / 2703
次韵奉答廖袁州怀旧隐之诗 / 2703
观王主簿家酴醿 / 2704
次韵元翁从王夔玉借书 / 2704
去岁和元翁重到双涧寺，观余兄弟题诗之篇，总忘收录，病中记忆成此诗 / 2705
登赣上寄余洪范 / 2705
同韵和元明兄知命弟九日相忆二首 / 2706
题槐安阁 / 2706
子范傲巡诸乡，捕逐群盗几尽，辄作长句劳苦行李 / 2707
喜太守毕朝散致政 / 2707
戏赠南安倅柳朝散 / 2708
次韵君庸寓慈云寺待诏惠钱不至 / 2708
次韵奉答存道主簿 / 2709
题神移仁寿塔 / 2709
送高士敦赴成都钤辖 / 2709
次韵汉公招七兄 / 2710
题李十八知常轩 / 2710
次韵奉答吉邻机宜 / 2711
送曹黔南口号 / 2711
清明 / 2711
二月丁卯喜雨吴体为北门留守文潞公作 / 2712
渔父二首 / 2712
古渔父 / 2713
题杨道人默轩 / 2713
用几复韵题伯氏思堂 / 2714
赠别几复 / 2714
赵令许载酒见过 / 2715

和答赵令同前韵 / 2715
赵令答诗约携山妓见访 / 2715
次韵赏梅 / 2716
次韵答李端叔 / 2716
戏题葆真阁 / 2717
戏赠惠南禅师 / 2717
寄别说道 / 2718
李大夫招饮 / 2718
南康席上赠刘李二君 / 2718
光山道中 / 2719
过方城寻七叔祖旧题 / 2719
新息渡淮 / 2720
初望淮山 / 2720
宿广惠寺 / 2721
初至叶县 / 2721
和答王世弼 / 2722
陈氏园咏竹 / 2722
哀逝 / 2722
迎醇甫夫妇 / 2723
河舟晚饮呈陈说道 / 2723
次韵任君官舍秋雨 / 2724
题樊侯庙二首 / 2724
和答任仲微赠别 / 2725
和仲谋夜中有感 / 2725
书睢阳事后 / 2726
漫书呈仲谋 / 2726
登南禅寺怀裴仲谋 / 2727
次韵答任仲微 / 2727
夏日梦伯兄寄江南 / 2727
同孙不愚过昆阳 / 2728
寄顿二主簿，时在县界
　首，部夫凿石塘河 / 2728
次韵答蒲元礼病起 / 2729
春祀分得叶公庙双凫观 / 2729
送陈氏女弟至石塘河 / 2729

戏赠顿二主簿 / 2730
孙不愚引开元故事，请
　为移春槛，因而赠答 / 2730
答和孔常父见寄 / 2731
次韵伯氏谢安石塘莲花
　酒 / 2731
题双凫观 / 2731
从陈季张求竹竿引水入
　厨 / 2732
呈王明复陈季张 / 2732
陈季张有蜀芙蓉，长饮
　客至，开辄剪去，作
　诗戏之 / 2733
再赠陈季张拒霜花二首 / 2733
送杜子卿归西淮 / 2734
雪中连日行役戏书同僚 / 2734
呈李卿 / 2734
六月闵雨 / 2735
既作闵雨诗，是夕遂澍
　雨，夜中喜不能寐，
　起作喜雨诗 / 2735
予既不得叶，遂过洛滨，
　醉游累日 / 2736
曹村道中 / 2736
秋怀二首 / 2737
次韵伯氏寄赠盖郎中喜
　学老杜诗 / 2737
盖郎中惠诗有二强攻一
　老，不战而胜之嘲，
　次韵解之 / 2738
雨晴过石塘留宿赠大中
　供奉 / 2738
次韵奉和仲谋夜话唐史 / 2739
答龙门潘秀才见寄 / 2739
寄张仲谋次韵 / 2740

客自潭府来，称明因寺
　　僧作静照堂，求予作 / 2740
饮韩三家醉后始知夜雨 / 2740
张仲谟许送河鲤未至，
　　戏督以诗 / 2741
和答张仲谟泛舟之诗 / 2741
食瓜有感 / 2742
道中寄公寿 / 2742
去贤斋 / 2743
粹老家隔帘听琵琶 / 2743
道中寄景珍兼简庚元镇 / 2744
次韵景珍酴醾 / 2744
呈马粹老范德孺 / 2744
雨过至城西苏家 / 2745
谢仲谋示新诗 / 2745
红蕉洞独宿 / 2746
春雪呈仲谋 / 2746
和答刘太博携家游庐山
　　见寄 / 2746
次韵伯氏戏赠韩正翁菊
　　花开，时家有美酒 / 2747
答李康文 / 2747
送彭南阳 / 2748
送邓慎思归长沙 / 2748
景珍太傅见示旧倡和蒲
　　萄诗，因而次韵 / 2748
喜念四念八至京 / 2749
和吕秘丞 / 2749
次韵子高即事 / 2750
次韵寄蓝六在广陵 / 2750
再和寄蓝六 / 2751
戏书效乐天 / 2751
讲武台南有感 / 2751
孙不愚索饮，九日酒已
　　尽，戏答一篇 / 2752

辱粹道兄弟寄书久不作，
　　报以长句谢不敏 / 2752
秋思 / 2753
希仲招饮李都尉北园 / 2753
赠谢敞王博谕 / 2754
和答郭监簿咏雪 / 2754
题司门李文园亭 / 2754
南屏山 / 2755
七台峰 / 2755
叠屏岩 / 2756
灵寿台 / 2756
仙桥洞 / 2756
灵椿台 / 2757
云溪石 / 2757
群玉峰 / 2758
夜观蜀志 / 2758
行役县西喜雨寄任公渐
　　大夫 / 2758
戏题水牻菴 / 2759
癸亥立春日，煮茗于石
　　屯寺，见庚戌中盛二
　　十舅中叔为县时题名，
　　叹此寺不日而成，哀
　　县学弊而不能复 / 2759
次韵答仕仲微 / 2760
何主簿萧斋郎赠诗思家，
　　戏和答之 / 2760
南安试院无酒饮，周道
　　辅自赣上携一榼，时
　　时对酌，惟恐尽。试
　　毕，仆夫言尚有余樽。
　　木芙蓉盛开，戏呈道
　　辅 / 2761
赠清隐持正禅师 / 2761
奉答固道 / 2762

奉答圣思讲论语长句 / 2762
次韵清虚同访李园 / 2762
次韵清虚 / 2763
次韵清虚喜子瞻得常州 / 2763
次韵公秉子由十六夜忆
　　清虚 / 2764
和王明之雪 / 2764

与黔倅张茂宗 / 2765
史天休中散挽词 / 2765
宋夫人挽词 / 2765
四月末天气陡然如秋，
　　遂御夹衣，游北沙亭
　　观江涨 / 2766

卷二十一

苏东坡七律上

二百五十八首

和子由渑池怀旧

人生到处知何似？应似飞鸿踏雪泥。
泥上偶然留指爪，鸿飞那复计东西。
老僧已死成新塔①，坏壁无由见旧题。
往日崎岖还记否，路长人困蹇驴②嘶〔一〕。
〔一〕公自注：往岁马死于二陵，骑驴至渑池。

① 成新塔：指人死之后骨灰被放在新造的小塔里面。② 蹇（jiǎn）驴：腿脚不灵便的驴子。

留题延生观后山上小堂

溪山愈好意无厌，上到巉巉①第几尖。
深谷野禽毛羽怪，上方仙子②鬓眉纤。
不惭弄玉骑丹凤，应逐嫦娥驾老蟾③。
涧草岩花自无主，晚来胡蝶入疏帘。

① 巉（chán）巉：山势高险的样子。② 上方仙子：指唐玉真公主。③ 老蟾：蟾蜍。后用以代月。

留题仙游潭中兴寺。东有玉女洞，洞南有马融读书石室。过潭而南，山石益奇。潭上有桥，畏其险，不敢渡

清潭百尺皎无泥，山木阴阴谷鸟啼。
蜀客曾游明月峡，秦人今在武陵溪。
独攀书室窥岩窦①，还访仙姝款石闺。
犹有爱山心未至，不将双脚踏飞梯。

① 岩窦：即岩穴。

石鼻城

平时战国今何在，陌上征夫自不闲。
北客初来试新险，蜀人从此送残山。
独穿暗月朦胧里，愁渡奔河苍茫间。
渐入西南风景变，道边修竹水潺潺。

楼观〔一〕

门前古碣卧斜阳，阅世如流事可伤。
长有幽人悲晋惠，强修遗庙学秦皇。
丹砂久窖井水赤，白术谁烧厨灶香。

闻道神仙亦相过，只疑田叟是庚桑①。

〔一〕公自注：秦始皇立老子庙于观南，晋惠始修此观。

① 庚桑：即庚桑楚，乃虚构的代表老庄思想之至人。

九月二十日，微雪，怀子由弟二首

岐阳①九月天微雪，已作萧条岁暮心。
短日送寒砧杵急，冷官②无事屋庐深。
愁肠别后能消酒，白发秋来已上簪。
近买貂裘堪出塞，忽思乘传③问西琛④。

① 岐阳：古地名，岐山南陕西凤翔一带，此指凤翔。② 冷官：职事清闲，不易升迁的官。③ 传：古代驿站用车。④ 西琛：此指西夏等。琛，美玉，代指地方。

江上同舟诗满箧①，郑西分马②涕垂膺。
未成报国惭书剑③，岂不怀归畏友朋。
官舍度秋惊岁晚，寺楼见雪与谁登。
遥知读易东窗下，车马敲门定不应。

① 箧（qiè）：用竹或藤制作的小箱子。② 郑西分马：指苏轼赴凤翔任，时嘉祐六年（1061），兄弟俩在郑州西门告别。③ 书剑：指文才武略。"惭书剑"谓空有文才武略而报国无成。

病中闻子由得告不赴商州三首﹝一﹞

病中闻汝免来商,旅雁何时更著行。
远别不知官爵好,思归苦觉岁年长。
著书多暇真良计,从宦无功谩去乡。
惟有王城最堪隐,万人如海一身藏。

〔一〕王注:子由与先生同举贤良科。子由以讦直得下第,除商州推官而王介甫犹不肯撰辞,告未即下,故先生自去年十二月先赴凤翔,至今年秋,子由方告下,以老泉傍无侍子,奏乞养亲三年。此所以得告而不赴也。

近从章子﹝一﹞闻渠说,苦道商人望汝来。
说客有灵惭直道,逋翁①久没厌凡才。
夷音仅可通名姓,瘿俗②无由辨颈腮。
答策不堪宜落此,上书求免亦何哉。

〔一〕公自注:章子,惇也。

① 逋(bū)翁:隐居老人,即汉初隐居商山的东园公、绮里季、夏黄公、甪里先生。② 瘿(yǐng):病名。指长于颈部之囊状肿瘤。

辞官不出意谁知,敢向清时①怨位卑。
万事悠悠付杯酒,流年冉冉入霜髭。
策曾忤世人嫌汝,易可忘忧家有师。
此外知心更谁是,梦魂相觅苦参差②。

① 清时:清平之时。② 苦参差:苦于道路阻隔,无由到达。

和子由寒食

寒食今年二月晦,树林深翠已生烟。
绕城骏马谁能借,到处名园意尽便。
但挂酒壶那计盏,偶题诗句不须编。
忽闻啼䴗①惊羁旅,江上何人治废田。

① 䴗(jú):伯劳。

七月二十四日,以久不雨,出祷磻溪。是日宿虢县。二十五日晚,自虢县渡渭,宿于僧舍曾阁。阁故曾氏所建也。夜久不寐,见壁有前县令赵荐留名,有怀其人

龛灯明灭欲三更,欹枕无人梦自惊。
深谷留风终夜响,乱山衔月半床明。
故人渐远无消息,古寺空来看姓名。
欲向磻溪问姜叟,仆夫屡报斗杓倾。

二十六日五更起行,至磻溪,未明

夜入磻溪如入峡,照山炬火落惊猿。
山头孤月耿犹在,石上寒波晓更喧。

至人旧隐白云合,神物已化遗踪蜿。
安得梦随霹雳驾,马上倾倒天瓢翻。

周公庙,庙在岐山西北七八里。庙后百许步,有泉依山,涌洌异常。《国史》所谓"润德泉世乱则竭"者也

吾今那复梦周公,尚喜秋来过故宫。
翠凤旧依山硉兀,清泉长与世穷通。
至今游客伤离黍①,故国诸生咏雨濛。
牛酒不来乌鸟散,白杨无数暮号风。

① 离黍:出自《诗经》之《黍离》篇,用以慨叹亡国之情思。

楼观

鸟噪猿呼昼闭门,寂寥谁识古皇尊。
青牛久已辞辕轭①,白鹤时来访子孙。
山近朔风吹积雪,天寒落日淡孤村。
道人应怪游人众,汲尽阶前井水浑。

① 辕轭:车前驾牲口的直木和套在牲口脖子上的曲木。此指车子。

五郡

古观正依林麓断,居民来就〔一〕水泉甘。
乱溪赴渭争趋北,飞鸟迎山不复南。
羽客①衣冠朝上象②,野人香火祝春蚕。
汝师岂解言符命,山鬼何知托老聃〔二〕。

〔一〕就:一作说。　〔二〕公自注:观有明皇碑,言梦老子告以享国长久之意。

① 羽客:道士。② 上象:乾坤,天地。

十二月十四日夜微雪,明日早往南溪,小酌至晚

南溪得雪真无价,走马来看及未消。
独自披榛①寻履迹,最先犯晓过朱桥。
谁怜破屋眠无处,坐觉村饥语不嚣。
惟有暮鸦知客意,惊飞千片落寒条。

① 披榛:砍去丛生之草木。喻创业或前进之艰难。

和子由木山引水二首

蜀江久不见沧浪,江上枯槎①远可将。
去国尚能三犊载,汲泉何爱一夫忙。
崎岖好事人应笑,冷淡为欢意自长。

遥想纳凉清夜永,窗前微月照汪汪。

① 枯槎(chá),指竹木筏或木船。

千年古木卧无梢,浪卷沙翻去似瓢。
几度过秋生藓晕,至今流润应江潮。
泫然①疑有蛟龙吐,断处人言霹雳焦。
材大古来无适用,不须郁郁慕山苗。

① 泫然:水流下滴的样子。

寄题兴州晁太守新开古东池

百亩新池傍郭斜,居人行乐路人夸。
自言官长如灵运,能使江山似永嘉。
纵饮座中遗白帢①,幽寻尽处见桃花。
不堪山鸟号归去,长遣王孙苦忆家。

① 白帢(qià):古时未仕者所戴白帽。"遗白帢",此指名士纵饮不拘的狂态。

华阴寄子由

三年无日不思归,梦里还家旋觉非。
腊酒送寒催去国,东风吹雪满征衣。

三峰已过天浮翠,四扇行看日照扉。
里堠①消磨不禁尽,速携家饷劳骖騑②。

① 里堠(hòu):古时道旁标记里程的土堆。五里只堠,十里双堠。② 骖騑(cān fēi):驾车时位于两旁的马,泛指拉车的马。

和董传留别

粗缯①大布裹生涯,腹有诗书气自华。
厌伴老儒烹瓠叶,强随举子踏槐花②。
囊空不办寻春③马,眼乱行看择婿车。
得意犹堪夸世俗,诏黄④新湿字如鸦。

① 粗缯(zēng):粗制的丝织品。② 踏槐花:忙于科举考试。③ 寻春:唐宋时进士及第后,例期举行宴集,选其中最年少者二名为探花使,遍游名园。若他人先得名花,则二人被罚。④ 诏黄:以黄纸书写的中式或任官的诏书。

次韵柳子玉见寄

薄雷轻雨晓晴初,陌上春泥未溅裾。
行乐及时虽有酒,出门无侣谩看书。
遥知寒食催归骑,定把鸱夷①载后车。
他日见邀须强起,不应辞病似相如。

① 鸱(chī)夷:盛酒器。

次韵王诲夜坐

爱君东阁能延客,顾我闲官不计员。
策杖频过知未厌,卜居①相近岂辞迁。
莫将诗句惊摇落,渐喜樽罍②省仆缘。
待约月明池上宿,夜深同看水中天。

①卜居:选择居处。②樽罍(léi):樽与罍皆盛酒器。罍,口小,腹深。

傅尧俞济源草堂

微官共有田园兴,老罢方寻隐退庐。
栽种成阴十年事,仓黄①欲买百金无。
先生卜筑临清济,乔木如今似画图。
邻里亦知偏爱竹,春来相与护龙雏②。

①仓黄:亦作"仓皇""仓惶"。慌张之意。②龙雏:指笋。亦称笋为龙孙。

陆龙图诜挽诗[一]

挺然直节庇峨岷,谋道从来不计身。
属纩①家无十金产,过车巷哭六州民。
尘埃辇寺②三年别,樽俎岐阳一梦新。

他日思贤见遗像，不论宿草③更沾巾。

〔一〕施注：陆诜字介夫，余杭人。以龙图阁直学士知成都。青苗法出，诜言蜀峡刀耕火种，民食常不足，至种芋充饥，愿罢四路使者。并言差役水利事，皆不当改。诏独置成都府一路提举，省其三使。诗云"挺然直节庇峨岷"，盖谓是也。所历桂、延、秦凤、晋、真定、成都六州。秦凤未上而改命。诗云"六州巷哭"，盖总言之耳。

① 属纩（kuàng）：纩，新丝绵。即病人临终之前，要用新的丝絮（纩）放在其口鼻上，试看是否还在气息。故"属纩"也用为"临终"的代称。② 辇寺：京师官舍之意。③ 宿草：隔年的草。特指墓上之草。

胡完夫母周夫人挽词

柏舟高节冠乡邻，绛帐①清风耸搢绅②。
岂似凡人但慈母，能令孝子作忠臣。
当年织屦随方进，晚节称觞见伯仁。
回首悲凉便陈迹，凯风吹尽棘成薪。

① 绛帐：绛纱帐，指才女传经讲学。② 搢绅：古时仕宦者插笏于带间，因作士大夫代称。

次韵柳子玉过陈绝粮二首

风雨萧萧夜晦迷，不须鸣叫强知时。
多才久被天公怪，阙食①惟应爨妇②知。

杜叟挽衣那及胫,颜公食粥敢言炊。
诗人情味真尝遍,试问于今底处[一]亏。
〔一〕处:一作事。

① 阙(quē)食:阙,同"缺"。指没有食物吃。② 爨(cuàn)妇:灶下执炊之妇。

如我自观犹可厌,非君谁复肯相寻。
图书跌宕悲年老,灯火青荧语夜深。
早岁便怀齐物意,微官敢有济时心?
南行千里成何事,一听秋涛万鼓音。

出颍口初见淮山,是日至寿州

我行日夜向江海,枫叶芦花秋兴长。
长淮忽迷天远近,青山久与船低昂。
寿州已见白石塔,短棹未转黄茅冈。
波平风软望不到,故人久立烟苍茫。

寿州李定少卿出饯城东龙潭上

山鸦噪处古灵湫,乱沫浮涎绕客舟。
未暇燃犀照奇鬼,欲将烧燕出潜虯。
使君惜别催歌管,村巷惊呼聚玃猴。

此地他年颂遗爱,观鱼并记老庄周。

龟山[一]

我生飘荡去何求,再过龟山岁五周。
身行万里半天下,僧卧一庵初白头。
地隔中原劳北望,潮连沧海欲东游。
元嘉旧事①无人记,故垒摧颓今在不?

〔一〕自此以上,皆三十六岁未判杭州以前之诗。

① 元嘉旧事:450年,北魏拓拔焘兵临盱眙,南宋文帝刘义隆部将宋璞、臧质在此坚守。此处化用典故,感叹人生无常。

次韵柳子玉二首[一]

地炉

细声蚯蚓发银瓶,拥褐横眠天未明。
衰鬓镊残①欹②雪领,壮心降尽倒风旌。
自称丹灶镏铢火,倦听山城长短更。
闻道床头惟竹几,夫人应不解卿卿[二]。

〔一〕自此以下,杭州、密州、徐州、湖州之诗。 〔二〕公自注:俗谓竹几为竹夫人。

① 衰鬓镊残:衰鬓,年老而疏白的鬓发。此处指古人用镊子拔白发之俗。② 欹(qī):倾斜,倚靠。

纸帐

乱文龟壳①细相连，惯卧青绫恐未便。
洁似僧巾白叠布，暖于蛮帐紫茸毡。
锦衾速卷持还客，破屋那愁仰见天。
但恐娇儿还恶睡，夜深踏裂不成眠。

① 乱文龟壳：此指不规则的细密纹理。

姚屯田挽词

京口年来耆旧①衰，高人沦丧路人悲。
空闻韦叟②一经在，不见恬侯③万石时。
贫病只知为善乐，逍遥却恨弃官迟。
七年一别真如梦，犹记萧然瘦鹤姿。

① 耆旧：年高望重者。② 韦叟：韦贤，西汉平陵（今陕西咸阳）人，讲授《诗经》，号"邹鲁大师"，任丞相。子玄成亦因明经为丞相。③ 恬侯：石庆，河南温县人，西汉石奋少子。石奋及四子皆官至二千石，号万石君。

和刘道原见寄

敢向清时怨不容，直嗟吾道与君东。
坐谈足使淮南惧，归去方知冀北空。

独鹤不须惊夜旦,群乌未可辨雌雄。
庐山自古不到处,得与幽人仔细穷。

和刘道原咏史

仲尼忧世接舆狂①,臧榖虽殊竟两亡②。
吴客漫陈豪士赋,桓侯初笑越人方。
名高不朽终安用,日饮无何计亦良。
独掩陈编吊兴废,窗前山雨夜浪浪。

① 接舆:春秋时楚国隐士,因不满时政,佯狂。典见《论语·微子》。② "臧榖"(zāng gǔ)句:指臧、榖二人牧羊,臧边放羊边读书,榖边放羊边玩游戏。二人都把羊丢失。见《庄子·骈拇》。此处喻事情不同而实际的结果却一样。

和子由。柳湖久涸,忽有水,开元寺山茶旧无花,今岁盛开二首

太昊祠东铁墓西,一樽曾与子同携。
回瞻郡阁遥飞槛,北望樯竿半隐堤。
饭豆羹藜思两鹄,饮河噀①水赖长蜺②。
如今胜事无人共,花下壶卢鸟劝提。

① 噀(xùn):喷。② 长蜺(ní):亦作"长霓"。指长虹。

长明灯下石栏干,长共松杉斗岁寒。
叶厚有棱犀甲健,花深少态鹤头丹。
久陪方丈曼陀雨①,羞对先生苜蓿盘②。
雪里盛开知有意,明年开后更谁看。

① 曼陀雨:佛教用语,天降曼陀罗花。此指茶花落下,如下雨一般。② 苜蓿盘:菜盘中盛以苜蓿。代指官吏生活清苦。见《唐摭言·闽中进士》。此指子由为学官,官卑家贫。

是日宿水陆寺,寄北山清顺僧二首[一]

草没河堤雨暗村,寺藏修竹不知门。
拾薪煮药怜僧病,扫地焚香净客魂。
农事未休侵小雪,佛灯初上报黄昏。
年来渐识幽居味,思与高人对榻论。

[一] 上一首五古题云《汤村开运盐河雨中督役》,此题"是日"字,承上言之。

长嫌钟鼓聒湖山,此境萧条却自然。
乞食绕村真为饱,无言对客本非禅。
披榛觅路冲泥入,洗足关门听雨眠。
遥想后身穷贾岛①,夜寒应耸作诗肩②。

① 贾岛:唐诗人,初为僧,后还俗,作诗穷苦,多写枯寂之境。② 作诗肩:韩愈《石鼎联句诗序》载道士轩辕弥明高吟作诗时"袖手竦肩"。竦通耸。

送张轩民寺丞赴省试

龙飞①甲子尽豪英②,尝喜吾犹及老成。
人竞春兰笑秋菊,天教明月伴长庚。
传家各自闻诗礼,与子相逢亦弟兄。
洗眼上林看跃马,贺诗先到古宣城。〔一〕

〔一〕公自注:伯父与太平州张侍读同年,此其子。

① 龙飞:即飞龙榜,新皇帝即位后第一次考试选士,称"龙飞榜"。② 尽豪英:指宋仁宗天圣二年(1024),这年三月,科举考试,苏轼伯父苏涣和张轩民的父亲张瓌都在进士之列。

和邵同年戏赠贾收秀才三首

倾盖相欢一笑中,从来未省马牛风①。
卜邻尚可容三径,投社终当作两翁。
古意已将兰缉佩,招词闲咏桂生丛。
此身自断天休问,白发年来渐不公。

① 马牛风:风马牛不相及。比喻事物不相干。

朝见新黄出旧槎,骚人孤愤苦思家。
五噫处士①大穷约,三赋先生②多诞夸。
帐外鹤鸣奁有镜,筒中钱尽案无鲊。
玉川何日朝金阙,白昼关门守夜叉〔一〕。

〔一〕公自注:时贾欲再娶。

① 五噫处士：东汉梁鸿受业太学，家贫而尚节操，博览群书，作《五噫之歌》。② 三赋先生：西汉司马相如曾作《子虚赋》《上林赋》《大人赋》三赋。

生涯到处似樯乌①，科第无心摘颔须。
黄帽②刺船③忘岁月，白衣④担酒慰鳏孤。
狙公⑤欺病来分栗，水伯知馋为出鲈。
莫向洞庭歌楚曲，烟波渺渺正愁予。

① 樯乌：桅杆上的乌形风向标，比喻生活飘泊不定。② 黄帽：代指船夫。③ 刺船：撑船。④ 白衣：此指送酒的吏人。⑤ 狙公：古代喜养猿猴者。

莘老葺天庆观小园，有亭北向，道士山宗说乞名与诗

春风欲动北风微，归雁亭边送雁归。
蜀客南游家最远，吴山寒尽雪先晞。
扁舟去后花絮乱，五马①来时宾从非。
惟有道人应不忘，抱琴无语立斜晖。

① 五马：太守之别称。按汉制，太守驷马，出行时增一马。

秀州报本禅院乡僧文长老方丈

万里家山一梦中，吴音渐已变儿童。
每逢蜀叟谈终日，便觉峨眉翠扫空。

师已忘言真有道,我除搜句百无功。
明年采药天台去,更欲题诗满浙东。

宋叔达家听琵琶

数弦已品龙香拨,半面犹遮凤尾槽①。
新曲翻从玉连锁②,旧声终爱郁轮袍③。
梦回只记归舟字,赋罢双垂紫锦绦。
何异乌孙送公主,碧天无际雁行高。

①凤尾槽:指琵琶。②玉连锁:宋代琵琶曲。③郁轮袍:古曲名,相传为唐代王维所作。

祥符寺九曲观灯

纱笼擎烛迎门入,银叶①烧香见客邀。
金鼎转丹②光吐夜,宝珠穿蚁③闹连宵。
波翻焰里元相激,鱼舞汤中不畏焦。
明日酒醒空想像,清吟半逐梦魂销。

①银叶:银叶碟子,香置上。②转丹:炼丹。③宝珠穿蚁:指宝珠难穿线,而让蚂蚁系线可钻孔穿起来。

正月二十一日病后,述古邀往城外寻春

屋上山禽苦唤人,槛前冰沼忽生鳞。
老来厌伴〔一〕红裙醉,病起空惊白发新。
卧听使君鸣鼓角,试呼稚子整冠巾。
曲栏幽榭终寒窘,一看郊原浩荡春。
〔一〕伴:一作逐。

有以官法酒见饷者,因用前韵,求述古为移厨饮湖上

喜逢门外白衣人,欲脍湖中赤玉鳞。
游舫已妆吴榜①稳,舞衫初试越罗新。
欲将渔钓追黄帽,未要靴刀抹绛巾②。
芳意十分强半在,为君先踏水边春。

① 吴榜:吴国产的船桨,此指船。② 抹绛巾:以绛(深红)巾束额。此武官用服饰。

新城道中二首

东风知我欲山行,吹断檐间积雨声。
岭上晴云披絮帽①,树头初日挂铜钲②。
野桃含笑竹篱短,溪柳自摇沙水清。
西崦人家应最乐,煮葵烧笋饷春耕。

① "岭上"句:指初晴时山顶白云缭绕,如戴白棉絮帽一般。
② 铜钲(zhēng):古代乐器。敲击之,作为退兵信号。

身世悠悠我此行,溪边委辔听溪声。
散材①畏见搜林斧,疲马思闻卷旆钲②。
细雨足时茶户喜,乱山深处长官清。
人间歧路知多少,试向桑田问耦耕。

① 散材:即散木,不成材者。② 卷旆(pèi)钲:收起战旗金钲。旆,旗。钲,古代军队退兵的信号乐器。

寒食未明至湖上,太守未来,两县令先在

城头月落尚啼乌,乌榜红舷早满湖。
鼓吹未容迎五马,水云先已飏双凫。
映山黄帽螭头舫①,夹道青烟鹊尾炉。
老病逢春只思睡,独求僧榻寄须臾。

① 螭头舫:船头刻有螭首的船。

次韵孙莘老见赠,时莘老移庐州,因以别之

炉锤①一手赋形殊,造物无心敢望渠。
我本疏顽固当尔,子犹沦落况其余。
龚黄②侧畔难言政,罗赵③前头且炫书〔一〕。

惟有阳关一杯酒，殷勤重唱赠离居。

〔一〕公自注：莘老见称政事与书，而莘老书至不工。

① 炉锤：喻冶炼锻造。② 龚黄：指汉代循吏龚遂、黄霸。
③ 罗赵：指罗晖、赵袭，皆汉末书法家。

李钤辖坐上分题戴花

二八佳人细马驮，十千美酒渭城歌。
帘前柳絮惊春晚，头上花枝奈老何。
露湿醉巾香掩冉①，月明归路影婆娑。
绿珠吹笛何时见，欲把斜红插皂罗。

① 掩冉：形容香气浓郁，与"掩掩"意同。

自昌化双溪馆下步寻溪源，至治平寺，二首

乱山滴翠衣裘重，双涧响空窗户摇。
饱食不嫌溪笋瘦，穿林闲觅野苔苗。
却愁县令知游寺，尚喜渔人争渡桥。
正似醴泉山下路，桑枝刺眼麦齐腰。

每见田园辄自招，倦飞不拟控扶摇。
共疑杨恽非锄豆，谁信刘章解立苗。

老去尚飧彭泽米①，梦归时到锦江桥。
宦游莫作无家客，举族长悬似细腰②。

① 彭泽米：典出《晋书·隐逸传·陶潜》，即彭泽令之俸禄米，亦即微薄的官俸之意。②"举族"句：指居所窄小而不安稳。细腰，土蜂别名。

会客有美堂，周邠长官与数僧同泛湖往北山，湖中闻堂上歌笑声，以诗见寄，因和二首，时周有服

蔼蔼君诗似岭云，从来不许醉红裙。
不知野屐穿山翠，惟见轻桡①破浪纹。
颇忆呼卢②袁彦道③，难邀骂坐灌将军④。
晚风落日元无主，不惜清凉与子分。

① 轻桡（ráo）：小桨。借指小船。② 呼卢：古时赌博，掷五子。每子两面，一黑一白。五子俱黑叫卢。掷时大声呼喊，希望得全黑。③ 袁彦道：即东晋官员袁耽，今河南太康人，长于赌博。④ 灌将军：即西汉官员灌夫，因在田蚡婚宴上骂坐而被斩杀。

载酒无人过子云，掩关昼卧客书裙①。
歌喉不共听珠贯②，醉面何因作缬纹③。
僧侣且陪香火社，诗坛欲敛鹳鹅军④。
凭君遍绕湖边寺，涨渌晴来已十分。

① 书裙：作书于裙。② 珠贯：形容歌声之圆美。③ 缬（xié）纹：彩色丝织品之花纹，此特指红色花纹，以状醉时之红晕。④ 鹳鹅军：即列阵的军队。

立秋日祷雨，宿灵隐寺，同周、徐二令

百重①堆案掣身闲，一叶秋声对榻眠。
床下雪霜侵户月，枕中琴筑落阶泉。
崎岖世味尝应遍，寂寞山栖老渐便。
惟有问农心尚在，起占云汉②更茫然。

① 百重：指公文簿册。② 云汉：银河。

病中独游净慈，谒本长老。周长官以诗见寄，仍邀游灵隐，因次韵答之

卧闻禅老入南山，净扫清风五百间。
我与世疏宜独往，君缘诗好不容攀。
自知乐事年年减，难得高人日日闲。
欲问云公觅心地，要知何处是无还〔一〕。

〔一〕公自注：《楞严经》云：我今示汝无所还地。

病中游祖塔院

紫李黄瓜村路香，乌纱白葛道衣凉。
闭门野寺松阴转，欹枕风轩客梦长。
因病得闲殊不恶，安心是药更无方。
道人不惜阶前水，借与匏樽①自在尝。

① 匏(páo)樽：匏即瓠，葫芦之类植物。其果实干后可盛酒。

癸丑春分后雪

雪入春分省见稀，半开桃李不胜威。
应惭落地梅花识，却作漫天柳絮飞。
不分东君①专节物，故将新巧发阴机②。
从今造物尤难料，更暖须留御腊衣。

① 东君：传说中的太阳之神。② 阴机：即机巧，机谋。

孤山二咏[一]

孤山有陈时柏二株，其一为人所薪。山下老人自为儿已见其枯矣，然坚悍如金石，愈于未枯者。僧志诠作堂于其侧，名之曰柏堂。堂与白公居易竹阁相连属，余作二诗以记之。

柏堂
道人手种几生前，鹤骨龙姿尚宛然。
双干一先神物化，九朝三见太平年。
忽惊华构依岩出，乞与佳名到处传。
此柏未枯君记取，灰心聊伴小乘禅。

〔一〕并序。

竹阁

海山兜率①两茫然,古寺无人竹满轩。
白鹤不留归后语,苍龙②犹是种时孙。
两丛恰似萧郎笔,千亩空怀渭上村。
欲把新诗问遗像,病维摩诘更无言。

① 兜率:即兜率天,佛教言欲界六天中第四天。② 苍龙:此指竹。古人多以龙形容竹。

与述古自有美堂乘月夜归

娟娟云月稍侵轩,潋潋星河半隐山。
鱼钥①未收清夜永,凤箫犹在翠微间。
凄风瑟缩经弦柱,香雾凄迷著髻鬟。
共喜使君能鼓乐②,万人争看火城还。

① 鱼钥:鱼形门锁。② 鼓乐:典出于《孟子·梁惠王下》,赞扬使君(陈襄)德泽于人,受人拥戴。

有美堂暴雨

游人脚底一声雷,满坐顽云拨不开。
天外黑风吹海立,浙东飞雨过江来。
十分潋滟金樽凸,千丈敲铿羯鼓催。

唤起谪仙泉洒面,倒倾鲛室①泻琼瑰。

①鲛室:鲛人所居之室。鲛人乃神话传说中居于海底之怪。《搜神记》:"南海之外,有鲛人,水居如鱼,不废织绩。其眼泣,则能出珠。"

登玲珑山[一]

何年僵立两苍龙,瘦脊盘盘尚倚空。
翠浪舞翻红罢亚①,白云穿破碧玲珑。
三休亭上工延月,九折岩前巧贮风。
脚力尽时山更好,莫将有限趁无穷。

[一]施注:《临安图经》:玲珑山在县西十二里。两山屹起,盘屈九折,上通绝顶,名曰九折岩。行百许步,有亭,下瞰百里,名三休亭。

①罢亚:稻名。亦指稻摇动低垂的样子。

宿九仙山[一]

风流王谢古仙真,一去空山五百春。
玉室金堂余汉士①,桃花流水失秦人。
困眠一榻香凝帐,梦绕千岩冷逼身。
夜半老僧呼客起,云峰缺处涌冰轮。

[一]公自注:九仙,谓左元放、许迈、王、谢之流。

① 汉士:指无量院内竖立着左元放等得道之士的塑像。以汉末人左元放为代表,故有此称。

海会寺清心堂

南郭子綦①初丧我,西来达磨②尚求心。
此堂不说有清浊,游客自观莫浅深。
两岁频为山水役,一溪长照雪霜侵。
纷纷无补竟何事,惭愧高人闭户吟。

① 南郭子綦(qí):道家仙人,论坐忘"今者吾丧我"。出自《庄子·齐物论》。其人住在城郭南端,故得名。② 西来达磨:事见于《五灯会元》卷一。指禅宗初祖菩提达摩从印度到中国传播禅法的故事。

汪覃秀才久留山中,以诗见寄,次其韵

季子①应瞋不下机②,弃家来伴碧云师③。
中秋冷坐无因醉,半月长斋未肯辞。
掷简摇毫无怍色〔一〕,投名入社有新诗。
飞腾桂籍④他年事,莫忘山中采药时。
〔一〕公自注:汪善书,托写诸人诗。

① 季子:苏秦字。与张仪齐名的纵横家,劝说六国联合抗秦,佩六国相印。② 不下机:典出于《战国策》。叙苏秦受冷遇,妻子

不下织机的故事。③ 碧云师：指径山僧人。④ 桂籍：科举考试登第人员名籍。

洞霄宫

上帝高居悯世顽，故留琼馆在凡间。
青山九锁不易到，作者七人〔一〕相对闲。
庭下流泉翠蛟舞，洞中飞鼠白鸦翻。
长松怪石宜霜鬓，不用金丹苦驻颜。

〔一〕公自注：《论语》云：作者七人矣。今监宫凡七人。

初自径山归，述古召饮介亭，以病不赴

西风初作十分凉，喜见新橙透甲香。
迟暮赏心惊节物，登临病眼怯秋光。
惯眠处士云庵里，倦醉佳人锦瑟旁。
犹有梦回清兴在，卧闻归路乐声长。

明日重九，亦以病不赴述古，再用前韵

月入秋帷病枕凉，霜飞夜簟故衾香。
可怜吹帽①狂司马，空对亲春老孟光②。

不作雍容倾坐上,翻成肮脏倚门旁。

人间此会论今古,细看茱萸感叹长。

① 吹帽:风吹落帽子。典出于《晋书·孟嘉传》:重阳节桓温与属下设宴欢饮,参军孟嘉帽子被风吹落而不知。后指代重阳登高聚会之盛况。② 孟光:东汉名士梁鸿之妻,与丈夫恩爱有加。此处借指苏轼妻王闰之。

九日,寻臻阇梨,遂泛小舟至勤师院,二首

白发长嫌岁月侵,病眸兼怕酒杯深。

南屏老宿闲相过,东阁郎君懒重寻。

试碾露芽①烹白雪②,休拈霜蕊③嚼黄金。

扁舟又截平湖去,欲访孤山支道林④。

① 露芽:茶名,产于福州方山。② 烹白雪:指烹茶时水面泛起之乳沫。③ 霜蕊:菊花。④ 支道林:即支遁,东晋高僧。

湖上青山翠作堆,葱葱郁郁气佳哉。

笙歌丛里抽身出,云水光中洗眼①来。

白足赤髭迎我笑,拒霜黄菊为谁开。

明年桑苎煎茶处,忆著衰翁首重回〔一〕。

〔一〕公自注:皎然有《九日与陆羽煎茶》诗。羽自号桑苎翁。余来年九日,去此久矣。

① 洗眼:洗清眉目。此指置身自然山水中,令人眼目清明。

次韵周长官寿星院同钱鲁少卿

琉璃百顷水仙家,风静湖平响钓车。
寂历①疏松欹晚照,伶俜寒蝶抱秋花。
困眠不觉依蒲褐②,归路相将踏桂华。
更着纶巾披鹤氅,他年应作画图夸。

① 寂历:寂寞凋零的样子。② 蒲褐:蒲团褐衣。借指学佛。

次韵述古过周长官夜饮

二更铙鼓动诸邻,百首新诗间八珍。
已遣乱蛙成两部①,更邀明月作三人。
云烟湖寺家家境,灯火沙河夜夜春。
曷不劝公勤秉烛,老来光景似奔轮。

① 乱蛙成两部:指鼓吹乐队。古代乐队中坐部乐和立部乐之合称。

述古以诗见责,屡不赴会,复次前韵

我生孤僻本无邻,老病年来益自珍。
肯对红裙辞白酒,但愁新进笑陈人。
北山怨鹤休惊夜,南亩巾车欲及春。

多谢清诗屡推毂①，豨膏那解转方轮〔一〕②。

〔一〕公自注：来诗有"云霄蒲轮"之句。

① 推毂（gǔ）：任命将帅的礼仪。比喻助人成事，或推荐人才。②"豨（xī）膏"句：润滑的油脂不能使方形的车轮迅速行进。豨，猪。膏，油脂。此指苏轼自嘲有负邀请赴会。

贺陈述古弟章生子

郁葱佳气夜充闾①，始见徐卿第二雏。
甚欲去为汤饼客，惟愁错写弄獐书②。
参军新妇贤相敌，阿大中郎③喜有余。
我亦从来识英物，试教啼看定何如。

① 充闾：充满门户。② 弄獐书：《旧唐书·李林甫传》载宰相李林甫庆贺姜度得子，手书"弄獐之庆"作"弄獐之庆"。用以嘲写错别字之意。③ 阿大中郎：指可以光耀门庭的优秀子弟。源于《世说新语·贤媛》。此处阿大、中郎借指陈述古兄弟。

赠治易僧智周

寒窗孤坐冻生瓶，尚把遗编照露萤。
阁束九师新得妙，梦吞三画旧通灵。
断弦挂壁知音丧〔一〕，挥麈空山乱石听。
斋罢何须更临水，胸中自有洗心经。

〔一〕公自注：师与契嵩深相知，时已逝矣。

张子野年八十五，尚闻买妾。述古令作诗

锦里先生①自笑狂，莫欺九尺鬓眉苍。
诗人老去莺莺在，公子归来燕燕忙。
柱下相君犹有齿，江南刺史已无肠。
平生谬作安昌客，略遣彭宣到后堂。

① 锦里先生：苏轼为蜀人，诗中常以锦里为故乡代称。

宝山新开径

藤梢橘刺元无路，竹杖棕鞋不用扶。
风自远来闻笑语，水分流处见江湖。
回观佛骨青螺髻，踏遍仙人碧玉壶。
野客归时山月上，棠梨叶战暝禽呼。

李颀秀才善画山，以两轴见寄，仍有诗，次韵答之

平生自是个中人，欲向渔舟便写真。
诗句对君难出手，云泉劝我早抽身。

年来白发惊秋速,长恐青山与世新。
从此北归休怅望,囊中收得武陵春。

夜至永乐文长老院,文时卧病退院

夜闻巴叟卧荒村,来打三更月下门。
往事过年如昨日,此身未死得重论。
老非怀土情相得,病不开堂①道益尊。
惟有孤栖旧时鹤,举头见客似长言。

① 开堂:开法堂说法。

钱安道席上令歌者道服

乌府①先生铁用肝②,霜风卷地不知寒。
犹嫌白发年前少,故点红灯雪里看。
他日卜邻先有约,待君投绂③我休官。
如今且作华阳服,醉唱侬家七返丹。

① 乌府:御史府。② 铁用肝:耿直敢言。③ 投绂(fú):弃去印绶,即辞官。

除夜野宿常州城外二首

行歌①野哭②两堪悲，远火低星渐向微。
病眼不眠非守岁，乡音无伴苦思归。
重衾脚冷知霜重，新沐头轻感发稀。
多谢残灯不嫌客，孤舟一夜许相依。

① 行歌：边走边唱歌，此指旅人。② 野哭：四野的哭声，此旨居者。

南来三见岁云徂①，直恐终身走道涂②。
老去怕看新历日，退归拟学旧桃符。
烟花已作青春意，霜雪偏寻病客须。
但把穷愁博长健，不辞最后饮屠酥。

① 云徂（cú）：云飘动向前。② 道涂：道路，路途。涂，即途。

元日过丹阳，明日立春，寄鲁元翰

堆盘红缕细茵陈，巧与椒花两斗新。
竹马异时宁信老，土牛明日莫辞春。
西湖弄水犹应早，北寺观灯欲及辰。
白发苍颜谁肯记，晓来频嚏为何人。

刁同年草堂

不用长竿矫绣衣,南园北第两参差。
青山有约长当户,流水无情自入池。
岁久酴醾①浑欲合,春来杨柳不胜垂。
主人不用匆匆去,正是红梅著子时。

① 酴醾(tú mí):花名,因花颜色似酒,故以酒名为花名。

惠山谒钱道人,烹小龙团①,登绝顶,望太湖

踏遍江南南岸山,逢山未免更留连。
独携天上小团月,来试人间第二泉。
石路萦回九龙脊,水光翻动五湖天。
孙登无语空归去,半岭松声万壑传。

① 小龙团:饼茶名。

和苏州太守王规父侍太夫人观灯之什。余时以刘道原见访,滞留京口,不及赴此会。二首

不觉朱轓①辗后尘,争看绣幰②锦缠轮。
洛滨侍从三人贵,京兆平反一笑春。
但逐东山携妓女,那知后阁走穷宾。

滞留不见荣华事,空作赓诗③第七人。

①朱轓(fān):朱红色车沿。此指车。②绣幰(xiǎn):车前的绣花帷幔。③赓诗:和诗。

翻翻缇骑①走香尘,激激飞涛射火轮。
美酒留连三夜月,丰年倾倒五州春〔一〕。
安排诗律追强对,蹭蹬②归期为恶宾。
堕珥遗簪想无限,华胥③犹见梦回人。
〔一〕公自注:时浙西皆不熟,罢灯;惟苏独盛。

①缇(tí)骑:指服橘红色衣乘马的护卫军。缇,橘红色。②蹭蹬:困顿,阻滞。③华胥:传说中的安乐理想国,此指梦境。

常润道中,有怀钱塘,寄述古五首

从来直道不辜身,得向西湖两过春。
沂上已成曾点服,泮宫初采鲁侯芹。
休惊岁岁年年貌,且对朝朝暮暮人。
细雨晴时一百六①,画船鼍鼓②莫违民。

①一百六:指冬至后一百六日,此指寒食。②鼍(tuó)鼓:以鼍皮蒙的鼓。

草长江南莺乱飞,年来事事与心违。
花开后院还空落,燕入华堂怪未归。

世上功名何日是，樽前点检几人非。
去年柳絮飞时节，记得金笼放雪衣[一]。

〔一〕公自注：杭人以放鸽为太守寿。国藩按，快雪堂刻东坡帖，有"开笼若放雪衣女，长念金刚般若经"一事，亦与此诗相合。

浮玉山头日日风，涌金门外已春融。
二年鱼鸟浑相识，三月莺花付与公。
剩看新翻眉倒晕①，未应泣别脸消红。
何人织得相思字，寄与江边北向鸿。

① 眉倒晕：唐代妇女画眉式样之一。唐玄宗令画工作《十眉图》，中有倒晕。

国艳天娆酒半酣，去年同赏寄僧檐。
但知扑扑晴香软，谁见森森晓态严。
谷雨共惊无几日，蜜蜂未许辄先甜。
应须火急回征棹，一片辞枝可得粘。

惠泉山①下土如濡②，阳羡③溪头米胜珠。
卖剑买牛④吾欲老，杀鸡为黍子来无。
地偏不信容高盖⑤，俗俭真堪著腐儒。
莫怪江南苦留滞，经营身计一生迂。

① 惠泉山：无锡惠山，在无锡西。② 土如濡：土地湿润，此指土地肥沃。③ 阳羡：今江苏宜兴。④ 卖剑买牛：指官员劝民务农。见《汉书·龚遂传》。⑤ 高盖：达官显宦所乘之车。

刁景纯赏瑞香花,忆先朝侍宴,次韵

上苑天桃自作行,刘郎去后几回芳。
厌从年少追新赏,闲对宫花识旧香。
欲赠佳人非泛渭①,好纫幽佩吊沉湘。
鹤林神女无消息,为问何年返帝乡。

① 渭(wěi):水名。

同柳子玉游鹤林、招隐,醉归,呈景纯

花时腊酒照人光,归路春风洒面凉。
刘氏宅边霜竹老,戴公山下野桃香。
岩头匹练兼天净〔一〕,泉底真珠溅客忙。
安得道人携笛去,一声吹裂翠崖冈。

〔一〕净:一作静。

景纯见和,复次韵赠之,二首

解组①归来道益光,坐看百物自炎凉。
卷帘堂上檀槽②闹,送客林间桦烛③香。
浅量已愁当酒怯,非才尤觉和诗忙。
何人贪佩黄金印,千柱眈眈琐北冈。

① 解组：解下印绶，即辞官。② 檀槽：檀木所做琵琶、琴等乐器上架弦的格子。此指弦乐器。③ 桦烛：桦皮卷蜡为烛。

人间膏火①正争光，每到藏春②得暂凉。
多事始知田舍好，凶年偏觉野蔬香。
溪山胜画徒能说，来往如梭为底忙。
老去此身无处着，为翁栽插万松冈。

① 膏火：此处指灯火之意。膏，灯油。② 藏春：刁景纯归于京口，治其所居，命名为藏春坞。

柳子玉亦见和，因以送之，兼寄其兄子璋道人

不羡腰金①照地光，暂时假面弄西凉。
晴窗咽日②肝肠暖，古殿朝真屦袖香。
说静故知犹有动，无闲底处更求忙。
先生官罢乘风去，何用区区赋陟冈。

① 腰金：有金饰的腰带。② 咽日：道家所谓吞服太阳精气。

子玉家宴，用前韵见寄，复答之

自酌金尊劝孟光，更教长笛奏伊凉〔一〕①。
牵衣男女绕太白，扇枕郎君烦阿香。

诗病逢春转深锢,愁魔得酒暂奔忙。
醒时情味吾能说,日在西南白草冈。

〔一〕公自注:子玉家有笛妓。

① 伊凉:即伊州、凉州二曲。天宝乐曲,皆以边地名。

景纯复以二篇,一言其亡兄与伯父同年之契,一言今者唱酬之意,仍次其韵

灵寿扶来似孔光,感时怀旧一悲凉。
蟾枝不独同攀桂,鸡舌还应共赐香〔一〕①。
等是浮休无得丧,粗分忧乐有闲忙。
年来世事如波浪,郁郁谁知柏在冈。

〔一〕公自注:亦同为郎。

①"鸡舌"句:鸡舌香,即今丁香。因其种仁由两片状似鸡舌之子叶抱合,故称之。

屡把铅刀齿步光,更遭华衮①照厖凉②。
苏门山上莫长啸,薝蔔③林中无别香。
烛烬已残终夜刻,槐花还似昔年忙。
背城借一吾何敢,慎莫樽前替庋冈。

① 华衮:华丽的服饰。衮,古代上公之服。华,言其多彩。② 厖(máng)凉:指偏衣、杂色衣。此衣不御寒。厖,杂。③ 薝(zhān)蔔:花名,一说即栀子。

书普慈长老壁〔一〕

普慈寺后千竿竹,醉里曾看碧玉椽①。
倦客再游行老矣,高僧一笑故依然。
久参白足知禅味,苦厌黄公聒昼眠。
惟有两株红百叶,晚来犹得向人妍〔二〕。

〔一〕公自注:志诚。 〔二〕王注:江浙间有花,谓之百叶红。

① 碧玉椽:形容竹色青碧,其大如椽。古亦有以竹为椽者。

刁景纯席上和谢生二首

误入仙人碧玉壶,一欢那复间亲疏。
杯盘狼藉吾何敢,车骑雍容子甚都①。
此夜新声闻北里②,他年故事纪南徐。
欲穷风月三千界,愿化天人百亿躯。

① 都:雍容闲雅的样子。② 北里:古舞曲名。

纵饮谁能问挈壶①,不知门外晓星疏。
绮罗胜事齐三阁,宾主谈锋敌两都。
榻畔烟花尝叹杜,海中童丱②尚追徐。
无多酌我公须听,醉后粗狂胆满躯。

① 挈壶:指漏壶,表时间。② 童丱(guàn):童子。丱,束发成两角状。

留别金山宝觉、圆通二长老

沐罢巾冠快晚凉,睡余齿颊带茶香。
舣舟①北岸何时渡,晞发②东轩未肯忙。
康济此身殊有道,医治外物本无方。
风流二老长还往,顾我归期尚渺茫。

① 舣(yǐ)舟:船泊岸边。② 晞发:晒发使干。常指高洁脱俗的行为。

杭州牡丹开时,仆犹在常、润。周令作诗见寄,次其韵,复次一首送赴阙

羞归应为负花期,已见成阴结子时。
与物寡情怜我老,遣春无恨赖君诗。
玉台不见朝酣酒,金缕犹歌空折枝。
从此年年定相见,欲师老圃问樊迟①。

① 樊迟:即樊须,字子迟。春秋末鲁国人(一说齐国人)。孔子七十二贤弟子之一。

莫负黄花九日期,人生穷达可无时。
十年且就三都赋,万户终轻千首诗。
天静伤鸿犹戢翼①,月明惊鹊未安枝。
君看六月河无水,万斛龙骧②到自迟。

① 戢(jí)翼:敛翅。此指伤弓之鸟不能高飞之意。② 龙骧:

指大船。晋龙骧将军王濬为伐吴曾造大船。

苏州闾丘、江君二家,雨中饮酒二首

小圃阴阴偏洒尘,方塘潋潋欲生纹。
已烦仙袂来行雨,莫遣歌声便驻云①。
肯对绮罗辞白酒,试将文字恼红裙。
今宵记取醒时节,点滴空阶独自闻。

① 驻云:使云停留。古有歌声响遏行云之说。

五纪归来鬓未霜,十眉环列坐生光。
唤船渡口迎秋女,驻马桥边问泰娘。
曾把四弦娱白傅①,敢将百草斗吴王。
从今却笑风流守,画戟空凝宴寝香。

① 白傅:白居易曾授太子少傅,后世常以此称之。

过永乐,文长老已卒

初惊鹤瘦不可识,旋觉云归无处寻。
三过门间老病死,一弹指顷去来今。
存亡惯见浑无泪,乡井难忘尚有心。
欲向钱塘访圆泽,葛洪川畔待秋深。

赠张、刁二老

两邦山水未凄凉，二老风流总健强。
共成一百七十岁，各饮三万六千觞。
藏春坞里莺花闹，仁寿桥边日月长。
惟有诗人被磨折，金钗零落不成行。

八月十七日，天竺山送桂花，分赠元素

月缺霜浓细蕊干，此花原属桂堂仙。
鹫峰子落惊前夜，蟾窟枝空记昔年。
破裓①山〔一〕僧怜耿介，练裙溪女斗清妍。
愿公采撷纫幽佩，莫遣孤芳老涧边。

〔一〕山：一作高。

① 裓（gé）：衣襟，此指衣服。

捕蝗至浮云岭，山行疲苦，有怀子由弟二首

西来烟阵塞空虚，洒遍秋田雨不如。
新法清平那有此，老身穷苦自招渠。
无人可诉乌衔肉①，忆弟难凭犬寄书②。
自笑迂疏皆此类，区区犹欲理蝗余。

① 乌衔肉：被乌鸦叼走了肉。典出于《汉书·黄霸传》。黄霸派官员督察，官员回来具实汇报。此指下情上达。② 犬寄书：黄犬传递家书。典出于《晋书·陆机传》。

霜风渐欲作重阳，熠熠溪边野菊黄。
久废山行疲荦确，尚能村醉舞淋浪①。
独眠林下梦魂好，回首人间忧患长。
杀马毁车从此逝，子来何处问行藏。

① 淋浪：水下流的样子。此形容衣衫沾满酒痕。

与毛令、方尉游西菩提寺二首[一]

推挤不去已三年，鱼鸟依然笑我顽。
人未放归江北路，天教看尽浙西山。
尚书清节衣冠后，处士风流水石间。
一笑相逢那易得，数诗狂语不须删。

〔一〕施注：按《於潜县图经》：毛君宝，同尉方君武与东坡于熙宁七年八月廿七日，同游西菩山明智院，石刻存焉。西菩提寺，去县十五里。

路转山腰足未移，水清石瘦便能奇。
白云自占东西岭，明月谁分上下池。
黑黍黄粱初熟后，朱柑绿橘半甜时。
人生此乐须天赋，莫遣儿郎取次①知。

① 取次：随便。

平山堂次王居卿祠部韵

高会日陪山简醉,狂言屡发次公醒。
酒如人面天然白,山向吾曹分外青。
江上飞云来北固,槛前修竹忆南屏。
六朝兴废余丘陇,空使奸雄笑宁馨。

次韵陈海州书怀

郁郁苍梧海上山〔一〕,蓬莱方丈有无间。
旧闻草木皆仙药,欲弃妻孥①守市阛②。
雅志未成空自叹,故人相对若为颜。
酒醒却忆儿童事,长恨双凫去莫攀〔二〕。

〔一〕公自注:东海郁州山,云自苍梧浮来。 〔二〕公自注:陈曾令乡邑。

① 妻孥(nú):妻子和儿女之统称。② 市阛(huán):即街市。阛,通垣。市之外墙。

次韵陈海州乘槎亭

人事无涯生有涯,逝将归钓汉江槎。
乘桴我欲从安石,遁世谁能识子嗟。
日上红波浮翠巘①,潮来白浪卷青沙。
清谈美景双奇绝,不觉归鞍带月华。

① 巘（yǎn）：山峰。

次韵孙职方苍梧山

苍梧奇事岂虚传，荒怪还须问子年①。
远托鳌头转沧海，来依鹏背负青天。
或云灵境归贤者，又恐神功亦偶然。
闻道新春恣远览，羡君平地作飞仙。

① 子年：王嘉，字子年，道士，所著《拾遗记》记载了大量神仙异闻。

雪后书北台壁二首

黄昏犹作雨纤纤，夜静无风势转严。
但觉衾裯如泼水，不知庭院已堆盐。
五更晓色来书幌①，半夜寒声落画檐。
试扫北台看马耳②，未随埋没有双尖。

① 书幌：书帷。此指书房。② 马耳：山名。

城头初日始翻鸦，陌上晴泥已没车。
冻合玉楼寒起粟，光摇银海眩生花。
遗蝗入地应千尺，宿麦连云有几家。
老病自嗟诗力退，空吟《冰柱》忆刘叉。

谢人见和前篇二首

已分杯酒欺浅懦,敢将诗力斗深严。
渔蓑①句好真堪画,柳絮②才高不道盐。
败履③尚存东郭足,飞花④又舞谪仙檐。
书生事业真堪笑,忍冻孤吟笔退尖。

① 渔蓑:典出唐代诗人郑谷之故事。郑谷尝作《雪中偶题》,段赞善为画图。郑谷以诗谢段,有"幽绝写渔蓑"句。② 柳絮:典出东晋著名女诗人谢道韫之轶事。因"未若柳絮因风起"句,道韫世称"咏絮才"。③ 败履:典出《史记·滑稽列传》。东郭先生久待诏为官,贫困不堪,衣敝履不完整,鞋子有上没下。④ 飞花:由李白"飞花送酒舞前檐"化出。

九陌凄风战齿牙,银杯逐马带随车。
也知不作坚牢玉,无奈能开顷刻花。
得酒强欢愁底事,闭门高卧定谁家。
台前日暖君须爱,冰下寒鱼渐可叉。

游庐山,次韵章传道

尘容已似服辕驹,野性犹同纵壑鱼。
出入岩峦千仞表,较量筋力十年初。
虽无窈窕驱前马,还有鸱夷挂后车。
莫笑吟诗淡生活,当令阿买为君书。

和子由四首

韩太祝送游太山

偶作郊原十日游,未应回首厌笼囚。
但教尘土驱驰足,终把云山烂漫酬。
闻道逢春思濯锦①,便须到处觅菟裘②。
恨君不上东封顶③,夜看金轮出九幽。

① 濯锦:江名。岷江分支之一,自四川郫县西岷江分出,流经成都。故思濯锦即思故乡之意。② 菟(tù)裘:鲁地名。在泰山梁父县南。后因称告老退隐之居处为菟裘。③ 东封顶:即泰山之顶。

送春

梦里青春可得追,欲将诗句绊余晖。
酒阑病客惟思睡,蜜熟黄蜂亦懒飞。
芍药樱桃俱扫地〔一〕,鬓丝禅榻两忘机①。
凭君借取法界观,一洗人间万事非〔二〕。

〔一〕公自注:病过此二物。 〔二〕公自注:来书云:近看此书,余未尝见也。

① 忘机:忘却机巧权变之心。

首夏官舍即事

安石榴花开最迟,绛裙深树出幽菲。
吾庐想见无限好,客子倦游胡不归。
坐上一樽虽得满,古来四事①巧相违。
令人却忆湖边寺,垂柳阴阴昼掩扉。

① 古来四事：即天下良辰、美景、赏心、乐事。

送李供备席上和李诗

家声赫奕①盖并凉，也解微吟锦瑟旁。
擘水取鱼湖起浪，引杯看剑坐生光。
风流别后人人忆，才器归来种种长。
不用更贪穷事业，风骚分付与沉湘②。

① 赫奕：显赫的样子。② 沉湘：指屈原。

孔长源挽诗二首

少年才气冠当时，晚节孤风益自奇。
君胜宜为夫子后，林宗不愧蔡邕碑。
南荒尚记诛元恶，东越谁能事细儿①。
耆旧如今几人在，为君无憾为时悲。

① "东越"句：写孔长源为官正直，不迎合奸险小人，因而被诬告一事。细儿：即小人。

小堰门头柳系船，吴山堂上月侵筵。
潮声半夜千岩响，诗句明朝万口传。
岂意日斜庚子后，忽惊岁在巳辰年。
佳城①一闭无穷事，南望题诗泪洒笺。

① 佳城：墓地。

寄吕穆仲寺丞

孤山寺下水侵门,每到先看醉墨痕。
楚相未亡谈笑是①,中郎②不见典刑存〔一〕。
君先去踏尘埃陌,我亦来寻桑枣村。
回首西湖真一梦,灰心霜鬓更休论。

〔一〕公自注:杭有伶人,善学吕,举措酷似。别后,常令作之,以为笑。

①"楚相"句:楚相孙叔敖死后,其子贫困。艺人优孟扮孙步敖,楚庄王感优孟言,封陵寝地四百户给孙叔敖子。典出《史记·优孟传》。用孙叔敖之事来比吕穆仲。② 中郎:东汉蔡邕,曾为左中郎将。邕死后,有护卫勇士貌似邕,孔融酒酣,则招同坐,曰:"虽无老成人,且有典刑。"典出《后汉书·孔融传》。此用蔡邕之事来比吕穆仲。

余主簿母挽诗

闺庭兰玉①照乡闾,自昔虽贫乐有余。
岂独家人在中馈②,却因麟趾识关雎。
云軿③忽已归仙府,乔木依然拥旧庐。
忍把还乡千斛泪,一时洒向老莱裾。

① 兰玉:芝兰玉树,比喻优秀子弟,此指余主簿母。② 中馈:古时谓妇女在家主持饮食供祭之事。③ 云軿(píng):即云车,传说仙女所乘。此指余主簿母。

张文裕挽词

高才本出朝廷右,能事空推德业余。
每见便闻曹植句,至今传宝魏华①书。
济南名士新凋丧,剑外生祠已洁除。
欲寄西风两行泪,依然乔木郑公庐②。

① 魏华:字茂实。唐代书法家,魏徵之孙。② 郑公庐:《后汉书·郑玄传》载孔融深敬玄,请郑玄故乡齐(山东)高密为郑玄特立——郑公乡。这里以之喻张文裕在故乡(齐州)之旧庐。

和梅户曹会猎铁沟

山西从古说三明①,谁信儒冠也捍城。
竿上鲸鲵②犹未掩〔一〕,草中狐兔不须惊。
东州赵叟饮无敌,南国梅仙诗有声。
不向如皋闲射雉,归来何以得卿卿。
〔一〕公自注:近枭数盗。

① 三明:见于《后汉书·段颎传》。指段颎(纪明)、皇甫威明、张然明三人。② 鲸鲵:喻凶恶之人。

祭常山回小猎

青盖前头点皂旗,黄茅冈下出长围①。
弄风骄马跑空立,趁兔苍鹰掠地飞。

回望白云生翠巘,归来红叶满征衣。
圣明若用西凉簿②,白羽③犹能效一挥。

① 出长围:指列兵卒合围以狩猎。② 西凉簿:晋时谢艾为西凉主簿,其起文士,善用兵,打败敌军。典出《晋书·张重华传》。此以谢艾用兵之事自比。③ 白羽:白色羽扇,指文士书生。

和章七出守湖州二首

方丈仙人出渺茫,高情犹爱水云乡。
功名谁使连三捷①,身世何缘得两忘②。
早岁归休心共在,他年相见话偏长。
只应未报君恩重,清梦时时到玉堂。

绛阙③云台总有名,应须极贵又长生。
鼎中龙虎④黄金贱,松下龟蛇⑤绿骨轻〔一〕。
霅水⑥未浑缨可濯,弁峰初见眼应明。
两厄春酒⑦真堪羡,独占人间分外荣。

〔一〕公自注:君好炉火,而饵茯苓。

① 三捷:多次胜利消息。② 两忘:物我、身世两者都忘记。③ 绛阙:帝王所居宫殿。绛,大红色。④ 龙虎:指炼丹时所需的铅汞。⑤ 松下龟蛇:指茯苓。⑥ 霅(zhà)水:即霅溪。⑦ 两厄(zhī)春酒:即双亲健在之意。

寄题刁景纯藏春坞

白首归来种万松,待看千尺舞霜风。
年抛造物陶甄①外,春在先生杖屦中。
杨柳长齐低户暗,樱桃烂熟滴阶红。
何时却与徐元直,共访襄阳庞德公。

① 陶甄:烧制陶器。此处比喻官场权位。

玉盘盂①二首〔一〕

东武旧俗,每岁四月,大会于南禅、资福两寺。以芍药供佛,而今岁最盛。凡七千余朵,皆重跗累萼,繁丽丰硕。中有白花,正圆如覆盂,其下十余叶,稍大,承之如盘,姿格艳异,独出于七千朵之上。云:得之于城北苏氏园中,周宰相莒公之别业也。而其名俚甚,乃为易之。

杂花狼藉占春余②,芍药开时扫地无。
两寺妆成宝璎珞,一枝争看玉盘盂。
佳名会作新翻曲,绝品难寻旧画图。
从此定知年谷熟,姑山亲见雪肌肤。

〔一〕并序。

① 玉盘盂:白芍药之别名。② 占春余:即视杂花狼藉而知春天残败。

花不能言意可知,令君痛饮更无疑。

但持白酒劝嘉客,直待琼舟①覆玉彝②。
负郭相君③初择地,看羊属国④首吟诗。
吾家岂与花相厚,更问残芳有几枝。

① 琼舟:指酒器。② 玉彝:亦指酒器。③ 负郭相君:典出《史记·苏秦列传》。此句意在拈出苏字,指周宰相苏禹珪。④ 看羊属国:典出《汉书·苏武传》。用苏武牧羊之事,此句拈出苏字,以指自己。

闻乔太博换左藏①知钦州,以诗招饮

今年果起故将军②,幽梦清诗信有神。
马革裹尸真细事,虎头食肉更何人。
阵云冷压黄茅瘴③,羽扇斜挥白葛巾。
痛饮从今有几日,西轩月色夜来新。

① 左藏:即左藏库使。属西班诸司使,为武臣迁转之阶。② 故将军:指西汉李广将军,见《史记·李将军列传》。③ 黄茅瘴:我国岭南在秋季草木黄落时的瘴气。

乔将行,烹鹅鹿出刀剑以饮客,以诗戏之

破匣哀鸣出素虬①,倦看鸲鹆②听呦呦。
明朝只恐兼烹鹤,此去还须却佩牛。

便可先呼报恩子,不妨仍带醉乡侯③。
他年万骑归应好,奈有移文④在故丘。

① 素虬:白龙。此处指刀剑。② 鹢(yì)鹢:水鸟名。形似鸬鹚。擅长高飞。③ 醉乡侯:封侯醉乡,戏指嗜酒者。④ 移文:古代文书。移文指公开表明自己态度和谴责对方的文体。

次韵刘贡父、李公择见寄二首

白发相望两故人,眼看时事几番新。
曲无和者应思郢,论少卑之且借秦①。
岁恶诗人无好语〔一〕,夜长鳏守向谁亲〔二〕。
少思多睡无如我,鼻息雷鸣撼四邻。

〔一〕公自注:公择来诗,皆道吴中饥苦之事。 〔二〕公自注:贡父近丧妻。

① "论少"句:《汉书》张释之传载释之与文帝言政事,文帝说"卑之,毋甚高论",释之以秦亡汉兴的道理说,文帝称善。此指论说切近实际。

何人劝我此间来,弦管生衣①甑有埃②。
绿蚁濡唇无百斛,蝗虫扑面已三回。
磨刀入谷追穷寇,洒涕循城拾弃孩。
为郡鲜欢君莫叹,犹胜尘土走章台③。

① 弦管生衣:弦管长霉,喻久无歌乐。② 甑(zèng)有埃:蒸锅上有尘土,比喻久不治炊。③ 尘土走章台:华丽宫殿化为尘土。章台,楚灵王所建豪华宫苑。

寄黎眉州

胶西高处望西川，应在孤云落照边。
瓦屋寒堆春后雪，峨眉翠扫雨余天。
治经方笑《春秋》学，好士今无六一贤〔一〕。
且待渊明赋归去，共将诗酒趁流年。

〔一〕公自注：君以《春秋》受知欧阳文忠公，公自号六一居士。

同年王中甫挽词

先帝亲收十五人〔一〕，四方争看击鹏鹍①。
如君事业真堪用，顾我衰迟不足论。
出处升沉十年后，死生契阔几人存。
他时京口寻遗迹，宿草犹应有泪痕。

〔一〕公自注：仁宗朝贤良十五人，今惟富郑公、张宣徽、钱纯老及余与舍弟在耳。

① 击鹏鹍：鹏鹍击之倒装。此处喻十五人应试制科，才能出众。

次韵周邠寄《雁荡山图》二首

指点先凭采药翁，丹青化出大槐宫。
眼明小阁浮烟翠，齿冷新诗嚼雪风①。

二华行观雄陕右,九仙今已压京东[一]。
此生的有寻山分,已觉温台落手中。

〔一〕公自注:将赴河中,密迩太华,九仙在东武,奇秀不减雁荡也。

① 嚼雪风:时下大雪,故吟诗时戏说。

西湖三载与君同,马入尘埃①鹤入笼②。
东海独来看出日,石桥先去踏长虹。
遥知别后添华发,时向樽前说病翁。
所恨蜀山君未见,他年携手醉郫筒③。

① 马入尘埃:喻奔走于尘俗。② 鹤入笼:喻官务缠身,无法获得自由。③ 郫(pí)筒:酒名。相传山涛为郫令,用竹筒酿酒,兼旬方开,香闻百步,俗称"郫筒酒"。

苏潜圣挽词

妙龄驰誉百夫雄,晚节忘怀大隐中。
悃愊①无华真汉吏,文章尔雅称吾宗。
趋时肯负平生志,有子还应不死同。
惟我闲思十年事,数行老泪寄西风。

① 悃愊(kǔn bì):至诚。

和晁同年①九日见寄

仰看鸢鹄刺天飞,富贵功名老不思。
病马已无千里志,骚人长负一秋悲。
古来重九皆如此,别后西湖付与谁。
遣子穷愁天有意,吴中山水要清诗。

① 晁同年:即晁端彦。同榜及第,称同年。

送乔施州

恨无负郭田二顷,空有载行书五车。
江上青山横绝壁,云间细路蹑飞蛇①。
鸡号黑暗通蛮货,蜂闹黄连采蜜花。
共怪河南门下客,不应万里向长沙〔一〕。
〔一〕公自注:乔受知于吴丞相,而施州风土大类长沙。

① 飞蛇:形容山上小路蜿蜒之状。

雪夜独宿柏仙庵

晚雨纤纤变玉霰①,小庵高卧有余清。
梦惊忽有穿窗片,夜静惟闻泻竹声②。
稍压冬温聊得健,未濡③秋旱若为耕。

天公用意真难会,又作春风烂漫[一]晴。

〔一〕漫:一作熳。

① 玉霙(yīng):指雪。② 泻竹声:竹上积雪下泻之声。③ 濡(rú):润湿。

董储郎中尝知眉州,与先人游。过安丘,访其故居,见其子希甫,留诗屋壁

白发郎潜①旧使君,至今人道最能文。
只鸡敢忘桥公语,下马来寻董相坟。
冬月负薪虽[一]得免,邻人吹笛不堪闻。
死生契阔君休问,洒泪西南向白云。

〔一〕虽:一作那。

① 郎潜:潜于郎署。喻为官久不升迁。

刘贡父见余歌词数首,以诗见戏,聊次其韵

十载飘[一]然未可期,那堪重作看花诗。
门前恶语谁传去,醉后狂歌自不知。
刺舌①君今犹未戒,灸眉②吾亦更何辞。
相从痛饮无余事,正是春容最好时。

〔一〕飘:一作漂。

① 刺舌：典出《隋书·贺若弼传》，贺若弼父敦获罪将斩，临刑说自己因口不慎死，于是用锥刺贺若弼舌出血，诫以慎口。喻出言谨慎。② 炙眉：用艾炷烧眉毛。典出《晋书·郭舒传》郭舒为王澄别驾，郭舒因说王澄醉酒，被澄认为狂妄，炙舒眉头。此指讥时人无法容狂直之言。

至济南，李公择以诗相迎，次其韵二首

敝裘羸马古河滨，野阔天低糁玉尘①。
自笑餐毡典属国②，来看换酒谪仙人③。
宦游到处身如寄，农事何时手自亲。
剩作新诗与君和，莫因风雨废鸣晨。

① 糁玉尘：糁，粉粒状之物。此处用为动词，纷散之意。玉尘，指雪。② 餐毡典属国：典出《汉书·苏武传》。用苏武之事以指自己。③ 谪仙人：李白。

夜拥笙歌雪水滨，回头乐事总成尘。
今年送汝作太守，到处逢君是主人。
聚散细思都是梦，身名渐觉两非亲。
相从继烛何须问，蝙蝠飞时日正晨。

和孔君亮郎中见赠

偶对先生尽一樽，醉看万物汹崩奔。
优游共我聊卒岁，肮脏①如君合倚门。

只恐掉头难久住,应须倾盖便深论。
固知严胜风流在,又见长身十世孙〔一〕。

〔一〕公自注:欸,字君严;弟戡,字君胜。退之志其墓云:孔世卅八,吾见其孙,白而长身。今君亮四十八世矣。

① 肮脏(kǎng zǎng):即抗脏,刚直倔强的样子。

次韵子由送蒋夔赴代州学官

功利争先变法初,典刑独守老成余。
穷人未信诗能尔,倚市悬知绣不如。
代北诸生渐狂简,床头杂说为爬梳。
归来问雁吾何敢,疾世王符解著书。

宿州次韵刘泾

我欲归休瑟渐希,舞雩①何日着春衣。
多情白发三千丈,无用苍皮四十围。
晚觉文章真小伎,早知富贵有危机。
为君垂涕君知否,千古华亭鹤自飞〔一〕。

〔一〕公自注:泾之兄汴,亦有文,死矣。

① 舞雩:台名。鲁国求雨的坛,在今山东曲阜东。

次韵李邦直感旧

骍骑传呼出跨坊,簿书填委入充堂。
谁教按部如何武,只许清樽对孟光。
婉娩有时来入梦,温柔何日听还乡。
酸寒病守尤堪笑,千步空余仆射场。

次韵答邦直、子由四首〔一〕

簿书颠倒梦魂间,知我疏慵肯见原。
闲作闭门僧舍冷,病闻吹枕海涛喧。
忘怀杯酒逢人共,引睡文书信手翻。
欲吐狂言喙三尺,怕君瞋我却须吞〔二〕。
〔一〕按,此诗施注本四首半,查注本五首。此从施本抄四首。 〔二〕公自注:邦直屡以此见戒。

城南短李①好交游,箕踞②狂歌总自由。
尊主庇民君有道,乐天知命我无忧。
醉呼妙舞留连夜〔一〕,闲作清诗断送秋。
萧洒使君殊不俗,樽前容我揽须不?
〔一〕公自注:邦直家中舞者甚多。

① 短李:指李绅,为人短小精悍,时称短李,此处指李邦直。② 箕踞:伸两足,两手据膝,坐于席上,状若箕。为放荡不羁之态。

老弟东来殊寂寞,故人留饮慰酸寒。
草荒城角开新径,雨入河洪失旧滩。
车马追陪迹未扫,唱酬往复字应漫。
此诗更欲凭君改,待与江南子布①看。

① 子布:即张昭,三国吴彭城(今江苏徐州)人,字子布,三国东吴谋士,忠直敢谏。

君虽为我此迟留,别后凄凉我已忧。
不见便同千里远,退归终作十年游。
恨无扬子①一区宅,懒卧元龙②百尺楼。
闻道鹓鸿③满台阁,网罗应不到沙鸥。

① 扬子:指扬雄。② 元龙:陈登,字元龙,东汉人。元龙卧大床接见许汜,汜不满,刘备言元龙君子,卧百尺楼称之,何啻大床。见《三国志·陈登传》。③ 鹓鸿:鸿雁。此喻达官贵人。

次韵吕梁仲屯田

雨叶风花日夜稀,一杯相属竟何时。
空虚岂敢酬琼玉,枯朽犹能出菌芝。
门外吕梁从迅急,胸中云梦自透迟。
待君笔力追灵运,莫负南台九日期。

王巩累约重九见访，既而不至，以诗送将官梁交且见寄，次韵答之。交颇文雅，不类武人，家有侍者，甚惠丽

知君月下见倾城，破恨悬知酒有兵。
老守亡何惟日饮，将军竟病自诗鸣。
花枝不共秋欹帽，笔阵空来夜斫营①。
爱惜微官将底用，他年只好写铭旌。

① 斫营：偷袭营垒。

台头寺雨中送李邦直赴史馆，分韵得忆字、人字，兼寄孙巨源二首

霜林日夜西风急，老送君归百忧集。
清歌窈眇入行云，云为不行天为泣。
红叶黄花秋正乱，白鱼紫蟹君须忆。
凭君说向髯将军，衰鬓相逢应不识。

珥笔①西归近紫宸②，太平典册不缘麟。
付君此事宁论晋，载我当时旧过秦。
门外想无千斛米，墓中知有百年人。
看君两〔一〕眼明如镜，休把春秋坐素臣。
〔一〕两：一作双。

① 珥笔：修史官别称。史官常插笔于冠侧，以备记录。珥，插。② 紫宸：殿名，此用以指帝王。

九日邀仲屯田，为大水所隔，以诗见寄，次其韵

无复龙山对孟嘉，西来河伯意雄夸。
霜风可使吹黄帽〔一〕，樽酒那能泛浪花。
漫遣鲤鱼传尺素，却将燕石报琼华。
何时得见悲秋老，醉里题诗字半斜。

〔一〕公自注：舟人黄帽，土胜水也。

有言郡东北荆山下，可以沟畎①积水，因与吴正字、王户曹同往相视，以地多乱石，不果。还，游圣女山，山有石室，如墓而无棺椁，或云宋司马桓魋墓。二子有诗，次其韵二首

侧手区区未易遮，奔流一瞬卷千家。
共疑智伯初围赵，犹有张汤欲漕斜。
已坐迂疏来此地，分将劳苦送生涯。
使君下策真堪笑，隐隐惊雷响踏车。

① 沟畎（quǎn）：此处用作动词，指开凿水沟以疏通徐州城周积水。

茫茫清泗绕孤岑,归路相将得暂临。
试著芒鞋穿荦确,更然松炬照幽深。
纵令司马能镌石,奈〔一〕有中郎解摸金。
强写苍崖留岁月,他年谁识此时心。

〔一〕奈:一作会。

送郑户曹

游遍钱塘湖上山,归来文字带芳鲜。
羸僮瘦马从吾饮,陋巷何人似子贤。
公业①有田常乏食,广文好客竟无毡②。
东归不趁花时节,开尽春风谁与妍。

①"公业"句:即东汉郑泰,字公业,交结豪杰,胜喜宴客,家境富裕,有田地四百顷,却乞食。此指郑户曹之好客。②"广文"句:郑虔在广文馆中任博士,家贫且清寒。唐杜甫《戏简郑广文虔呈苏司业源明》有"才名四十年,坐官寒无毡"句。因此称之。此指郑户曹之清贫。

坐上赋戴花得天字

清明初过酒阑珊,折得奇葩晚更妍。
春色岂关吾辈事,老狂聊作坐中先。
醉吟不耐欹纱帽,起舞从教落酒船。
结习渐消留不住,却须还与散花天。

夜饮次韵毕推官

簿书丛里过春风,酒圣时时且复中。
红烛照庭嘶䮑袅①,黄鸡催晓唱玲珑。
老来渐减金钗兴,醉后空惊玉箸②工〔一〕。
月未上时应蚤散,免教壑谷问吾公。

〔一〕公自注:毕善篆。

① 䮑(yǎo)袅:良马名。② 玉箸:篆体书名。

和孙莘老次韵

去国光阴暮雪消,还家踪迹野云飘。
功名正自妨行乐,迎送才堪博早朝①。
虽去友朋亲吏卒,却辞谗谤得风谣。
今年我亦江南去,不问繁雄与寂寥。

①"迎送"句:去见作官的孙莘老之重要,堪比早上朝参。迎送,迎来送往,此指见孙莘老。博,换取。

游张山人园

壁间一轴烟萝子①,盆里千枝锦被堆②。
惯与先生为酒伴,不嫌刺史亦颜开。

纤纤入麦黄花乱，飒飒催诗白雨来。
闻道君家好井水，归轩乞得满瓶回。

①烟萝子：人名，古代学仙得道者。此指烟萝子所撰《服内元气诀》《内真通玄诀》等道家诸书。②锦被堆：花名。一名粉团儿。

杜介熙熙堂

崎岖世路最先回，窈窕华堂手自开。
咄咄何曾书怪事，熙熙长觉似春台。
白砂碧玉味方永，黄纸红旗心已灰。
遥想闭门投辖饮，鹍弦铁拨响如雷。

答仲屯田次韵

秋来不见渼陂岑，千里诗盟忽重寻。
大木百围生远籁①，朱弦三叹②有遗音。
清风卷地收残暑，素月流天扫积阴。
欲遣何人赓绝唱，满阶桐叶候虫吟。

①远籁（lài）：高远的声音。②朱弦三叹：音乐美妙。

次韵王定国马上见寄

昨夜霜风入夹衣,晓来病骨更支离。
疏狂似我人谁顾,坎坷怜君志未移。
但恨不携桃叶女①,尚能来趁菊花时。
南台二谢人无继,直恐君诗胜义熙〔一〕②。

〔一〕公自注:二谢从宋武帝,九日燕戏马台。

① 桃叶女:桃叶,王献之妾。② 义熙:刘裕为宋公时,在义熙十四年(418)召宾客随从在南台赋诗,百余人中谢灵运诗最工。

次韵答顿起二首

挽袖推腰踏破绅,旧闻携手上天门。
相逢应觉声容似,欲话先惊岁月奔。
新学已皆从许子,诸生犹自畏何蕃。
殿庐直宿真如梦,犹记忧时策万言〔一〕。

〔一〕公自注:顿君及第时,余为殿试编排官,见其答策语颇直。其后,与子由试举入西京,既罢,回登嵩山绝顶。尝见其唱酬诗十余首,顿诗中及之。

十二东秦①比汉京,去年古寺共题名〔一〕。
早衰怪我遽如许,苦学怜君太瘦生。
茅屋拟归田二顷,金丹终扫雪千茎。
何人更似苏司业②,和遍新诗满洛城。

〔一〕公自注:去岁见之于青州。

① 东秦：战国时秦昭王曾称西帝；齐湣王曾称东帝，因其富强而东西并之。故齐国或齐地由此之称。② 苏司业：原名苏源明，与元结、杜甫、郑虔交往甚密。曾入朝为国子司业。

九日次韵王巩

我醉欲眠君罢休，已教从事到青州。
鬓霜饶我三千丈，诗律输君一百筹。
闻道郎君闭东阁①，且容老子上南楼②。
相逢不用忙归去，明日黄花蝶也愁。

①"闻道"句：李商隐《九日》诗："郎君官贵施行马，东阁无因再得窥。"苏轼化用之，以郎君指王巩。阁，同阁。② 老子上南楼：《晋书·庾亮传》载庾亮在武昌时，诸吏佐秋夜去登南楼，亮至，诸人起回避，亮曰："诸君少住，老子于此兴复不浅。"此指苏轼热情好客。

次韵王巩、颜复，同泛舟

沈郎清瘦不胜衣，边老便便①带十围。
蹀躞②身轻山上走，欢呼船重醉中归。
舞腰似雪金钗落，谈辩如云玉麈挥。
忆在钱塘正如此，回头四十二年非。

① 便（pián）便：形容肥胖的样子。② 蹀躞（xiè dié）：小步行走的样子。

次韵张十七九日赠子由

干戈万橐拥铍篱①,九日清樽岂复持。
官事无穷何日了,菊花有信不吾欺。
逍遥琼馆真堪羡,取次尘缨未可縻②。
迨此暇时须痛饮,他年长剑拄君颐。

① 铍(bì)篱:古代城墙。② 縻:捆,拴。

与舒教授、张山人、参寥师同游戏马台,书西轩壁,兼简颜长道二首

古寺长廊院院行,此轩偏慰旅人情。
楚山西断如迎客,汴水南来故绕城。
路失玉钩芳草合,林亡白鹤古泉清。
淡游何以娱庠老①,坐听郊原琢磬声。

① 庠老:古代对地方学官的敬称。此处指舒教授。

竹杖芒鞋取次①行,下临官道见人情。
天寒菽粟犹栖亩,日暮牛羊自入城。
沽酒独教陶令②醉,题诗谁似皎公③清。
更寻陋巷颜夫子④,乞取微言继此声。

① 取次:任意,随便。② 陶令:指陶渊明。此处比张山人。

③ 皎公：指皎然。此处比参寥。④ 颜夫子：指颜回。此处比颜长道。

次韵王庭老，和张十七九日见寄

霜叶投空雀啅①篱，上楼筋力强扶持。
对花把酒未甘老，膏面染须②聊自欺。
无事亦知君好饮，多才终恐世相縻。
请看平日衔杯口，会有金椎为控颐③。

① 啅（zhào）：鸟鸣。② 膏面染须：指以油脂润面，以染物染须。③ "会有"句：《庄子·外物》载盗墓者为取死者口含珍珠，用铁锤敲击下巴，打开两颊。金椎，铁锤。控颐，敲开面颊。

与参寥师行园中，得黄耳蕈①

遗化何时取众香，法筵②斋钵久凄凉。
寒蔬病甲谁能采，落叶〔一〕空畦半已荒。
老楮③忽生黄耳菌，故人兼致白芽姜。
萧然放箸东南去〔二〕，又入春山笋蕨乡。

〔一〕叶：一作蕊。　〔二〕东南去者，公此时将离徐州，改官湖州也。

① 黄耳蕈（xùn）：即黄耳菌。② 法筵：僧人讲说佛法之坐席。③ 楮：落叶乔木。

十月十五日观月黄楼，席上次韵

中秋天气未应殊，不用红纱照坐隅。
山下白云横匹素，水中明月卧浮图。
未成短棹还三峡，已约轻舟泛五湖。
为问登临好风景，明年还忆使君无。

答王定民

开缄奕奕满银钩，书尾题诗语更遒。
八法①旧闻宗长史，五言今复拟苏州。
笔踪好在留台寺，旗队遥知到石沟。
欲寄鼠须并茧纸，请君章草赋黄楼。

① 八法：汉字中点、横、直、钩、撇、捺、斜画向上、左边短撇等。

次韵王廷老退居见寄二首

浪蕊浮花不辨春，归来方识岁寒人①。
回头自笑风波地②，闭眼聊观梦幻身。
北牖③已安陶令榻，西风还避庾公尘④。
更搔短发东南望，试问今谁裹旧巾。

① 岁寒人：喻人有操守。② 风波地：官场。③ 北牖（yǒu）：即北窗。④ 庾公尘：《世说新语·轻诋》载庾公权重，足倾王公，王以大扇扬尘，挥扇曰："元规尘污人。"庾亮字元规，权重朝野。此处以"庾公尘"喻权贵的气焰。

接果移花看补篱，腰镰手斧不妨持。
上都新事长先到，老圃闲谈未易欺。
酿酒闭门开社瓮，杀牛留客解耕犂。
何时得见纤纤玉，右手持杯左捧颐。

次韵颜长道送傅倅

两次黄花扫落英，南山山寺遍题名。
宗成不独依岑范，鲁卫终当似弟兄。
去岁云涛浮汴泗，与君泥土满衣缨。
如今别酒休辞醉，试听双洪落后声。

台头寺步月得人字

风吹河汉扫微云，步屧①中庭月趁人。
浥浥②炉香初泛夜，离离花影欲摇春。
遥知金阙同清景，想见毡车碾暗尘。
回首旧游真是梦，一簪华发岸纶巾③。

① 步屧（xiè）：散步。② 浥（yì）浥：香气浓郁散布的样子。

③岸纶巾：头巾上推，露出前额。

台头寺送宋希元

相从倾盖只今年，送别南台便黯然。
入夜更歌金缕曲，他时莫忘角弓①篇〔一〕。
三年不顾东邻女〔二〕，二顷方求负郭田〔三〕②。
我欲归休君未可，茂先方议劚③龙泉。

〔一〕公自注：是日，与宋君同栽松寺中。　〔二〕公自注：取宋玉。　〔三〕公自注：取季子。　〇以上皆徐州诗。

①角弓：即《诗经·小雅》中的篇目。乃讽刺劝诫之诗。②负郭田：靠近城郭的田。③劚（zhǔ）：掘取。

次韵曹九章见赠

蘧瑗①知非我所师，流年已似手中蓍。
正平②独肯从文举③，中散④何曾靳⑤孝尼⑥。
卖剑买牛真欲老，得钱沽酒更无疑。
鸡豚异日为同社，应有千篇唱和诗。

①蘧瑗（qú yuàn）：字伯玉，卫国人。春秋时卫国的大臣。②正平：祢衡字，平原郡般县人，东汉末年名士。③文举：即孔融，鲁国人，为孔子的二十世孙。④中散：中散大夫的省称。嵇康曾任中散大夫，世以"中散"称之。⑤靳：嘲弄，戏弄。⑥孝尼：即袁准。西晋陈郡阳夏人。袁涣子。忠信公正，不耻下问，以儒学知名。

余去金山五年而复至,次旧诗韵,赠宝觉长老

谁能斗酒博西凉,但爱斋厨法豉香。
旧事真成一梦过,高谭①为洗五年忙。
清风偶与山阿曲,明月聊随屋角方。
稽首愿师怜久客,直将归路指茫茫。

① 高谭:即高谈。

赠惠山僧惠表

行遍天涯意未阑,将心到处遣人安。
山中老宿依然在,案上楞严已不看。
欹枕落花余几片,闭门新竹自千竿。
客来茶罢空无有,卢橘杨梅尚带酸。

与秦太虚、参寥会于松江,而王子立、徐安中适至,分韵得风字二首

吴越溪山兴未穷,又扶衰病过垂虹。
浮天自古东南水,送客今朝西北风。
绝境自忘千里远,胜游难复五人同。
舟师不会留连意,拟看斜阳万顷红。

二子缘诗老更穷,人间无处吐长虹①。

平生睡足连江雨,尽日舟横擘岸②风。

人笑年来三黜惯,天教我辈一樽同。

知君欲写长相忆,更送银盘尾鬣红③。

① 吐长虹:吐气,发泄心中积愤之意。② 擘(bò)岸风:风吹离岸的舟行使。擘,开。③ 尾鬣(liè)红:指鱼。此鱼之尾和鳍为红色。

次韵孙秘丞见赠

感概清哀似变风,老于诗句耳偏聪。

迂疏自笑成何事,冷淡谁能用许功。

不怕飞蚊如立豹,肯随白鸟过垂虹〔一〕。

吟哦相对忘三伏,拟泛冰溪入雪宫。

〔一〕公自注:湖州多蚊蚋,豹脚尤毒。垂虹,吴江亭名。

仆去杭五年,吴中仍岁大饥疫,故人往往逝去。闻湖上僧舍,不复往日繁丽,独净慈本长老学者益盛,作诗寄之

来往三吴一梦间,故人半作冢累然①。

独依旧社传真法,要与遗民度厄年。

赵叟近闻还印绶②,竺翁先已反林泉。

何时策杖相随去,任性逍遥不学禅。

①累然：众多的样子；重叠的样子。②还印绶：谓致仕。

舶趠风^{〔一〕①}

吴中梅雨既过，飒然清风弥旬，岁岁如此，湖人谓之舶趠风。是时，海舶初回，云此风自海上与舶俱至云尔。

三旬已过黄梅雨，万里初来舶趠风。
几处萦回度山曲，一时清驶满江东。
惊飘萚萚先秋叶，唤醒昏昏嗜睡翁。
欲作兰台《快哉赋》，却嫌分别问雌雄。

〔一〕并序。

①舶趠（chào）风：指梅雨结束夏季开始之际强盛的季候风。

丁公默送蝤蛑①

溪边石蟹小如钱，喜见轮囷②赤玉盘。
半壳含黄宜点酒，两螯斫雪③劝加餐。
蛮珍海错④闻名久，怪雨腥风入坐寒。
堪笑吴兴馋太守，一诗换得两尖团。

①蝤蛑（qiú móu）：即梭子蟹。②轮囷（qūn）：盘曲的样子。③斫雪：蟹之两螯斫下后，其肉洁白如雪。④海错：海产之物，其种类繁多。

泛舟城南，会者五人，分韵赋诗，得人皆苦炎字四首

城中楼阁似鱼鳞，不见清风起白蘋。
试选苕溪最深处，仍呼我辈不羁人。
窥船野鹤何曾下，见烛飞虫空自驯。
绕郭荷花一千顷，谁知六月下塘春。

苦热诚知处处皆，何当危坐学心斋。
海螯①要共诗人把，溪月行遭雾雨霾。
乡国飘零断书信，弟兄流落隔江淮。
便应筑室苕溪上，荷叶遮门水浸阶。

① 海螯：指海蟹。

紫蟹鲈鱼贱如土，得钱相付何曾数。
碧筒时作象鼻弯，白酒微带荷心苦。
运肘风生①看斫鲙②，随刀雪落惊飞缕。
不将醉语作新诗，饱食应惭腹如鼓。

① 运肘风生：即运斤成风之意。② 斫鲙：薄切鱼片。

桥上游人夜未厌，共依水槛立风檐。
楼中煮酒初尝荠，月夜新妆半出帘。
南郭清游继颜谢①，北窗归卧等羲炎。
人间寒热无穷事，自笑疏顽不受砭。

① 颜谢：指唐代颜真卿，东晋谢安、谢万，皆于湖州做过太守。

送表忠观钱道士归杭〔一〕

通教自杭来,见余于吴兴。问:"观亦卒工乎?"曰:"未也。杭人比岁不登,莫有助我者。"余曰:"异哉!杭人重施轻财,是不独为福田,今岁成矣,其行乎?"及还,作诗送之。

先王旧德在民心,著令称忠上意深。
堕泪行看会祠下,挂名争欲刻碑阴。
凄凉破屋尘凝坐,憔悴云孙①雪满簪。
未信诸豪容郭解②,却从他县施千金。

〔一〕并引。

① 云孙:指钱自然道士。② 郭解:字翁伯,西汉游侠士。少时以任侠闻名,常劫掠财物。成年后散财结义,与当地官吏豪杰结交。郭解名声很大,汉武帝下令剿灭游侠。

次韵答孙侔

十年身不到朝廷,欲伴骚人赋落英。
但得低头拜东野①,不辞中路伺渊明。
舣舟苕霅②人安在,卜筑③江淮计已成。
千里论交一言足,与君盖亦不须倾。

① 低头拜东野:韩愈《醉留东野》有"低头拜东野,愿得终始如駏蛩"句。指心怀钦佩。东野,孟郊字。此处以其喻孙侔。② 苕霅:二溪名。在湖州。③ 卜筑:择地建筑住宅,即定居之意。

重寄〔一〕

凛然高节照时人，不信微官解逸君。
蒋济谓能来阮籍①，薛宣真欲吏朱云②。
好诗冲口谁能择，俗子疑人未遣闻。
乞取千篇看俊逸，不将轻比鲍参军。

〔一〕施注：陆务观云：孙少述，一字正之，与荆公交最厚，故荆公别少述诗云："应须一曲千回首，西去论心有几人。"又云："子今去此来何时，后有不可谁予规。"其相予如此。及荆公当国数年，不复相闻。人谓二公之交遂睽。故公诗云云。刘贡父亦有诗，曰："不负兴公遂初赋，更传中散绝交书。"○自此以上，皆杭州、密州、徐州、颍州之诗。

① "蒋济"句：《晋书》阮籍传载，太尉蒋济征召阮籍为属吏，阮作书信推辞。② "薛宣"句：《汉书》朱云传载，丞相薛宣延朱云"且留我东阁"，朱云说"小生乃欲相吏邪？"薛遂罢。

陈州与文郎逸民饮别，携手河堤上，作此诗〔一〕

白酒无声滑泻油，醉行堤上散吾愁。
春风料峭羊角转，河水渺绵瓜蔓流。
君已思归梦巴峡，我能未到说黄州。
此生聚散何穷已，未忍悲歌学楚囚①。

〔一〕自此以下，出狱至黄州后之诗。

① 楚囚：《左传·成公九年》载晋侯视察军府，问"南冠而絷者，谁也？"对曰："郑人所献楚囚也。"楚囚指处困境而不忘故国的人。

万松亭[一]

麻城县令张毅,植万松于道周,以芘①行者,且以名其亭。去未十年,而松之存者,十不及三四。伤来者之不嗣其意也,故作是诗。

十年栽种百年规,好德无人助我仪[一]。
县令若同仓庾②氏,亭松应长子孙枝③。
天公不救斧斤厄,野火解怜冰雪姿。
为问几株能合抱,殷勤记取角弓诗。

〔一〕并引。公自注:古语云:一年之计,树之以谷;十年之计,树之以木;百年之计,树之以德。

① 芘(bì):庇护。此指遮荫凉。② 仓庾:贮藏粮食的仓库。③ 子孙枝:树之嫩枝。

张先生[一]

先生不知其名,黄州故县人,本姓卢,为张氏所养。阳狂垢污,寒暑不能侵。常独行市中,夜或不知其所止。往来者欲见之,多不能致。余试使人召之,欣然而来。既至,立而不言。与之言,不应;使之坐,不可;但俯仰熟视传舍堂中,久之而去。夫孰非传舍者,是中竟何有乎?然余以有思惟心追蹑其意,盖未得也。

熟视空堂竟不言,故应知我未天全。
肯来传舍人皆悦,能致先生子亦贤。
脱屣不妨眠粪屋,流澌①争看浴冰川。

士廉②岂识桃椎③妙，妄意称量未必然。
〔一〕并序。

① 流澌：融解的冰块。② 士廉：高俭字，渤海蓨县（今河北景县）人。唐初宰相。凌烟阁二十四功臣之一。③ 桃椎：即朱桃椎。益州成都（今四川）人。结庐山中，不从官府之征召。

初到黄州

自笑平生为口忙，老来事业转荒唐。
长江绕郭知鱼美，好竹连山觉笋香。
逐客不妨员外置，诗人例作水曹郎。
只惭无补丝毫事，尚费官家压酒囊〔一〕。
〔一〕公自注：检校官例折支，多得退酒袋。

今年正月十四日，与子由别于陈州。五月，子由复至齐安，以诗迎之

惊尘急雪满貂裘，泪洒东风别宛丘。
又向邯郸枕中见，却来云梦泽南州。
暌离①动作三年计，牵挽当为十日留。
早晚青山映黄发，相看万事一时休。

① 暌离：离别，分离。

次韵答子由

平生弱羽①寄冲风②,此去归飞识所从。
好语似珠穿一一,妄心如膜退重重。
山僧有味宁知子,泷吏③无言只笑侬。
尚有读书清净业,未容春睡敌千钟④。

① 弱羽:嫩羽毛。谦辞,喻才浅力薄。② 冲风:暴风。③ 泷吏:长驻急流边以保行舟安全的小吏。④ 钟:千钟粟,代指高官厚禄。

观张师正所蓄辰砂

将军结发战蛮溪,箧有殊珍胜象犀。
漫说玉床收〔一〕箭镞,何曾金鼎识刀圭①。
近闻猛士收丹穴②,欲助君王铸枭蹄③。
多少空岩人不见,自随初日吐虹蜺。

〔一〕收:一作分。

① 刀圭:指药物。② 丹穴:产朱砂的矿穴。③ 枭蹄:马蹄形的铸金。

正月廿日,往岐亭,郡人潘、古、郭三人送余于女王城东禅庄院

十日春寒不出门,不知江柳已摇村。
稍闻决决流冰谷,尽放青青没烧痕。

数亩荒园留我住,半瓶浊酒待君温。
去年今日关山路,细雨梅花正断魂。

与潘三失解①后饮酒

千金敝帚人谁买,半额蛾眉世所妍。
顾我自为都眊矂②,怜君欲斗小婵娟。
青云岂易量他日,黄菊犹应似去年。
醉里未知谁得丧,满江风月不论钱。

① 失解:乡试落第,失掉解送入京之机会。② 眊矂(mào sào):失意,烦恼。

侄安节远来夜坐三首

南来不觉岁峥嵘,坐拨寒灰听雨声。
遮眼文书元不读,伴人灯火亦多情。
嗟予潦倒无归日,今汝蹉跎已半生。
免使韩公悲世事,白头还对短灯檠①。

① 灯檠(qíng):灯架。借指灯。

心衰面改瘦峥嵘,相见惟应识旧声。
永夜思家在何处,残年知汝远来情。

畏人默坐成痴钝,问旧惊呼半死生。
梦断酒醒山雨绝,笑看饥鼠上灯檠。

落第汝为中酒①味,吟诗我作忍饥声。
便思绝粒真无策,苦说归田似不情。
腰下牛闲方解佩②,洲中奴长足为生③。
大弨④一弛何缘彀⑤,已觉翩翩不受檠⑥。

①中酒:醉酒。②"腰下"句:指务农事。解下佩剑卖剑买牛,见《汉书》龚遂传。③"洲中"句:种柑橘千株为生计。《三国志·吴志》孙休传载,汉末,李衡官丹阳太守,为子孙计,在氾洲种橘千株称木奴千头,衡逝后,家道殷足。④弨(chāo):弓。⑤彀(gòu):弓张满。⑥檠:正弓之器。

乐全先生生日,以铁拄杖为寿二首

先生真是地行仙,住世因循五百年。
每向铜人话畴昔,故教铁杖斗清坚。
入怀冰雪生秋思,倚壁蛟龙护昼眠。
遥想人天会方丈,众中惊倒野狐禅。

二年相伴影随身,踏遍江湖草木春。
擿石旧痕犹作眼,闭门高节欲生鳞。
畏涂自卫真无敌,捷径争先却累人。
远寄知公不嫌重,笔端犹自斡千钧。

送牛尾狸与徐使君〔一〕

风卷飞花自入帷,一樽遥想破愁眉。
泥深厌听鸡头鹘〔二〕,酒浅欣尝牛尾狸。
通印子鱼犹带骨,披绵黄雀漫多脂。
殷勤送去烦纤手,为我磨刀削玉肌。

〔一〕公自注:时大雪中。 〔二〕公自注:蜀人谓泥滑滑为鸡头鹘。

太守徐君猷、通守孟亨之,皆不饮酒,以诗戏之

孟嘉嗜酒桓温笑,徐邈狂言孟德疑。
公独未知其趣尔,臣今时复一中之。
风流自有高人识,通介宁随薄俗移。
二子有灵应抚掌,吾孙还有独醒时。

雪后到乾明寺,遂宿

门外山光马亦惊,阶前屐齿我先行。
风花①误入长春苑,云月长临不夜城。
未许牛羊伤至洁,且看鸦鹊弄新晴。
更须携被留僧榻,待听摧檐泻竹声。

① 风花:雪花。

三朵花〔一〕

房州通判许安世以书遗予,言吾州有异人,常戴三朵花,莫知其姓名,郡人因以三朵花名之。能作诗,皆神仙意。又能自写真,人有得之者。许欲以一本见惠,乃为作此诗。

学道无成鬓已华,不劳千劫漫烝砂。
归来且看一宿觉,未暇远寻三朵花。
两手欲遮瓶里雀,四条深怕井中蛇。
画图要识先生面,试问房陵好事家。

〔一〕并引。

正月二十日,与潘、郭二生出郊寻春,忽记去年是日同至女王城作诗,乃和前韵

东风未肯入东门,走马还寻去岁村。
人似秋鸿来有信,事如春梦了无痕。
江城白酒三杯酽,野老苍颜一笑温。
已约年年为此会,故人不用赋招魂。

是日,偶至野人汪氏之居。有神降于其室,自称天人李全,字德通,善篆字,用笔奇妙,而字不可识,云天篆也。与余言,有所会者。复作一篇,仍用前韵

酒渴思茶漫扣门,那知竹里是仙村。
已闻龟策通神语,更看龙蛇落笔痕。

色瘁形枯应笑屈,道存目击①岂非温。
归来独扫空斋卧,犹恐微言入梦魂。

① 道存目击:语出《庄子·田子方》。言一个人具有深厚的道德修养,人们只在略一瞻中便能感受得到。

红梅三首

怕愁贪睡独开迟,自恐冰容不入时。
故作小红桃杏色,尚余孤瘦雪霜姿。
寒心未肯随春态,酒晕无端上玉肌。
诗老不知梅格在,更看绿叶与青枝〔一〕。

〔一〕公自注:石曼卿《红梅》诗云:"认桃无绿叶,辨杏有青枝。"

雪里开花却是迟,何如独占上春时。
也知造物含深意,故与施朱①发妙姿。
细雨裛②残千颗泪,轻寒瘦损一分肌。
不应便杂夭桃杏,数〔一〕点微酸已著枝。

〔一〕数:一作半。

① 施朱:涂抹胭脂。② 裛(yì):沾湿。

幽人自恨探春迟,不见檀心未吐时。
丹鼎夺胎那是宝〔一〕,玉人频颊①更多姿。
抱丛暗蕊初含子,落盏秾香已透肌。

乞与徐熙②新画样,竹间璀璨出斜枝。
〔一〕公自注:朱砂红银,谓之不夺胎色。

① 頩(pīng)颊:脸色红润光泽。此处喻红梅之色。② 徐熙:五代末、北宋初江宁人。善花鸟画。

和子由寄题孔平仲草庵

逢人欲觅安心法,到处先为问道庵。
卢子不须从若士,盖公当自过曹参。
羡君美玉经三火,笑我枯桑困八蚕。
犹喜大江同一味,故应千里共清甘。

次韵答元素〔一〕

余旧有赠元素词云:"天涯同是伤流落。"元素以为今日之先兆,且悲当时六客之存亡。六客,盖张子野、刘孝叔、陈令举、李公择,及元素与余也。

不愁春尽絮随风,但喜丹砂入颊红。
流落天涯先有谶①,摩挲金狄②会当同。
蘧蘧③未必都非梦,了了方知不落空。
莫把存亡悲六客,已将地狱等天宫。
〔一〕并引。○施注:元素,姓杨氏,名绘。前有《分赠元素桂花》诗。

① 谶（chèn）：预示、征验吉凶祸福。② 摩挲金狄：慨叹时光消逝，世事变迁。③ 蘧（qú）蘧：悠然自得的样子。

谢陈季常惠一揞巾

夫子胸中万斛宽，此巾何事小团团。
半升仅漉①渊明酒，二寸才容子夏冠。
好戴黄金双得胜②，休教〔一〕白苎一生酸。
臂弓腰箭何时去，直上阴山取可汗。

〔一〕休教：一本作可怜。

① 漉：过滤，滤清。② 得胜：用金环以裹冠巾，双系其带，名得胜环。

赠黄山人

面颊照人元自赤，眉毛覆眼见来乌。
倦游不拟谈玄牝，示病何妨出白须。
绝学已生真定慧，说禅长笑老浮屠。
东坡若肯三年住，亲与先生看药炉。

六年正月二十日,复出东门,仍用前韵

乱山环合水侵门,身在淮南尽处村。
五亩渐成终老计,九重新扫旧巢痕。
岂惟见惯沙鸥熟,已觉来多钓石温。
长与东风约今日,暗香先返玉梅魂。

食甘

一双罗帕未分珍,林下先尝愧逐臣。
露叶霜枝剪寒碧,金盘玉指破芳辛。
清泉蔌蔌先流齿,香雾霏霏欲噀①人。
坐客殷勤为收子,千奴②一掬奈吾贫。

① 噀(xùn):喷。② 千奴:柑树千株。

二月三日点灯会客

江上东风浪接天,苦寒无赖破春妍。
试开云梦羔儿酒,快泻钱塘药玉船。
蚕市光阴非故国,马行灯火记当年。
冷烟湿雪梅花在,留得新春作上元。

次韵子由种杉竹

吏散庭空雀噪檐,闭门独宿夜厌厌①。
似闻梨枣同时种,应与杉篁刻日添。
糟曲②有神熏不醉,雪霜夸健巧相沾。
先生坐待清阴满,空使人人叹滞淹③。

① 厌厌:安静的样子。② 糟曲:酿酒酵母,此指酒。③ 滞淹:久沉下位,不得擢升。

徐君猷挽词

一舸南游遂不归,清江赤壁照人悲。
请看行路无从涕,尽是当年不忍欺。
雪后独来栽柳处,竹间行复采茶时。
山成散尽樽前客,旧恨新愁只自知。

别黄州

病疮老马不任鞿①,犹向君王得敝帏〔一〕。
桑下岂无三宿恋,樽前聊与一身归。
长腰②尚载撑肠米,阔领先裁盖瘿衣。
投老③江湖终不失,来时莫遣故人非。

〔一〕帏:一作帷。

① 靮(jī):马络头。② 长腰:稻米的品名。其米粒长而精好。③ 投老:到老,临老。

圆通禅院,先君旧游也。四月二十日晚至,宿焉。明日忌日也,乃手写宝积献盖颂佛一偈,以赠长老仙公。仙抚掌笑曰:"昨夜梦宝盖飞下,著处辄出火。岂此祥乎?"乃作是诗,院有蜀僧宣逮,事讪长老,识先君云

石耳峰头路接天,梵音堂下月临泉。
此生初饮庐山水,他日徒参雪窦禅。
袖里宝书犹未出,梦中飞盖已先传。
何人更识嵇中散,野鹤昂藏①未是仙。

① 昂藏:轩昂。

次韵道潜留别〔一〕

为闻庐岳多真隐,故就高人断宿攀①。
已喜禅心无别话,尚嫌剃发有诗斑。
异同更莫疑三语,物我终当付八还。
到后与君开北户,举头三十六青山②。

〔一〕参寥从先生于黄。期年，先生移汝，同游庐山，乃还于潜山中。

① 宿攀：平素之牵挂。② 三十六青山：河南登封北少室山之三十六峰。

次韵叶致远见赠

欲求五亩寄樵苏①，所至迟留似贾胡②。
信命不须歌去汝，逢人未免叹犹吾。
人皆劝我杯中物，我独怜君屋上乌。
一伎文章何足道，要言〔一〕摩诘是文殊。

〔一〕言：一作知。

① 樵苏：柴草。亦指打柴割草的人。此苏轼自指。② 贾（gǔ）胡：经商的胡人。

次韵杭人裴维甫

余杭门外叶飞秋，尚记居人挽去舟。
一别临平山上塔，五年云梦泽南州。
凄凉楚些①缘吾发，邂逅秦淮为子留。
寄谢西湖旧风月，故应时许梦中游。

① 楚些：指《楚辞·招魂》中句尾常用的语气词。此处用以比裴维甫之诗。

次韵段缝见赠

季子东周负郭田,须知力穑①是家传。
细思种薤五十本,大胜取禾三百廛。
若得与君连北巷,故应终老忘西川。
短衣匹马非吾事,只拟关门不问天。

① 力穑:致力农事。

次韵滕元发、许仲途、秦少游

二公诗格老弥新,醉后狂吟许野人。
坐看青丘吞泽芥,自惭黄潦①荐溪蘋②。
两邦旌纛③光相照,十亩锄犁手自亲。
何似秦郎妙天下,明年献颂请东巡。

① 黄潦:浑黄的积水。② 溪蘋:水草。古代供祭祀之用。
③ 旌纛(dào):旌旗。

次韵蒋颖叔〔一〕

月明惊鹊未安枝,一棹飘然影自随。
江上秋风无限浪,枕中春梦不多时。
琼林花草闻前语,罨画溪①山指后期〔二〕。

岂敢便为鸡黍约②,玉堂金殿要论思。

〔一〕蒋颖叔,名之奇,宜兴人。 〔二〕公自注:蒋诗记及第时琼林苑宴坐中所言,且约同卜居阳羡。

① 罨(yǎn)画溪:在常州宜兴。源出悬脚岭,东流入太湖。② 鸡黍约:故人相聚以鸡黍饷客的约请。此指相约归田卜居。

王仲父哀辞〔一〕

仁宗朝以制策登科者十五人,轼忝冒①时,尚有富彦国、张安道、钱子飞、吴长文、夏公酉、陈令举、钱醇老、王中父、并轼与家弟辙九人存焉。其后十有五年,哭中父于密州,作诗吊之,则子飞、长文、令举殁矣。又八年,轼自黄州量移②汝海,与中父之子沇之相遇于京口,相持而泣,则十五人者,独三人存耳,盖安道及轼与家弟而已。呜呼悲夫!乃复次前韵,以遗沇之。时沇之亦以罪谪家于钱塘云。

生刍③不独比前人,束藁④端能废谢鲲⑤。

子达想无身后念,吾衰不复梦中论。

已知毂豹为均死,未识荆凡定孰存。

堪笑东坡痴钝老,区区犹记刻舟痕。

〔一〕并引。

① 忝冒:谦辞。忝列。② 量移:对远谪官员酌情内移安置。③ 生刍:鲜草。此指祭奠。《后汉书》徐稺传载徐稺致祭,"置生刍一束于庐前而去",人解说《诗经·白驹》有"生刍一束,其人如玉",赞美死者德行。④ 束藁(gǎo):一束禾秆。⑤ 废谢鲲:舍弃谢鲲。谢鲲,晋名士,谢安伯父。《晋书》谢鲲传载,卫玠死,谢鲲恸哭道:"栋梁折断,不觉哀伤。"

卷二十二

苏东坡七律下

二百八十二首

和王斿二首

异时长怪谪仙人，舌有风雷笔有神。
闻道骑鲸游汗漫①，忆尝扪虱话悲辛。
气吞余子无全目，诗到诸郎尚绝伦。
白发故交空掩卷，泪河东注问苍旻②。

① 汗漫：浩瀚无边。② 苍旻：苍天。

袅袅春风送度关，娟娟霜月照生还。
迟留岁暮江淮上，来往君家伯仲间。
未厌冰滩吼新洛，且看松雪媚南山。
野梅官柳①何时动，飞盖②长桥待子闲。

① 官柳：官府所植柳，泛指道旁柳树。② 飞盖：即急行之车。

次韵张琬[一]①

新洛霜余两岸隆，尘埃举袂②识西风。
临淮自古多名士，樽酒相连[二]乐寓公③。
半日偷闲歌啸里，百年暗尽往来中。
知君不向穷愁老，尚有清诗气吐虹。

[一] 施注：是时有两张琬。一韩城人，父昇，枢密使，归

老嵩少。元祐初,琬自齐州倅求便亲养,两易卫尉丞,以才擢知秀州。崇宁间,为广东转运副使,移京东西路。又一鄱阳人,治平二年登第。诗中有"临淮自古多名士"之句,临淮乃泗邑,疑自有一张琬,而二人者皆非也。姑载于此,以俟知者正之。
〔二〕连:一作从。

① 张琬:字德甫,鄱阳人。英宗治平二年(1065)进士。② 举袂(mèi):把袖子举起来。③ 寓公:寄寓他乡之仕宦者。此苏轼自谓。

赠梁道人

采药壶公①处处过,笑看金狄手摩挲。
老人大父识君久,造物小儿如子何。
寒尽山中无历日,雨斜江上一渔蓑。
神仙护短多官府,未厌人间醉踏歌。

① 壶公:传说中的仙人。

泗州南山监仓萧渊东轩二首

偶随樵父采都梁〔一〕,竹屋松扉试乞浆。
但见东轩堪隐几①,不知公子是监仓。
溪中乱石墙垣古,山下寒蔬匕箸②香。
我是江南旧游客,挂冠知有老萧郎。

〔一〕公自注：南山，名都梁山，出都梁香故也。

①堪隐几：谓可供休憩。②匕箸：食具。指匙与筷。

北望飞尘苦昼霾①，洗心聊复寄东斋②。
珍禽声好犹思越③，野橘香清未过淮。
有信微泉来远岭，无心明月转空阶。
一官仓庾④真堪老，坐看松根落断崖。

①昼霾：白日昏暗。②东斋：即萧渊东轩。③思越：谓思念故土。④仓庾：泛指粮仓。

泗州除夜雪中黄师是①送酥酒二首

暮雪纷纷投碎米②，春流活活〔一〕③走黄沙。
旧游似梦徒能说，迁〔二〕客如僧岂有家。
冷砚欲书先自冻，孤灯何事独成〔三〕花。
使君半夜分酥酒，惊起妻孥一笑哗。

〔一〕活活：一作咽咽。　〔二〕迁：一作逐。　〔三〕成：一作生。

①黄师是：即黄寔。北宋陈州人，一字公是。黄好谦子。举进士。与苏轼友善。两女皆嫁轼子。②投碎米：喻雪细而密。③活活：水流声。

关右土酥黄似酒，扬州云液①却如酥。
欲从元放②觅拄杖，忽有麹生③来坐隅。

对雪不堪令饱暖,隔船应已厌歌呼。
明朝积玉④深三尺,高枕床头尚一壶。

① 云液:谓酒。② 元放:字左慈,东汉庐江人。在峨眉山修炼得道。③ 麹(Qū)生:即麹秀才。④ 积玉:即积雪。

章钱二君见和,复次韵答之,二首

黄昏已作风翻絮①,半夜犹惊月在沙②。
照汴玉峰明佛刹,隔淮云海暗人家。
来牟③有信迎三白,薝蔔④无香散六花。
欲唤阿咸来守岁,林乌枥马⑤斗欢〔一〕哗。

〔一〕欢:一作喧。

① 风翻絮:形容雪花飞舞之貌。② 月在沙:形容白雪铺地,如月照沙上。③ 来牟:麦之泛称。④ 薝蔔(zhān bǔ):旧说即栀子花。⑤ 枥马:厩中之马。

分无纤手裁春胜①,更有新诗点蜀酥。
醉里冰髭②失缨络③,梦回布被起廉隅④。
君应旅睫寒生晕,我亦饥肠夜自呼。
明日南山春色动,不知谁佩紫微壶。

① 春胜:旧时立春日,妇女头戴彩胜,以示迎春。② 冰髭:被冻住的胡子。③ 缨络:以珠玉缀成之饰物。④ 廉隅:棱角。

书刘君射堂〔一〕

兰玉当年刺史家,双韔①驰射笑穿花。
而今白首闲骢②马,只有清樽照画蛇③。
寂寂小轩蛛网遍,阴阴垂柳雁行斜。
手柔弓燥④春风后,置酒看君中戟牙。

〔一〕集本云:刘乙新作射堂。公自注:乙父尝知眉州。

① 韔(jiàn):弓袋。② 骢(cōng):青白杂毛马。③ 画蛇:指彩绘之弓。④ 手柔弓燥:谓手柔和,弓干燥而强劲。

留题兰皋亭

雪夜东风未肯和,叩门迁客夜经过。
不知旧竹生新笋,但见清伊换浊河。
无复往来乘下泽,聊同笑语说东坡。
明年我亦开三径,寂寂兼无雀可罗。

和人见赠

只写东坡不著名,此身已是一长亭①。
壮心无复春流②起,衰鬓从教病叶零。
知有雪儿供笔砚,应嗤灶妇③洗盆瓶。
回来索酒公应厌,京口新传作客经。

①长亭：秦汉十里置亭，故称之。此指人生旅程，有去日苦多之意。②春流：春水。③灶妇：厨下做炊事之妇。

和田仲宣见赠

头白江南醉司马^①，宽心时复唤殷兄。
寒潮不应淮无信，客路相随月有情。
未许低头拜东野，徒言共饮胜公荣^②。
好诗恶韵^③那容和^④，刻烛应须便置觥。

①醉司马：即白居易。自号醉吟先生。曾被贬为江州司马。②公荣：刘昶字。东晋沛国济阴人。性嗜酒。常与人终日共饮，官至兖州刺史。③恶韵：险韵，难押的韵。④容和：谓曲意苟合。

记梦〔一〕

乐全先生梦人以诗三篇示之，字皆旁行而不可识。旁有人道衣古貌，为读其中一篇云："人事且常在，留质悟圆间。"凡四句，觉而忘其二，以告其客苏轼。轼以私意广之云。
圆间有物物间空，岂有圆空入井中。
不信天形真个样，故应眼力自先穷。
连环易〔二〕解如神手，万窍犹号未济风。
稽首问公公大笑，本来谁碍更求通。
〔一〕并序。　〔二〕易：一作已。

与欧育等六人饮酒

忽惊春色二分空,且看樽前半丈红。
苦战知君便①白羽②,倦游怜我忆黄封③。
年来齿发老未老,此去江淮东复东。
记取六人相会处,引杯看剑坐生风。

①便:熟悉,擅长。②白羽:谓箭。③黄封:酒名。宫廷酿造之酒以黄罗帕封,故称之。也泛指美酒。

和仲伯达

归山岁月苦无多,尚有丹砂奈老何。
绣谷只应花自染,镜潭长与月相磨。
君方傍海看初日,我已横江击素波①。
人不我知斯我贵,不须雷雨起龙梭②。

①素波:白色波浪。②龙梭:织布的梭子。梭化龙而去,故称。见《晋书·陶侃传》。

送竹几与谢秀才

平生长物扰天真,老去归田只此身。
留我同行木上座①,赠君无语竹夫人②。

但随秋扇年年在，莫斗琼枝③夜夜新。
堪笑荒唐玉川子④，暮年家口若为亲？

① 木上座：手仗。② 竹夫人：即竹几。③ 琼枝：喻灯烛。④ 玉川子：即卢仝。唐代诗人，初唐四杰卢照邻之孙。自号玉川子。

次韵许遵

蒜山渡口挽归艎①，朱雀桥边看道装。
供帐②已应烦百两，击鲜③无久溷诸郎。
问禅时到长干寺，载酒闲过绿野堂。
此味只忧儿辈觉，逢人休道北窗凉。

① 归艎：归船。② 供帐：即供张。张设帷帐。③ 击鲜：谓杀牲。

送穆越州〔一〕

江海相忘十五年，羡公松柏蔚苍颜。
四朝耆旧①冰霜后，两郡风流水石间。
旧政犹传蜀父老，先声②已振越溪山。
樽前俱是蓬莱守，莫放高楼雪月闲。

〔一〕穆名珣，字东美。

① 耆旧：年高而有才德之人。② 先声：昔日的声望。

赠葛苇

竹椽茅屋半摧倾,肯向蜂窠①寄此生。
长恐波头卷室去,欲将船尾载君行。
小诗试拟孟东野②,大草闲临张伯英③。
消遣百年须底物④,故应怜我不归耕。

① 蜂窠:蜂巢,蜂房。比喻小屋。② 孟东野:名郊,唐代著名诗人,多苦寒之辞。③ 张伯英:名芝,东汉敦煌酒泉人。与弟昶俱善草书。④ 底物:何物。

次韵送徐大正〔一〕①

别时酒盏照灯花,知我归期渐有涯。
去岁渡江萍似斗②,今年并海③枣如瓜④。
多情明月邀君共,无价青山为我赊。
千首新诗一竿竹,不应空钓汉江槎⑤。

〔一〕公自注:尝与余约卜邻于江淮间。将赴登州,同舟至山阳,以诗见送,留别。

① 徐大正:字得之,一作德之。北宋建州瓯宁人。人称北山学士。② 萍似斗:源于《孔子家语·致思》"楚江萍"之故事。喻吉祥而罕见难得之物。③ 并海:傍海。④ 枣如瓜:源于《史记·封禅书》"安期生食巨枣,大如瓜"之故事。⑤ 汉江槎:即汉江之槎头鳊。

次韵徐积[1]

杀鸡未肯邀季路[2],裹饭先须问子来[3]。
但见中年隐槐市,岂知平日赋兰台。
海山入梦方东去,风雨留人得暂陪。
若说峨眉眼前事,故乡何处不堪回。

[1] 徐积:北宋楚州山阳(今江苏淮安)人,字仲车,性至孝。英宗治平四年(1067)进士。[2] 季路:即仲由,春秋时鲁国卞人,孔子弟子,性直好勇。[3] 子来:当作子桑。古代的隐士,和子舆是朋友。

过密州,次韵赵明叔、乔禹功

先生依旧广文贫,老守时遭醉尉嗔。
汝辈何曾堪一笑,吾侪相对复三人。
黄鸡唱晓凄凉曲,白发惊秋见在身。
一别胶西旧朋友,扁舟归钓五湖春。

登州孙氏松堂

万松谁种已狨狨[1],半岭苍云映此邦。
露重珠璎蒙翠盖[2],风来石齿碎寒江。
浮空两竹横南阁,倒景扶桑[3]射北窗。

坐待夕烽传海峤，重城归去踏逢逢。

① 㧐（chuǎng）㧐：耸立的样子。② 翠盖：翠羽装饰之车盖。③ 扶桑：太阳。

次韵赵令铄①

东坡已报六年穰②，惆怅红尘③白首郎④。
枕上溪山犹可见，门前冠盖已相望。
故人年少真琼树⑤，落笔风生战堵墙⑥。
端向瓮间寻吏部⑦，老来专以醉为乡。

① 赵令铄：字伯坚，宋太祖五世孙。神宗朝进士。累官至宝文阁待制。② 六年穰（ráng）：六年丰收。③ 红尘：指京城。④ 白首郎：谓老大而为郎官。⑤ 琼树：喻美好人品。⑥ 战堵墙：谓与学士们竞争。⑦ 吏部：指南朝谢朓。朓曾为尚书吏部郎，故称。

次韵王定国得颍倅①二首

仙风入骨已凌云，秋水为文不受尘。
一噫固应号地籁，余波犹足挂天绅②。
买牛但自捐三尺③，射鼠何劳挽六钧④。
莫向百花潭上去，醉翁不见与谁亲。

① 颍倅（cuì）：颍，颍州。倅，副职。② 天绅：自天垂下之大带。指瀑布。③ 三尺：谓剑。④ 六钧：谓弓。

滔滔四海我知津，每愧先生植杖耘。
自少多言晚闻道，从今闭口不论文。
滟翻白兽樽中酒，归煮青泥坊底芹。
要识老僧无尽处，床前牛蚁①不曾闻。

① 牛蚁：言世间无谓争斗。

次韵王震〔一〕

携文过我治平间，雾豹①当时始一班。
闻道吹嘘借余论，故教流落得生还。
清篇带月来霜夜，妙语先春发病颜。
诗酒暮年犹足用，竹林高会许时攀。
〔一〕自此以上，皆黄州、常州居住，暨自登州将还朝之诗。

① 雾豹：喻潜居者。此指王震。

次韵周邠〔一〕①

南迁欲举力田科②，三径初成乐事多。
岂意残年踏朝市③，有如疲马畏陵坡。

羡君同甲心方壮,笑我无聊鬓已皤④。
何日西湖寻旧赏,淡烟疏雨暗渔蓑。

〔一〕自此以下,入朝为起居舍人、翰林学士以后之诗。

① 周邠(bīn):北宋杭州钱塘人,字开祖。苏轼多与酬唱。② 力田科:耕田之营生。③ 朝市:朝廷与市肆。此指朝廷。④ 皤:白的样子。

次韵胡完夫〔一〕①

青衫②别泪尚斓斑③,十载江湖困抱关④。
老去上书还北阙,朝来挂笏⑤看西山。
相从杯酒形骸外,笑说平生醉梦间。
万事会须咨伯始,白头容我占清闲。

〔一〕完夫名宗愈,晋陵人,副枢宿之侄。

① 胡完夫:即胡宗愈,北宋常州晋陵人,仁宗四年进士。② 青衫:文官八品九品之官服。③ 斓斑:色彩错杂的样子。④ 抱关:守门。言官位卑微。⑤ 挂笏(hù):源于《世说新语·简傲》。后以"挂笏看山"形容官员有闲情雅兴。

次韵钱穆父①

老入明光踏旧班,染须那复唱阳关。
故人飞上金銮殿,病〔一〕客来从饮裹山。

大笔推君西汉手,一言置我老刘间〔二〕。

便须置酒呼同舍,看赐飞龙②出帝闲③。

〔一〕病:《集》作迁。 〔二〕老刘:《集》作二刘。公自注:公行轼告词,引董仲舒、刘向事。

① 钱穆父:即钱勰,北宋杭州临安人,钱彦远子。以荫知尉氏县。② 飞龙:良马名。③ 帝闲:此指宋宫内马厩名。

次韵穆父舍人再赠之什

诏语①春温昨夜班,屋头鸣鵙②便关关。
游仙梦觉月临幌,贺雨诗成云满山。
怜我白头来仗下,看君黄气③发眉间。
凤池④故事同机务,火急开樽及尚闲。

① 诏语:擢苏轼任起居舍人之诏旨。② 鸣鵙:谓伯劳之鸣。③ 黄气:吉祥之气。④ 凤池:谓中书省。

再次韵答完夫、穆父〔一〕

掖垣①老吏〔二〕识郎君,并辔天街两绝尘②。
汗血固应生有种,夜光那复困无因。
岂知西省③深严地,也著东坡病瘦身。
免使谪仙明月下,狂歌对影只三人。

〔一〕公自注：二公自言，先世同在西掖。　〔二〕吏：一作史。

① 掖垣：唐代以门下、中书两省称左右掖。② 绝尘：良马名。此处用以比喻完夫、穆父。③ 西省：指中书省。

次韵答满思复①

自甘茅屋老三间，岂意彤廷②缀两班。
纸落云烟③供醉后，诗成珠玉看朝还。
谁言载酒山无贺，记取啼乌巷有颜。
但恐跛牂④随赤骥⑤，青云飞步不容攀。

① 满思复：即满中行，金乡（今山东）人，以国子监直讲、著作佐郎擢馆阁校勘《续资治通鉴长编》。② 彤廷：汉官廷中庭漆成朱色。此指汴京官殿。③ 纸落云烟：言才思敏捷，创作神速。④ 跛牂（zāng）：瘸腿羊。苏轼自谦之词。⑤ 赤骥：良马。此指思复。

和人假山

上党挽天①碧玉环②，绝河千里抱商颜③。
试观烟雨三峰外，都在灵仙一掌间。
造物何如童子戏，写真聊发使君闲。
何当挈取西征去④，画作围床六曲山⑤。

① 挼天：参天，高耸入天。② 碧玉环：言水环绕。③ 商颜：山名。即商山。④ 西征去：苏轼言归眉山之故居之意。⑤ 六曲山：谓绘有山峦之六折屏风。

次韵子由送千之侄

江上松楠深复深，满山风雨作龙吟。
年来老干都生菌，下有孙枝①欲出林。
白发未成归隐计，青山傥有济时心。
闭门试草三千牍②，仄席③求人少似今。

① 孙枝：树之嫩枝。② 三千牍：言书奏之多。③ 仄席：即侧席，不正坐。

次韵钱舍人病起

床下龟寒且耐支，杯中蛇去①未应衰。
殿门明日逢王傅②，櫑具③争先看不疑。
坐觉香烟携袖少，独愁花影上廊迟。
何妨一笑千疴散，绝胜仓公饮上池。

① 杯中蛇去：用杯弓蛇影事，言病愈。② 王傅：贾谊为长沙王太傅，迁梁王太傅，因称之。此指钱勰。③ 櫑（lěi）具：古长剑名。柄上有玉饰等。

次韵朱光庭初夏

朝罢人人识郑崇①,直声如在覆声中。
卧闻疏响梧桐雨,独咏微凉殿阁风。
谏苑君方续承业②,醉乡我欲访无功③。
陶然一枕谁呼觉,牛蚁初除病后聪。

① 郑崇:西汉扶风平陵人,字子游。以谏下狱死。② 承业:乐运字。作《谏苑》。主要录夏商以来谏诤事。③ 无功:王绩字。著《醉乡记》,盛赞醉乡之美。

送贾讷倅眉①二首

当年入蜀叹空回,未见峨眉肯再来。
童子遥知颂襦袴②,使君先已洗樽罍〔一〕③。
鹿头④北望应逢雁,人日⑤东郊尚有梅〔二〕。
我老不堪歌乐职⑥,后生试觅子渊才。

〔一〕公自注:李大夫,眉之贤守也。　〔二〕公自注:人日出东郊,渡江,游蟆颐山,眉之故事也。

① 倅眉:即眉州副知州。② 颂襦袴:歌颂良吏施行惠政。③ 樽罍(léi):酒器名。④ 鹿头:山名。在今四川德阳北。⑤ 人日:农历正月初七。⑥ 乐职:诗题名。后用以称颂太守之词。

老翁山①下玉渊②回,手植青松三万栽③。
父老得书知我在,蓬蒿亲手为君开。

试看一——龙蛇④舞,更听萧萧风雨哀。
便与甘棠⑤同不剪,苍髯白甲待归来〔一〕。

〔一〕公自注:先君葬于蟆颐山之东二十余里,地名老翁泉,君许为一往。感叹之深,故及之。

① 老翁山:指蟆颐山。② 玉渊:指老翁井。③ 三万栽:谓三万株。④ 龙蛇:松。⑤ 甘棠:棠梨树。

次韵李修孺①留别二首

十年流落敢言归,鱼鸟江湖只自知。
岂意青天扫云雾,尽呼黄发寄安危。
风流吾子真前辈,人物他年记一时。
我欲折繻②留此老,缁衣③谁作好贤诗。

① 李修孺:即李曼,射洪(今四川射洪西北)人,仁宗嘉祐间进士。② 折繻:毁掉出关凭证。③ 缁衣:《诗经·郑风》篇名。《礼记》载《缁衣》为"好贤"之诗。

此生别袖几回麾,梦里黄州空自疑。
何处青山不堪老,当年明月巧相随。
穷通等是思家意,衰病难堪送客悲。
好去江鱼煮江水①,剑南归路有姜诗。

①"好去"句:《后汉书·列女传》姜诗妻传载,姜诗孝子,妻庞氏女,姜母眼疾,需饮江水,庞氏不辞劳苦,走六七里远取之。姜母嗜食鱼,家中贫寒,夫妻又竭力满足。

和周正孺坠马伤手

平生学道已神完,岂复儿童私自怜。
醉坠何曾伤内守,色忧当为念先传。
书空①渐觉新诗健,把蟹行看乐事全。
卖却老骢为酒直,大呼乡友作新年。

① 书空:以手指于空中虚划字形。

潘推官母李氏挽辞

南浦凄凉老逐臣,东坡还往①尽幽人。
杯柈〔一〕惯作陶家客,弦诵②尝叨孟母邻。
尚有升堂他日约,岂知负土一阡③新。
今年我欲江湖去,暮雨连山宰树④春。

〔一〕柈:一作盘。

① 还往:谓朋友交际。② 弦诵:谓学习授业。③ 阡:坟墓。④ 宰树:墓上之树。

玉堂栽花,周正孺有诗,次韵

故山桃李半荒榛,粗报君恩便乞身①。
竹箪②暑风招我老,玉堂花蕊为谁春。

纤纤翠蔓诗催发,皎皎霜葩③发斗新④。
只有来禽青李帖⑤,他年留与学书人。

① 乞身:谓致仕退职。② 竹簟(diàn):竹席。③ 霜葩:白色的花。④ 发斗新:白发与白花争巧斗新。⑤ 来禽青李帖:王羲之所书法帖。

杜介送鱼

新年已赐黄封酒,旧老仍分赪尾鱼①。
陋巷关门负朝日,小园除雪得春蔬。
病妻起斫银丝鲙②,稚子欢寻尺素书。
醉眼朦胧觅归路,松江烟雨晚疏疏。

① 赪(chēng)尾鱼:谓赤尾鱼。② 银丝鲙:细切之鱼肉。

送杜介归扬州

再入都门万事空,闲看清洛①漾东风。
当年帷幄②几人在,回首觚棱③一梦中。
采药会须逢蓟子④,问禅何处识庞翁⑤。
归来邻里应迎笑,新长淮南旧桂丛。

① 清洛:洛水,即汴渠。② 帷幄:宫室之帷幕。此处指入侍

之近臣。③ 甋棱:宫殿屋角之瓦脊梁。此处代指皇宫。④ 蓟子:谓蓟子训。东汉建安年间名士。⑤ 庞翁:名蕴,字通玄,唐衡阳郡(今湖南衡阳)人。禅门居士,有"东土维摩"之称。

次韵张昌言给事省宿

冯颠①久已欹残雪,戎眼何曾眩落晖。
朔野按行犹爵跃,东台②瞑坐觉乌飞〔一〕。
谩夸年少容吾在〔二〕,若斗樽前举世稀。
待向嵩阳求水竹,一犁烟雨伴公归。

〔一〕公自注:道家有乌飞入兔宫之说。 〔二〕公自注:乐天诗云:"犹有夸张少年处,笑呼张丈唤殷兄。"

① 冯颠:西汉冯唐白首为郎署长。此处言张昌言。② 东台:谓门下省。

送钱承制赴广西路分都监①

当年我作表忠碑②,坐觉江山气未衰。
舞凤尚从天目下,收驹时有渥洼姿③。
踞床到处堪吹笛,横槊何人解赋诗。
知是丹霞烧佛手,先声应已慑群夷。

① 路分都监:官名,武职。掌屯戍、边防、训练之政令。② 表忠碑:碑名。苏轼所作,当在熙宁十年(1077)。③ 渥洼姿:神马之姿。

次韵曾子开①从驾二首

槐街绿暗雨初匀,瑞雾香风满后尘。
清庙幸同观济济,丰年喜复接陈陈②。
雍容已餍天庖③赐,俯伏初尝贡茗新。
辇路归来闻好语,共惊尧颡④类高辛。

① 曾子开:即曾肇,北宋建昌军南丰人,曾布弟,英宗治平四年(1067)进士。② 陈陈:谓陈谷逐年积增。③ 天庖:谓御厨。④ 尧颡(sǎng):旧说孔子前额很像帝尧。此处喻指宋哲宗。

入仗①魂惊愧草莱②,一声清跸③九门开。
晖晖日傍金舆转,习习风从玉宇来。
流落生还真一芥,周章危立近三槐〔一〕。
道旁傥有山中旧,问我收身盍晚回。

〔一〕公自注:学士班近执政。

① 入仗:朝会时皇帝仪仗进入。② 草莱:田野。喻浅陋之人。此苏轼自谓。③ 清跸(bì):皇帝出行,清道戒严。

再和二首

眼花错莫鬓霜匀,病马羸骖①只自尘。
奉引②拾遗叨侍从,思归少傅羡朱陈。
衰年壮观空惊目,险韵清诗苦斗新。

最后数篇君莫厌,捣残椒桂有余辛。

① 羸驺:羸,瘦弱。驺,主驾车马之吏。② 奉引:导引车驾。

忆观沧海过东莱,日照三山迤逦开。
桂观飞楼凌雾起,仙幢宝盖拂天来。
不闻宫漏催晨箭,但觉檐阴转古槐。
供奉清班非老处,会稽何日乞方回〔一〕。

〔一〕公自注:时方阙会稽守。

次韵贡父①省上

密云今日破郊西,疏雨翛翛②未作泥。
要及清闲同笑语,行看衰病费扶携。
花前白酒倾云液③,户外青骢响月题④。
不用临风苦挥泪,君家自与竹林⑤齐〔一〕。

〔一〕公自注:贡父诗中有不及与其兄原甫同时之叹,然其兄子仲冯今为起居舍人。

① 贡父:即刘攽。北宋临江军新喻人,号公非。刘敞弟。仁宗庆历六年(1046)进士。精于史学,助司马光修《资治通鉴》。② 翛(xiāo)翛:谓雨声。③ 云液:酒。④ 月题:马额上月形配饰。⑤ 竹林:谓竹林七贤。此处以阮籍及兄子咸比刘贡父及兄子仲冯。

再和

当年曹守我胶西,共厌铺①糟与汩②泥。
自古赤丸成习俗,因公黄犊免提携。
生还各有青山兴,病起犹能小字题。
莫怪歌呼③数相和,曾将狱市寄全齐〔一〕。

〔一〕公自注:贡父为曹州,盗贼皆奔邻境。尝有诗云:"从教晋盗稍奔秦。"

①铺:食。②汩:搅。③歌呼:吟诗。

和张昌言①喜雨

二圣忧勤忘寝食,百神奔走会风云。
禁林②夜直③鸣江濑④,清洛朝回起縠纹⑤。
梦觉酒醒闻好语,帐空簟冷发余薰。
秋来定有丰年喜,剩作新诗准备君。

①张昌言:名问,官给事中,苏轼友人。②禁林:翰林院之别称。③夜直:官吏夜间值宿府署。④江濑:水声。⑤縠(hú)纹:水之波纹。

次韵刘贡父西省种竹

要知西掖承平事,记取刘郎种竹初。
旧德终呼名字外,后生谁续笑谈余〔一〕。

成阴障日行当见,取笋供庖计已疏。
白首林间望天上,平安时报故人书。

〔一〕公自注:昔李公择种竹馆中,戏语同舍:"后人指此竹,必云李文正手植。"贡父笑曰:"文正不独系笔,亦知种竹邪?"时有笔工李文正。

次韵刘贡父独直省中

明窗畏日①晓先暾②,高柳鸣蜩③午更喧。
笔老新诗疑有物,心空客疾本无根。
隔墙我亦眠风榻④,上马君先琐月轩。
共喜蚤归三伏近,解衣盘礴亦君恩。

① 畏日:炎夏之日。② 暾(tūn):温暖、明亮之意。③ 鸣蜩:鸣蝉。④ 风榻:临风而放之卧具。

次韵张昌言喜雨

千里黄流失故居,年来赤地①到青徐②。
遥闻争诵十行诏③,无异亲巡六尺舆④。
精贯天人一言足,云兴岳渎万灵趋。
爱君谁似元和老⑤,贺雨诗成即谏书。

① 赤地:旱灾,边地不生五谷。② 青徐:今山东益都、江苏

徐州。③ 十行诏：指皇帝诏书。④ 六尺舆：皇帝所乘车。⑤ 元和老：指白居易。

次韵孔常父①送张天觉②河东提刑

送君应典鹔鹴③裘，凭仗千钟洗别愁。
脱帽风流余长史〔一〕，埋轮家世本留侯〔二〕。
子河骏马方争出〔三〕，昭义疲兵得少休〔四〕。
定向秋山得佳句，故关黄叶满行舟。

〔一〕公自注：君喜草书而不工，故以此为戏。　〔二〕公自注：张纲，子房七世孙也，犍为武阳人，墓在今彭山。君岂其后邪？　〔三〕公自注：麟府马出子河泌。　〔四〕公自注：唐称昭义步兵，盖泽潞弓箭手。

① 孔常父：即孔武仲，北宋临江新淦人，仁宗嘉祐八年（1057）进士。② 张天觉：即张商英，宋蜀州新津人，号无尽居士，英宗治平二年（1065）进士。③ 鹔鹴：神话传说中的西方神鸟。

次韵王定国倅扬州

此身江海寄天游，一落红尘不易收。
未许相如还蜀道，空教何逊①在扬州。
又惊白酒催黄菊，尚喜朱颜映黑头。
火急著书千古事，虞卿②应未厌穷愁。

① 何逊：南朝梁东海郯人，字仲言。善诗文。② 虞卿：战国

时人,游说之士。因游说赵孝成王,为赵上卿,故称之。

次韵张舜民①自御史出倅虢州留别

玉堂给札气如云,初起湘累②复佩银。
樊口③凄凉已陈迹〔一〕,班心〔二〕突兀见长身。
江湖前日真成梦,鄠杜④他年恐卜邻。
此去若容陪坐啸,故应客主尽诗人。

〔一〕公自注:昔与张同游武昌樊口,来诗中及之。 〔二〕公自注:台史谓御史立处为班心。

① 张舜民:北宋邠州人,号浮休居士、矴斋,英宗治平二年(1065)进士。为文豪迈有理致,长于诗。② 湘累:谓屈原。③ 樊口:地名,在今湖北鄂城西北。④ 鄠(hù)杜:谓鄠县、杜陵,在今陕西西安西南户县、西安东南。

次韵刘贡父所和韩康公①忆持国二首

梦觉真同鹿覆蕉,相君脱屣自参寥。
颜红底事发先白,室迩何妨人自遥。
狂似次公应未怪,醉推东阁不须招。
援毫欲作衣冠表②,盛事终当继八萧。

① 韩康公:即韩绛,字子华,北宋开封雍丘人。② 衣冠表:记录世族门第之谱牒。

闭户端居念独深，小轩朱槛忆同临。
燎须谁识英公①意，黄发②聊知子建心。
已托西风传绝唱，且邀明月伴孤斟。
他时内集应呼我，下客先拚③醉堕簪。

①英公：唐英国公李勣。②黄发：谓长寿之意。③拚（pàn）：舍弃，不顾惜。

次韵刘贡父叔侄扈驾①

玉堂②孤坐不胜清，长羡枚邹接长卿。
只许隔墙闻置酒，时因议事得联名。
机云③似我多遗俗，广受如君不治生。
共托属车④尘土后，钧天一饷梦中荣。

①扈（hù）驾：随侍皇帝车驾。②玉堂：谓翰林院。③机云：谓陆机、陆云兄弟。④属车：皇帝侍从之车。

次韵韩康公置酒见留

庭下黄花一醉同，重来雪巘已穹窿。
不应屡费讥安石①，但使无多酌次公。
钟乳金钗人似玉，鹍弦铁拨坐生风。
少卿尚有车茵②在，颇觉宽容胜弱翁。

① 安石：谢安字。② 车茵：车上垫褥。

次韵王都尉偶得耳疾

君知六凿①皆为赘，我有一言能决疣②。
病客巧闻床下蚁，痴人强觑③棘端④猴。
聪明不在根尘里，药饵空为仆婢忧。
但试周郎看聋否，曲音小误已回头。

① 六凿：人的耳、目、鼻、口等。② 决疣：毒瘤自行溃散。③ 觑（qù）：看，窥伺。④ 棘端：犹棘猴。喻徒费心力或欺诈诞妄。

和宋肇①游西池次韵

汉皇慈俭不开边②，尚教千艘下濑船③。
贪看艨艟飞斗槛④，不知员员舞钧天。
故山西望三千里，往事回思二十年。
自笑区区足官府，不如公子散神仙⑤。

① 宋肇：字楙宗。哲宗元祐元年（1086）为通直郎。② 开边：扩充疆土。③ 下濑（lài）船：行于浅水急流之平底小船。④ 艨艟、斗槛：古战船名。⑤ 散神仙：即散仙。喻自由旷达之人。

仆领贡举①未出，钱穆父雪中作诗见及，三月二十日，同游金明池，始见其诗，次韵为答

雪知我出已全消，花待君来未敢飘。
行避门生时小饮，忽逢骑史有嘉招。
鱼龙绝技来千里，斑白遗民数四朝。
知有黄公酒垆②在，苍颜华发自相遥。

① 领贡举：进士考试之主考官。② 黄公酒垆：指感怀旧友。晋王戎曾与嵇康、阮籍饮酒黄公酒肆。嵇、阮死，王戎又过酒肆，感时怀旧。

次韵子由五月一日同转对〔一〕①

跪奉新书笏在腰，谈王②正欲伴耕樵。
晋阳岂为一门事，宣政聊同五月朝。
忧患半生联出处，归休③上策蚤招要④。
后生可畏吾衰矣，刀笔从来错料尧。

〔一〕施注：元祐三年五月一日，公以翰林学士兼侍读、文定以户部侍郎同对。先是，公发策试廖正一馆职，问王莽、曹操事。侍御史王明叟觌奏论以为非是，韩川、赵挺之亦攻之。公屡疏丐去。故诗有"忧患半生""归休上策"云云。结用赵尧事，言事官中必有所指也。

① 同转对：兄弟同一日轮次奏事。② 谈王：转对上疏言事。③ 归休：致仕，退隐。④ 招要：即招邀，要约。

次韵许冲元①送成都高士敦钤辖②

桛中老监③本虚名,懒作燕山万里行。
坐看飞鸿迎使节,归来骏马换倾城。
高才本不缘勋阀④,余力还思治蜀兵。
西望雪山⑤烽火尽,不妨樽酒寄平生。

① 许冲元:即许将。北宋福州闽县人。仁宗嘉祐八年(1063)进士。② 钤辖:武官名。掌管治军屯戍、营防守卫政令。③ 桛(yí)中监:官名。掌管鞍马、鹰犬射猎等。④ 勋阀:功臣门第。⑤ 雪山:今四川松潘县东之岷山。

卧病逾月,请郡不许,复直①玉堂。十一月一日锁院,是日苦寒,诏赐官烛法酒,书呈同院

微霰②疏疏点玉堂,词头③夜下揽衣忙。
分光玉烛④星辰烂,拜赐宫壶⑤雨露香。
醉眼有花书字大,老人无睡漏声长。
何时却逐桑榆暖⑥,社酒寒灯乐未央。

① 直:值宿。② 微霰:细雪珠。③ 词头:朝廷命令词臣所拟之摘由或提要。④ 分光玉烛:赐官烛。⑤ 拜赐宫壶:受赐御酒。⑥ 桑榆暖:晚年幸福。

次韵王定国会饮清虚堂

何逊扬州又几年,官梅诗兴故依然。
何人可复间季孟①,与子不妨中圣贤。
卜筑②君方淮上郡③,归心我已剑南川。
此身正似蚕将老,更尽春光一再眠。

① 间季孟:季氏、孟氏之间。② 卜筑:择地建屋。③ 淮上郡:指宿州。

夜直玉堂,携李之仪①端叔诗百余首,读至夜半,书其后

玉堂清冷不成眠,伴直难呼孟浩然。
暂借好诗消永夜,每逢佳处辄参禅。
愁侵砚滴初含冻,喜入灯花欲斗妍。
寄语君家小儿子,他时此句一时编。

① 李之仪:字端叔,号姑溪居士,北宋沧州无棣人。神宗元丰年间进士。师事范纯仁。

范景仁和赐酒烛诗,复次韵谢之〔一〕

笙磬分均上下堂,游鱼舞兽自奔忙。
朱弦初识孤桐①韵〔二〕,玉琯②犹闻秬黍③香〔三〕。

万事今方咨伯始,一斑我亦愧真长。
此生会见三雍④就,无复辽辽叹未央⑤。

〔一〕公自注:时公方进新乐。 〔二〕公自注:旧乐金石声高而丝声微,今乐金石与丝声皆著。 〔三〕公自注:旧法以尺生律,今以黍定律,以律生尺。

① 孤桐:指琴。② 玉琯(guǎn):玉制古乐器名。③ 秬黍:谓黑米。④ 三雍:封建君王祭祀典礼之所。谓辟雍、明堂、灵台。⑤ 未央:未尽。

次韵刘贡父春日赐幡胜

宽诏随春出内朝,三军喜气挟狐貂。
镂银错落翻斜月,剪彩缤纷舞庆霄。
腊雪强飞才到地,晓风偷转不惊条。
脱冠径醉应归卧,便腹从人笑老韶〔一〕。

〔一〕公自注:前一日微雪,是日幕次赐酒。

再和

与君流落偶还朝,过眼纷纶七叶貂①。
莫笑华颠②飘彩胜,几人黄壤③隔青霄。
行吟未许穷骚雅,坐啸犹能出教条。
记取明年江上郡,五更春枕梦春韶。

① 七叶貂：指七世为贵官。② 华颠：白首。③ 黄壤：黄泉。

叶公秉、王仲至①见和，次韵答之

袗绤②方暑亦堪朝，岁晚凄风忆皂貂③。
共喜鹓鸾归禁御，心知日月在重霄。
君如老骥初遭络，我似枯桑不受条。
强镊霜须簪彩胜，苍颜得酒尚能韶。

① 王仲至：即王钦臣，北宋应天府宋城人，清亮有志操。② 袗绤：细葛布单衣。③ 皂貂：黑貂皮衣。

再和

衰迟何幸得同朝，温劲如君合珥貂①。
谁惜异材蒙径寸，自惭枯枿②借凌霄。
光风泛泛初浮水，红糁离离欲缀条。
后日一樽何处共，奉常端冕作咸韶。

① 珥貂：插貂尾的饰物。② 枯枿（niè）：朽枿。枿，伐木之后长出新芽。

王郑州①挽词

羡君华发起琳宫,右辅②初还鼓角雄。
千里农桑歌子产,一时冠盖③慕萧嵩。
那知聚散春粮外,便有悲欢过隙中。
京兆同僚几人在,犹思对案笔生风〔一〕。

〔一〕公自注:吾为开封府幕,与子难同厅。

① 王郑州:名克臣,字子难,河南人。② 右辅:畿内三辅之一,右扶风别称。③ 冠盖:借指官吏。

送吕昌朝知嘉州

不羡三刀梦蜀都,聊将八咏寄东吴。
卧看古佛凌云阁,敕赐诗人明月湖。
得句会应缘竹鹤,思归宁复为莼鲈①。
横空好在修眉②色,头白犹堪乞左符③。

① 莼鲈:莼菜、鲈鱼。② 修眉:长眉。③ 左符:州郡长官。

次韵黄鲁直寄题郭明父府推颍州西斋二首

树头啄木常疑客,客去而瞋定不然。
脱辖①已应生井沫,解衣聊复起庖烟②。

平生诗酒真相汙③,此去文书恐独贤。
蚤晚西湖晞华发,小舟翻动水中天。

①脱辖:取下车辖。②庖烟:厨烟。③汙(wū):牵累。

寂寞东京月旦州①,德星②无复缀珠旒③。
莫嗟平舆〔一〕④空神物,尚有西斋接胜流。
春梦屡寻湖十顷,家书新报橘千头。
雪堂亦有思归曲,为谢平生马少游。

〔一〕舆:去声。

①月旦州:谓东汉汝南部。②德星:喻贤士。③珠旒(liú):珠串。④平舆:古县名,今河南汝南县东北。

次韵秦少章①和钱蒙仲②

碧畦黄陇稻如京③,岁美人和易得情。
鉴里移舟④天外思,地中鸣角古来声。
山围故国城空在,潮打西陵⑤意未平。
二子有如双白鹭⑥,隔江相照雪衣明。

①秦少章:即秦觏。北宋扬州高邮人。秦观弟。哲宗元祐六年(1091)进士。②钱蒙仲:苏轼友钱穆父之子,浙杭州人。③京:高丘。④鉴里移舟:舟行清澈之水中。⑤西陵:今浙江萧山西兴镇。此处代越地。⑥白鹭:喻人品高洁。

次韵钱越州〔一〕

髯尹①超然定逸群,南游端为访云门②。
谪仙归侍玉皇案,老鹤来乘刺史轓③。
已觉簿书哀老子,故知笾豆④有司存。
年来齿颊生荆棘,习气因君又一言。

〔一〕施注:钱越州穆父先赋群字韵诗,东坡次其韵,钱又和,寄坡,复次其韵。先是,东坡起流落中,掌二制,勇于报国,不为顾虑,且复疏于言语。是时众贤虽聚本朝,而已有洛党、川党、朔党之语,言路多以谤讪诬之。二圣察其忠荩,不以为罪,诸公无以泄其怒,凡所荐引如黄鲁直、欧阳叔弼、王定国、秦少游,皆被弹劾,无得免者。公乃屡章乞去,历辩谤伤。元祐四年三月,除龙图阁学士知杭州,而穆父时以京尹坐奏狱空事守越。正言刘器之谓责之太薄。钱与公以气类厚善,故此诗末章云:"年来齿颊生荆棘,习气因君又一言。"后又和云:"欲息波澜须引去,吾侪岂独坐多言。"意皆有在也。 ○以上皆官翰林学士之诗,以下又出守杭州。

① 髯尹:谓钱穆父。② 云门:山名。在今浙江绍兴南,上有云门寺。③ 刺史轓:刺史所乘之车。④ 笾(biān)豆:古代祭祀之礼器。此代指祭祀。

去杭州十五年,复游西湖,用欧阳察判①韵

我识南屏金鲫鱼,重来拊槛②散斋③余。
还从旧社得心印,似省前身觅手书。
葑④合平湖久芜没,人经丰岁尚凋疏。
谁怜寂寞高常侍⑤,老去狂歌忆孟诸。

①察判:官名。宋州府幕或节度所中均有观察判官。②拊槛:抚摸着栏杆。③散斋:斋戒期满。④荐:此指水草。⑤高常侍:谓高适。

送子由使契丹

云海相望寄此身,那因远适更沾巾。
不辞驿骑凌风雪,要使天骄识凤麟①。
沙漠回看清禁②月,湖山应梦武林春。
单于若问君家世,莫道中朝第一人。

①凤麟:喻杰出之人或事物。②清禁:谓皇宫。

次韵答刘景文左藏①

我老诗坛仆鼓旗②,借君佳句发良时。
但空贺监杯中物,莫示孙郎帐下儿。
夜烛催诗金烬③落,秋芳压帽露华滋。
故应好语如爬痒,有味难名只自知。

①左藏:左藏库使之省称。②仆鼓旗:指偃旗息鼓。③金烬:燃烧的烛芯。

坐上复借韵送岢岚军[①]通判叶朝奉

云间蹋白[②]看缠旗,莫忘西湖把酒时。
梦里吴山连越峤,樽前羌妇杂胡儿。
夕烽[③]过后人初醉,春雁来时雪未滋。
为问从军真乐否,书来粗遣故人知。

① 岢岚军:北宋太平兴国五年(980)于岚谷县置,属河东路。② 蹋白:唐宋骑兵番号名。③ 夕烽:薄暮报警的烽火。

始于文登海上得白石数升,如芡实,可作枕,闻梅丈嗜石,故以遗其子子明学士。子明有诗,次其韵

海隅荒怪有谁珍,零落珊瑚泣季伦[①]。
法供[②]坐令微物重,色难[③]归致孝心纯。
只疑薏苡[④]来交趾,未信蠙珠[⑤]出泗滨。
愿子聚为江夏枕[⑥],不劳挥扇自宁亲。

① 季伦,晋石崇,字季伦。《世说新语·汰侈》载,石崇与王恺斗富,崇以铁如意击碎恺高二尺许珊瑚树,取家藏珊瑚树三尺四尺甚于恺者示之。② 法供:对僧人进行布施、供养。③ 色难:难在孝子时常容色愉快。④ 薏苡(yì yǐ):木科植物,色白,可食。⑤ 蠙(pín)珠:蚌珠。⑥ 江夏枕:指事亲至孝。用江夏黄香孝事父亲,暑热则扇床枕,寒则以身温席。见《东观汉记·黄香传》。

次韵钱越州见寄

莫将牛弩射羊群,卧治何妨昼掩门。
稍喜使君无疾病,时因送客见车轓。
搔头白发秋无数,闭眼丹田夜自存。
欲息波澜须引去,吾侪岂独坐多言。

次韵刘景文、周次元寒食同游西湖

絮飞春减不成年,老境同乘下濑船。
蓝尾①忽惊新火后,遨头要及浣花前〔一〕。
山西老将诗无敌,洛下书生语更妍。
共向北山寻二士,画桡②鼍鼓③聒清眠。

〔一〕公自注:成都太守自正月二日出游,谓之遨头,至四月十九日浣花乃止。

①蓝尾:酒名。②画桡:有画饰的船桨。③鼍鼓:鼓声逢逢如鼍鸣。

新茶送签判程朝奉,以馈其母。有诗相谢,次韵答之

缝衣付与溧阳尉①,舍肉怀归颖谷封。
闻道平反供一笑,会须难老②待千钟③。

火前④试焙⑤分新胯⑥,雪里头纲⑦辍赐龙。
从此升堂是兄弟,一瓯林下记相逢。

① 溧阳尉:指孟郊。② 难老:即长寿。③ 千钟:俸禄丰厚。④ 火前:寒食节禁火前。⑤ 试焙:制第一批茶叶。⑥ 新胯:方形茶饼。⑦ 头纲:每年首批贡茶。

次韵送张山人①归彭城

羡君飘荡一虚舟,来作钱塘十日游。
水洗禅心都眼净,山供诗笔总眉愁。
雪中乘兴②真聊尔,春尽思归却罢休。
何日五湖从范蠡,种鱼万尾橘千头。

① 张山人:北宋隐士云龙山人张天骥,字圣涂,自号云龙山人。② 雪中乘兴:王子猷夜访戴安道,乘兴而归之事。

次韵林子中、王彦祖唱酬

蚤知身寄一沤中,晚节尤惊落木风〔一〕。
昨梦已论三世事,岁寒犹喜五人同〔二〕。
雨余北固山围坐,春尽西湖水映空。
差胜四明狂监在,更将老眼犯红尘。

〔一〕公自注:近闻莘老、公择皆逝,故有此句。 〔二〕公自注:余与子中、彦祖、子敦、完夫同试举人景德寺,今皆健。

寿星院寒碧轩

清风肃肃摇窗扉,窗前修竹一尺围。
纷纷苍雪落夏簟,冉冉绿雾沾人衣。
日高山蝉抱叶响,人静翠羽穿林飞。
道人绝粒对寒碧,为问鹤骨何缘肥。

赠善相程杰

心传异学不谋身,自要清时阅搢绅①。
火色上腾虽有数,急流勇退岂无人。
书中苦觅原非诀,醉里微言却近真。
我似乐天君记取,华颠赏遍洛阳春。

① 搢绅:古代对士大夫之称呼,因垂绅搢笏。

次韵林子中蒜山亭见寄

奇逸多闻老敬通,何人慷慨解怜翁。
十年簿领①催衰白,一笑江山发醉红②。
闻道赋诗临北固,未应举扇向西风。
叩头莫唤无家客,归扫岷峨一亩宫。

① 簿领:官府文簿。② 醉红:酒后面颜泛红。

再和并答杨次公

毗卢海上妙高峰，二老遥知说此翁。
聊复舣舟①寻紫翠，不妨持节②散陈红。
高怀却有云门兴，好句真传雪窦③风。
唱我三人无谱曲，冯夷亦合舞幽宫。

① 舣舟：船泊岸边。② 持节：使臣出使以之作为凭证。③ 雪窦：雪窦禅师，作颂古百则。

次韵曹辅①寄壑源试焙新芽

仙山②灵草〔一〕湿行云，洗遍香肌粉未匀。
明月来投玉川子，清风吹破武林春。
要知玉〔二〕雪心肠好，不是膏油首面新。
戏作小诗君勿〔三〕笑，从来佳茗似佳人。

〔一〕草：一作雨。 〔二〕玉：一作冰。 〔三〕勿：一作一。

① 曹辅：北宋南剑州沙县人，字载德。哲宗元符三年（1100）进士。② 仙山：指壑源。

次韵袁公济①谢芎椒

燥吻时时著酒濡，要令卧疾致文殊。
河鱼溃腹空号楚，汗水流骸始信吴〔一〕。

自笑方求三岁艾,不如长作独眠夫。

羡君清瘦真仙骨,更助飘飘鹤背躯。

〔一〕公自注:《吴真君服椒法》云:半年脚心汗如水。

① 袁公济:即袁毂。北宋明州鄞县人,字容直。少以词赋得名,有《韵类》。

次韵杨次公①惠径山②龙井水〔一〕

漏尽鸡号厌夜行,年来小器溢瓶罂。

弃官纵未归东海③,罢郡犹堪作水衡④。

幻色将空眼先暗,胜游无碍脚殊轻。

空烦远致龙渊水,宁复临池似伯英⑤。

〔一〕公自注:龙井水洗病眼有效。

① 杨次公:即杨杰。北宋无为人,自号无为子。仁宗嘉祐四年(1059)进士。② 径山:山名,在浙江余杭西北。③ 归东海:指归乡里。④ 作水衡:任水衡都尉。⑤ 伯英:东汉书法家张芝字。

次韵林子中①见寄

飘零洛社②数遗民,诗酒当年困恶宾。

元亮③本无适俗韵,孝章④要是有名人。

蒜山小隐虽为客,江水西来亦带岷。

卷却西湖千顷葑⑤,笑看鱼尾更莘莘⑥。

① 林子中：即林希。北宋福州福清人，号醒老。卒谥文节。② 洛社：北宋欧阳修、梅尧臣等在洛阳所集之诗社。③ 元亮：指陶潜。④ 孝章：指盛宪。⑤ 葑（fēng）：葑田。杂草丛生之湖沼。⑥ 莘（shēn）莘：众多的样子。

次韵苏伯固主簿①重九

云间朱袖拂云和②，知〔一〕是长松挂女萝③。
髻重不嫌黄菊满④，手香新喜绿橙搓。
墨翻衫袖吾方醉，纸落云烟子患多。
只有黄鸡与白日，玲珑应识使君歌。

〔一〕知：一作应。

① 主簿：官名，执掌文书簿籍及印鉴，为掾吏之首。② 云和：山名。以产琴瑟著称，后以之为琴瑟琵琶等乐器之通称。③ 女萝：地衣类植物。即松萝。④ 黄菊满：即菊花插满头。

送李陶通直①赴清溪②

忠文、文正二大老〔一〕，苏、李、广平三舍人〔二〕。
喜见通家③贤子弟，自言得邑少风尘。
从来势利关心薄，此去溪山琢句新。
肯向西湖留数月，钱塘初识小麒麟④。

〔一〕公自注：司马温公、范蜀公，君之师友。温公谥文正，蜀公谥忠文。　〔二〕公自注：苏子容、宋次道与先公才元，熙宁中,封还李定词头,天下谓之三舍人。

① 通直:宋文阶官名。即通直郎。② 清溪:北宋县名,今浙江淳安北。③ 通家:世代有交谊之家。④ 小麒麟:言人子之聪颖。

闻钱道士与越守穆父饮酒,送一壶

龙根为脯玉为浆,下界寒醅①亦漫尝。
一纸鹅经②逸少③醉,他年鹏赋④谪仙狂。
金丹自足留衰鬓,苦泪何须点别肠。
吴越旧邦遗泽在,定应符竹付诸郎。

① 醅(pēi):未经过滤之酒。② 鹅经:王羲之为换鹅所写之《道德经》。③ 逸少:王羲之字。④ 鹏赋:李白所作之《大鹏赋》。

次韵刘景文①西湖席上

二老长身屹两峰,常撞大吕应黄钟。
将辞邺下刘公干②,却见云间③陆士龙④。
白发怜君略相似,青山许我定相从。
吾今官已六百石,惭愧当年邴曼容⑤。

① 刘景文:即刘季孙,北宋开封祥符人。工诗文。② 刘公

干：即刘桢，建安七子之一。③ 云间：上海松江之古称。④ 陆士龙：陆机之弟陆云，以文才著称。⑤ 邴曼容：邴丹，汉琅琊人。其做官不肯任超过六百石俸禄之职，有清名。

次韵答马忠玉

坡陀①巨麓起连峰，积累②当年庆自钟③。
灵运子孙俱得凤，慈明兄弟孰非龙。
河梁④会作看云别，诗社何妨载酒从。
只有西湖似西子，故应宛转为君容。

① 坡陀：不平的样子。② 积累：积善累德。③ 钟：聚集。④ 河梁：指送别之地。

次韵答黄安中①兼简林子中

老去心灰不复然，一麾江海意方坚。
那堪黄散②付子度③，空羡苏杭养乐天。
病肺一春难白酒，别肠三夜绕朱弦。
群仙政欲吾归处，共把清风借玉川。

① 黄安中：即黄履，北宋邵武人，仁宗嘉祐二年（1057）进士。② 黄散：黄门侍郎与散骑常侍。③ 子度：南朝宋蔡廓之字。

次韵子由书王晋卿①画山水一首,而晋卿和二首

误点故教同子敬②,杂篇真欲拟汤休③。
垅云寄我山中信,雪月追君溪上舟。
会看飞仙虎头④箧,却来颠倒拾遗裘。
王孙办作玄真子⑤,细雨斜风不湿鸥。

①王晋卿:即王诜(shēn)。②子敬:王献之字,羲之第七子。③汤休:南朝宋僧,俗姓汤。④虎头:顾恺之字,小字虎头。尤善绘画。⑤玄真子:张志和,尝作《渔父词》。

此境眼前聊妄想,几人林下是真休。
我今心似一潭月,君已身如万斛舟。
看画题诗双鹤鬓,归田送老一羊裘。
明年兼与士龙去,万顷苍波没两鸥。

和刘景文见赠

元龙①本志陋曹吴,豪气峥嵘老不除。
失路今为啥等伍,作诗犹似建安初。
西来为我风鬣②面,独卧无人雪缟庐。
留子非为十日饮,要令安世诵亡书。

①元龙:陈登字。②鬣(lí):色黑而黄。

次韵陈履常①

可怜扰扰雪中人,饥饱终同寓一尘。
老桧作花真强项②,冻鸢储肉巧谋身。
忍寒吟咏君堪笑,得暖欢呼我未贫。
坐听履声知有路,拥裘来看玉梅春。

① 陈履常:名师道。② 强项:形容刚强不屈。

和陈传道①雪中观灯

新年乐事叹何曾,闭阁烧香一病僧。
未忍便倾浇别酒,且来同看照愁灯。
颍鱼跃处新亭②近,湖雪消时画舫升。
只恐樽前无此客,清诗还有士龙③能。

① 陈传道:即陈师道之兄陈师仲。② 新亭:即劳劳亭,古为送别之场所,在今江苏江宁县南。③ 士龙:陆云字士龙,此处指陈师道。

次韵林子中春日新堤书事见寄

东都寄食似浮云,襆被①真成一宿宾。
收得玉堂挥翰手,却为淮月弄舟人。
羡君湖上斋摇碧②,笑我花时甑有尘③。

为报年来杀风景,连江梦雨不知春[一]。

〔一〕公自注:来诗有"芍药春"之句,扬州近岁率为此会,用花十余万枝。吏缘为奸,民极病之,故罢此会。

① 襆(fú)被:衣被。② 摇碧:在碧水中摇荡。③ 甑(zèng)有尘:形容生活清贫,以致饭甑上落满尘土。

双石[一]

至扬州,获二石。其一绿色,冈峦迤逦,有穴达于背。其一玉白可鉴。渍以盆水,置几案间。忽忆在颍州日,梦人请住一官府,榜曰仇池①。觉而诵杜子美诗曰:"万古仇池穴,潜通小有天。"乃戏作小诗,为僚友一笑。

梦时良是觉时非,汲井埋盆故自痴。
但见玉峰横太白②,便从鸟道③绝峨眉。
秋风与作烟云意,晓日令涵草木姿。
一点空明是何处,老人真欲住仇池。

〔一〕并引。

① 仇池:山名。在甘肃成县西。② 太白:山名。③ 鸟道:极险之山路,仅通行飞鸟。

王文玉挽辞

才名谁似广文①寒,月斧云斤琢肺肝。
玄晏②一生都卧病,子云三世不迁官。

幽兰空觉香风在，宿草③何曾泪叶干。
犹喜诸郎有曹志④，文章还复富波澜。

① 广文：指唐朝郑虔。② 玄晏：指晋皇甫谧，隐居不仕，自号玄晏先生。③ 宿草：墓地上隔年的草，用来悼念亡友之辞。④ 曹志：曹植之子。

行宿、泗间，见徐州张天骥，次旧韵

二年三蹑过淮舟，款段还逢马少游。
无事不妨长好饮，著书自要且穷愁。
孤松早偃原非病，倦鸟虽还岂是休。
更欲河边几来往，只今霜雪已蒙头。

次韵刘景文赠傅羲秀才

幼眇①文章宜和寡，峥嵘②肝肺亦交难。
未能飞瓦弹清角，肯便投泥戏泼寒③。
忽见秋风吹洛水，遥知霜叶满长安。
诗成送与刘夫子，莫遣孙郎帐下看。

① 幼眇：即窈眇，微妙曲折。② 峥嵘：特出，不平凡。③ 泼寒：泼寒胡戏之简称，原为西域乐舞。

在彭城日，与定国为九日黄楼^①之会。今复以是日，相遇于宋。凡十五年，忧乐出处，有不可胜言者。而定国学道有得，百念灰冷，而颜益壮。顾予衰病，心形俱瘁，感之作诗

菊盏萸囊自古传，长房^②宁复是癯仙^③。
应从汉武横汾日，数到刘公戏马年。
对玉山人今老矣，见恒河性故依然。
王郎九日诗千首，今赋黄楼第二篇。

① 黄楼：楼名。故址在今江苏徐州。② 长房：姓费，东汉汝南人。③ 癯（qú）仙：指身体清瘦而精神矍铄的老人。

次韵蒋颖叔、钱穆父从驾景灵宫二首

归来病鹤记城闉^①，旧踏松枝雨露新。
半百不羞垂领发，软红^②犹恋属车尘〔一〕。
雨收九陌^③丰登后，日丽三元下降辰。
粗识君王为民意，不才何以助精禋^④。

〔一〕公自注：前辈戏语，有"西湖风月，不如东华软红香土"。

① 城闉（yīn）：城曲重门。② 软红：犹言飞扬之尘土，形容繁华热闹。③ 九陌：汉代长安城之九条街道。④ 精禋（yīn）：至诚之祭祀。

与君并直记初元，白首还同入禁门。
玉殿齐班容小语，霜廷稽首泫^①微温〔一〕。

病贪赐茗浮铜叶②，老怯秋泉泫③宝樽。
回首鹓行④有人杰，坐知羌卤是游魂。

〔一〕公自注：适与穆父并拜庭中，地皆流湿，相与小语道之。

① 泫（xuàn）：原指水滴下垂，此处指跪拜庭中衣沾水而湿。② 铜叶：指茶盏。③ 泫：水流动的样子。④ 鹓行：有序飞而成行，喻朝官行列。

次韵穆父尚书侍祠郊丘，瞻望天光，退而相庆，引满醉吟

千章杞梓①荫云天，樗散②谁收老郑虔。
喜气到君浮白③里，丰年及我挂冠前。
令严钟鼓三更月，野宿貔貅④万灶烟。
太息何人知帝力，归来金帛看赪肩⑤。

① 杞梓：优质树木，喻优秀人才。② 樗（chū）散：即无用之材。③ 浮白：满饮。④ 貔貅（pí xiū）：猛兽名，喻勇猛之士。⑤ 赪肩：肩负重物而被压红。

钱穆父、蒋颖叔、王仲至，见和仇池诗，复次韵答之

上穷非想亦非非，下与风轮共一痴。
翠羽若知牛有角，空瓶何必井之湄。

还朝暂接鹓鸾翼,谢病行收麋鹿姿①。
记取和诗三益友,他年弭节②过仇池。

①麋鹿姿:山野人的样貌。② 弭节:驻节,停车。

玉津园①

承平苑囿杂耕桑②,六圣③勤民计虑长。
碧水东流还旧派〔一〕,紫坛④南峙表连冈。
不逢迟日莺花乱,空想疏林雪月光。
千亩何时躬帝耤⑤,斜阳寂历⑥锁云庄。

〔一〕公自注:玉津分蔡河上流,复合于下。

① 玉津园:北宋汴京四大园苑之一,在汴京城南南薰门外。② 耕桑:泛指农事。③ 六圣:指宋太祖、太宗、真宗、仁宗、英宗、神宗。④ 紫坛:帝王祭祀大典所用。⑤ 耤(jí):帝王亲自耕种。⑥ 寂历:寂静。

次韵王仲至喜雪御筵〔一〕

三军喜气铄飞花,睡起空惊月在沙。
未集骅骝①金騕褭,故残鸂鶒②玉横斜。
偶还仗内身如寄,尚忆江南酒可赊。
宣劝不多心自醉,强扶衰白拜君嘉。

〔一〕施注：元祐七年，南郊罢，时雪如期。先生是岁自扬州召归，故云"偶还仗内身如寄"。仲至，名钦臣，时权工部侍郎。

① 骅骝（huá liú）：周穆王八骏之一。用来泛指骏马。② 䳗（zhī）鹊：古书中记载的一种异鸟。

次天字韵答岑岩起①

一声清跸雾开天，百辟②心庄岂貌虔。
回顾惊君珠玉③侧，同升愧我秕糠前。
徘回月色留坛影，缥缈松香泛蜡烟〔一〕。
莫叹郎潜生白发，圣朝求旧鄙鸢肩④。

〔一〕公自注：近制，以橡烛松明易机盆。

① 岑岩起：即岑象求，梓州（今四川三台）人。② 百辟：泛指公卿大臣。③ 珠玉：喻容貌之美。④ 鸢肩：两肩上耸，像鸱鸟栖止时的样子。

次韵蒋颖叔扈从景灵宫

道人幽梦晓初还，已觉笙箫下月坛。
风伯前驱清宿雾，祝融参乘①破朝寒。
英姿连璧②从多士，妙句锵金和八銮③。
已向词臣得颇牧〔一〕④，路人莫作老儒看。

〔一〕公自注：时颖叔新除熙河帅。

①参乘：乘车时居于车右，即陪乘。②连璧：两玉相并，喻并美。③八銮：天子车马之铃。④颇牧：战国时廉颇、李牧。后为大将之通称。

程德孺惠海中柏石，兼辱佳篇，辄复和谢

岚薰瘴染却敷腴①，笑饮贪泉独继吴。
未欲连车收薏苡，肯教沉网取珊瑚。
不知庾岭三年别，收得曹溪②一滴无。
但指庭前双柏石，要予临老识方壶③。

①敷腴：神采焕发的样子。②曹溪：即禅宗六祖惠能，因住曹溪宝林寺得名。③方壶：古传说中海中之仙山。

次秦少游韵赠姚安世①

帝城如海欲寻难，肯舍渔舟到杏坛。
剥啄②扣君容膝户，巍峨笑我切云③冠。
问羊独怪④初平在，牧豕应同⑤德曜看。
肯把参同⑥较同异，小窗相对为研丹。

①姚安世：北宋吴郡人，号丹元子。能文词，善辩论。②剥

啄：象声词，扣门声。③ 切云：上与云齐，形容极高。④ 问羊独怪：典出东晋葛洪《神仙传》，言皇初平在金华山牧羊事。⑤ 牧豕应同：典出《后汉书·梁鸿传》，言梁鸿于上林苑牧豕事。⑥《参同》：即《参同契》。为丹经之祖。

次韵颖叔观灯

安西老守是禅僧，到处应然①无尽灯。
永夜出游从万骑，诸羌入看拥千层。
便因行乐令投甲，不用防秋②更打冰③。
振旅归来还侍宴，十分宣劝④恐难胜。

① 然：同"燃"，燃烧。② 防秋：北方每入秋战事，时来加强防卫。③ 打冰：冬天打碎河中之冰，防敌人进攻。④ 宣劝：指皇帝赐酒劝饮。

次韵王晋卿奉诏押高丽燕射

北院传呼陛楯郎①，东夷初识令君香②。
天山自可三箭取，海国何劳一苇航。
宣劝不辞金碗侧，醉归争看玉鞭长。
锦囊诗草勤收拾，莫遣鸡林得夜光。

① 陛楯郎：台阶下执楯者，此指王晋卿。② 令君香：荀彧（yù）任尚书令，人称荀令君。习凿齿《襄阳记》载荀彧用香熏衣，作客别人家，"坐处三日香"。后指人仪容雅致。

吕与叔①学士挽词

言中谋猷②行中经,关西人物数清英。
欲过叔度留终日③,未识鲁山④空此生。
议论凋零三益友⑤,功名分付二难兄⑥。
老来尚有忧时叹,此涕无从何处倾。

① 吕与叔:即吕大临,北宋京兆蓝田人。从张载学,"关学派"大家。德行、学问为人称重。② 谋猷:计谋。③ "欲过"句:《世说新语·德行》载,郭泰到汝南,访袁阆,车都未停稳便离去。拜访黄宪(字叔度)则宿二夜谈论,称黄宪才气深广,如万顷湖泊。④ 鲁山:指唐元德秀,官鲁山令。轻名利,爱民勤政。⑤ 三益友:指张载、程颢、程颐。⑥ 二难兄:指吕大忠、吕大防。

表弟程德孺生日

仗下千官散紫庭,微闻偶语说苏程。
长身自昔传甥舅,寿骨遥知是弟兄〔一〕。
曾活万人宁望报〔二〕,只求五亩却归耕。
四朝①遗老凋零尽,鹤发他年几个迎。

〔一〕公自注:予与君皆寿骨贯耳,班列中多指予二人不问而知其为中表也。 〔二〕公自注:君在楚州,予在杭州,皆遇饥岁,活数万人。

① 四朝:指宋仁宗、英宗、神宗、哲宗朝。

次韵曾仲锡承议食蜜渍生荔支

代北①寒齑捣韭萍，奇苞②零落似辰星。
逢盐久已成枯腊，得蜜犹应〔一〕是薄刑。
欲就左慈③求挂杖，便随李白跨沧溟④。
攀条与立新名字，儿女称呼恐不经〔二〕⑤。

〔一〕应：一作疑。　　〔二〕公自注：俗有十八娘荔支。

①代北：指苏轼贬定州。②奇苞：指荔枝果。③左慈：东汉末方士，字元放。葛洪《神仙传》载，吴孙策（讨逆将军）打算杀左慈，请慈行马前，慈著木履，拄一竹杖，徐徐而行，孙策终不能及。④"便随"句：指李白《行路难》有"长风破浪会有时，直挂云帆济沧海"句。⑤不经：缺乏根据，不近情理。

再和曾仲锡荔支

柳花著水万浮萍，荔实周天两岁星〔一〕。
本自玉肌①非鹄浴，至今丹壳似猩刑②。
侍郎赋咏穷三峡③，妃子④烟尘动四溟。
莫遣诗人说功过，且随香草附骚经。

〔一〕公自注：柳至易成，飞絮落水中，经宿即为浮萍。荔支难长，至二十四五年乃实。

①玉肌：此指荔枝之果肉。②猩刑：指猩猩血的红色。③"侍郎"句：指白居易作《题郡中荔枝诗十八韵兼寄万州杨八使君》。万州，今重庆万州区。④妃子：杨贵妃。

次韵滕大夫雪浪石

我顷三章乞越州①,欲寻万壑看交流。
且凭造物开山骨,已见天吴②出浪头〔一〕。
履道凿池虽可致,玉川卷地若为收。
洛阳泉石今谁主,莫学痴人李与牛③。

〔一〕公自注:石中似有海兽形状。

① 越州:宋越州会稽郡,今浙江绍兴。苏轼有《乞越州札子》。
② 天吴:传说中水神。《山海经》载有"神曰天吴,是为水伯"。
③ 李与牛:即李德裕与牛僧孺。

次韵滕大夫沉香石

壁立孤峰倚砚长,共疑沉水①得顽苍②。
欲随楚客纫兰佩③,谁信吴儿是木肠④。
山下曾逢化松石,玉中还有辟邪香。
早知百和⑤俱灰烬,未信人间弱胜刚。

① 沉水:沉香之别名。② 顽苍:指沉香皮色青黑而粗厚。
③ 纫兰佩:喻人品高洁。屈原《离骚》有"纫秋兰以为佩"句。
④ 吴儿是木肠:指洁身自好,不受外物诱惑。典出《晋书》夏统传载,夏统会稽(绍兴)人,太尉贾祀请夏统观仪仗鼓乐,夏统危坐,若无所闻,如木人石心。⑤ 百和:香名。由多种香料和合制成。

和钱穆父送别并求顿递①酒

联镳②接武两长身,鹓鹭行③中语笑亲。
九子羡君门户壮,八州怜我往来频。
伫闻东府开宾阁,便乞西湖洗塞尘。
更向青齐觅消息,要知从事是何人。

① 顿递:指行旅所用酒食。② 联镳(biāo):马衔相连,并骑而行。③ 鹓鹭行:群鸟有序飞行。

寄馏合①刷瓶与子由

老人心事日摧颓,宿火②通红手自焙。
小甑短瓶良具足,稚儿娇女共燔煨。
寄君东阁闲炊粟,知我空堂坐画灰③。
约束家僮好收拾,故山梨枣待翁来。

① 馏合:小饭甑。② 宿火:隔夜之火。③ 画灰:在灰上写字。

次韵刘焘抚句①蜜渍荔支

时新满座闻名字,别久何人记色香。
叶似杨梅烝雾雨,花如卢橘傲风霜。
每怜莼菜下盐豉②,肯与蒲萄压酒浆。

回首惊尘卷飞雪，诗情真合与君尝。

① 抚句：即抚勾也。北宋时安抚司勾当公事之省称。为安抚使属官。② 盐豉：豆豉，古用为调味品。

次韵曾仲锡元日见寄

萧索东风两鬓华，年年幡胜剪宫花。
愁闻塞曲吹芦管，喜见春盘①得蓼芽。
吾国旧供云泽米〔一〕，君家新致雪坑②茶〔二〕。
燕南③异事真堪纪，三寸黄甘擘永嘉。

〔一〕公自注：定武斋酒用苏州米。　〔二〕公自注：近得曾坑茶。

① 春盘：古俗于立春日，取生菜、果品、饼、糖等置于盘中，以迎新之意。② 雪坑：曾坑出产的名茶。③ 燕南：定州一带。

次韵李端叔送保倅①翟安常赴阙兼寄子由

中山②保塞两穷边，卧治③雍容已百年。
顾我迂愚分竹使④，与君谈笑用蒲鞭。
松荒三径思元亮，草合平池忆惠连。
白发归心凭说与，古来谁似两疏贤。

① 倅：此指保州通判。② 中山：即定州。③ 卧治：无为而治。④ 分竹使：指任州郡之官。

中山松醪①寄雄守王引进

郁郁苍髯千岁姿,肯来杯酒作儿嬉。
流芳不待龟巢叶〔一〕,扫白聊烦鹤踏枝。
醉里便成欹雪舞,醒时与作啸风辞。
马军走送非无意,玉帐人闲合有诗。

〔一〕公自注:唐人以荷叶为酒杯,谓之碧筒酒。

① 松醪(láo):松膏所酿之酒。

次韵王雄州还朝留别

老李①威名八十年,壁间精悍见遗颜。
自闻出守风流似,稍觉承平气象还。
但遣诗人歌杕杜②,不妨侍女唱阳关。
内朝接武知何日,白发羞归供奉班。

① 老李:指李允则,少以才略闻名。② 杕(dì)杜:《诗经·小雅·杕杜》的篇名。共二章,妻子思念征夫的诗歌。

次韵王雄州送侍其①泾州〔一〕

威声又数中〔二〕兴年,二卤②行当一矢联。
闻道名城得真将,故应惊羽落空弦。

追锋归去雄三卫,授钺重来定十连。
别酒回头便陈迹,号呶端合发初筵。

〔一〕自《次韵周邠》至此,凡三入朝、三出刺州,初出杭州,继出颍州,改扬州,后出定州之诗。 〔二〕中:去声。

① 侍其:复姓。② 卤:通"掳",掠夺。

赠清凉寺和长老〔一〕

代北初辞没马尘,江南来见卧云①人。
问禅不契前三语,施佛空留丈六身。
老去山林徒梦想,雨余钟鼓更清新。
会须一洗黄茅瘴②,未用深藏白氎巾③。

〔一〕自此以下,南迁英州、惠州、儋州之诗。

① 卧云:谓隐居。② 黄茅瘴:岭南草木枯黄时之瘴气。③ 白氎(dié)巾:用白细棉布所制之巾。

壶中九华①诗〔一〕

湖口人李正臣,蓄异石九峰,玲珑宛转,若窗棂然。予欲以百金买之,与仇池石为偶。方南迁,未暇也。名之曰壶中九华,且以诗记之。

清溪电转失云峰,梦里犹惊翠扫空。
五岭莫愁千嶂外,九华今在一壶中。

天池水落层层见,玉女窗明处处通。

念我仇池太孤绝,百金归买碧玲珑。

〔一〕并序。

① 壶中九华:石名。石有九峰,似九华山。故名。

八月七日初入赣,过惶恐滩①

七千里外二毛②人,十八滩头一叶身。

山忆喜欢劳远梦〔一〕,地名惶恐泣孤臣。

长风送客添帆腹,积雨浮舟减石鳞〔二〕③。

便合与官充水手,此生何止略知津④。

〔一〕公自注:蜀道有错喜欢铺,在大散关上。　〔二〕浮:一作扶。

① 惶恐滩:赣江十八滩之一。在今江西万安县境。② 二毛:头发黑白相杂。③ 石鳞:水流江底石上,波如鱼鳞。④ 知津:知道过河渡口。谓识途。

天竺寺〔一〕

予年十二,先君自虔州归,谓予言:"近城山中天竺寺,有乐天亲书诗云:'一山门作两山门,两寺元从一寺分。东涧水流西涧水,南山云起北山云。前台花发后台见,上界钟清下界闻。遥想吾师行道处,天香桂子落纷纷。'笔势奇逸,墨迹如新。"今四十七年,予来访之,则诗已亡,有刻石存尔。感涕不已,而作是诗。

香山居士留遗迹,天竺禅师有故家。
空咏连珠吟叠璧,已亡飞鸟失惊蛇。
林深野桂寒无子,雨浥山姜病有花。
四十七年真一梦,天涯流落泪横斜。

〔一〕并引。

舟行至清远县,见顾秀才,极谈惠州风物之美

到处聚观香案吏①,此邦宜著玉堂②仙。
江云漠漠桂花湿,梅雨翛翛荔子然。
闻道黄柑常抵鹊,不容朱橘更论钱。
恰从神武来弘景③,便向罗浮觅稚川④。

① 香案吏:苏轼曾为中书舍人,故自谓"香案吏"。② 玉堂:苏轼曾为翰林学士,故曰"玉堂仙"。③ 弘景:即陶弘景,字通明。时称"山中宰相",晚号华阳真逸。④ 稚川:葛洪字,自号抱朴子。尤好神仙养生之法。止罗浮山炼丹。

广州蒲涧寺①

不用山僧导我前,自寻云外出山泉。
千章古木临无地,百尺飞涛泻漏天。

昔日菖蒲②方士宅，后来薝葡祖师禅。
而今只有花含笑，笑道秦皇欲学仙〔一〕。

〔一〕公自注：山中多含笑花。

① 蒲涧寺：北宋淳化元年（990）建，在番禺白云山麓。② 菖蒲：草名，生在水边。有香气，根入药。

赠蒲涧长老

优钵昙花岂有花，问师此曲唱谁家。
已从子美得桃竹〔一〕，不向安期①觅枣瓜。
燕坐②林间时有虎，高眠粥后不闻鸦。
胜游自古兼支许，为采松肪寄一车。

〔一〕公自注：此山有桃竹，可作杖，而上人不识，予始录子美诗遗之。

① 安期：亦称安期生。人称千岁翁，黄老道家哲学传人。② 燕坐：安然而坐。

浴日亭①

剑气峥嵘②夜插天，瑞光明灭到黄湾。
坐看旸谷③浮金晕，遥想钱塘涌雪山。
已觉沧凉苏病骨，更烦沉潋④洗衰颜。
忽惊鸟动行人起，飞上千峰紫翠间。

① 浴日亭：亭名，在广州扶胥南海王庙之右。② 峥嵘：高峻的样子。③ 旸谷：日所出处。④ 沆瀣（hàng xiè）：夜间之水气，露水。

十月二日初到惠州

仿佛曾游岂梦中，欣然鸡犬识新丰。
吏民惊怪坐①何事，父老相携迎此翁。
苏武岂知还漠北，管宁自欲老辽东。
岭南万户皆春色〔一〕，会有幽人客寓公②。

〔一〕公自注：岭南万户酒。

① 坐：因何获罪。② 寓公：本指寄居他国之诸侯，此处指苏轼。

朝云诗〔一〕

世谓乐天有鬻骆马放杨柳枝词，嘉其主老病，不忍去也。然梦得有诗云："春尽絮飞留不得，随风好去落谁家。"乐天亦云："病与乐天相伴住，春随樊子一时归。"则是樊素竟去也。予家有数妾，四五年相继辞去，独朝云者，随予南迁。因读乐天集，戏作此诗。朝云姓王氏，钱塘人，尝有子曰干儿，未期而夭云。

不似杨枝别乐天，恰如通德①伴伶玄②。
阿奴络秀不同老，天女维摩总解禅。

经卷药炉新活计，舞衫歌扇旧因缘。
丹成逐我三山去，不作巫阳云雨仙。

〔一〕并引。

① 通德：汉朝大臣伶玄在汉哀帝时所买之妾，名樊通德。② 伶玄：汉代潞水人，字子于。历官司空小吏、淮南相。著有《飞燕外传》。

新酿桂酒〔一〕

捣香筛辣入瓶盆，盎盎春溪带雨浑。
收拾小山藏社瓮①，招呼明月到芳樽。
酒材已遣门生致，菜把仍叨地主恩。
烂煮葵羹斟桂醑②，风流可惜在蛮村③。

〔一〕施注：先生《桂酒颂·序》：《楚辞》曰："奠桂酒兮椒浆"，是桂可以为酒也。有隐居者，以桂酒方教吾。酿成，而玉色香味超然，非世间物也。

① 社瓮：盛社酒之瓮。② 桂醑（xǔ）：桂酒。③ 蛮村：惠州地处岭南，故称。

惠守詹君见和，复次韵

已破谁能惜甑盆，颓然醉里得全浑。
欲求公瑾一仓米，试满庄生五石樽。

三杯卯困忘家事,万户春①浓感国恩。
刺史不须要半道,篮舆②未暇走山村。

① 万户春:酒名。② 篮舆:古代供人乘坐的交通工具,形制不一,类似后世的轿子。

詹守携酒见过,用前韵作诗,聊复和之

箕踞狂歌①老瓦盆,燎毛燔肉②似羌浑。
传呼草市来携客,洒扫渔矶共置樽。
山下黄童争看舞,江干白骨已衔恩〔一〕。
孤云落日西南望,长羡归鸦自识村。

〔一〕公自注:时詹方议葬暴骨。

① 箕踞狂歌:典出《庄子·至乐》。谓傲慢不敬,放荡不羁之容。② 燔肉:使肉烤熟。

正月二十六日,偶与数客野步嘉祐僧舍东南野人家,杂花盛开,扣门求观。主人林氏媪出应,白发青裙,少寡,独居三十年矣。感叹之余,作诗记之一首

缥蒂①缃枝②出绛房,绿阴青子送春忙。
涓涓泣露紫含笑③,焰焰烧空红拂桑④。
落日孤烟知客恨,短篱破屋为谁香。

主人白发青裙袂,子美诗中黄四娘。

① 缥蒂:淡青色花蒂。② 缃枝:淡青色花枝。③ 紫含笑:含笑花之一种。④ 红拂桑:朱槿花,茎叶皆如桑树。

赠王子直秀才

万里云山一破裘,杖端闲挂百钱游。
五车书已留儿读,二顷田应为鹤谋。
水底笙歌蛙两部,山中奴婢橘千头。
幅巾我欲相随去,海上何人识故侯。

真一酒

米、麦、水,三一而已,此东坡先生真一酒也。
拨雪披云①得乳泓②,蜜蜂又欲醉先生。
稻垂麦仰阴阳足,器洁泉新表里清。
晓日著颜红有晕,春风入髓散无声。
人间真一东坡老,与作青州从事名。

① 拨雪披云:谓以白面、米酿酒。② 乳泓:谓玉色而清澈之酒。

二[一]月十九日，携白酒、鲈鱼过詹使君，食槐叶冷淘①

枇杷已熟粲金珠，桑落②初尝滟玉蛆③。
暂借垂莲十分盏，一浇空腹五车书。
青浮卵碗槐芽饼，红点冰盘藿叶鱼④。
醉饱高眠真事业，此生有味在三余⑤。

[一]二：一作三。

① 槐叶冷淘：以槐叶汁和面所制成凉面类食品。② 桑落：酒名。③ 玉蛆（qū）：酒面浮沫。④ 藿叶鱼：切为薄片之鱼肉。⑤ 三余：泛指空余时间。

连雨涨江二首

越井冈头云出山，牂牁江①上水如天。
床床避漏幽人屋，浦浦移家蜑子船②。
龙卷鱼虾并雨落，人随鸡犬上墙眠。
只应楼下平阶水，长记先生过岭③年。

① 牂牁（zāng kē）江：一说今云南、贵州两省境内之北盘江及广西之红水河。② 蜑（dàn）子船：南方沿海一带水上居民所用之船。③ 岭：大庾岭。

急雨萧萧作晚凉，卧闻榕叶响长廊。
微明烟火耿残梦，半湿帘帷浥旧香。

高浪隐床吹瓮盎,暗风惊树摆琳琅。
先生不出晴无用,留向空阶滴夜长。

桄榔杖寄张文潜①一首。时初闻黄鲁直迁黔南②,范淳父九疑③也

睡起风清酒在亡,身随残梦两茫茫。
江边曳杖桄榔瘦,林下寻苗筚拨④香。
独步倘逢勾漏令⑤,远来莫恨曲江张⑥。
遥知鲁国真男子⑦,独忆平生盛孝章⑧。

① 张文潜:即张耒(lěi),为苏门四学士之一。② 黔南:今重庆彭水自治县。③ 九疑:山名。在道州境内。④ 筚拨:一种调味品的植物,也可入药。⑤ 勾漏令:指葛洪。⑥ 曲江张:指张九龄。⑦ 鲁国真男子:指孔融。⑧ 盛孝章:即盛宪。

答周循州

蔬饭藜床①破衲衣,扫除习气不吟诗。
前生自是卢行者②,后学过呼韩退之。
未敢叩门求夜话,时叨送米续晨炊。
知君清俸难多辍,且觅黄精与疗饥。

① 藜床:以藜茎编制之榻。② 卢行者:指禅宗六祖慧能大师。

六月十二日，酒醒步月，理发而寝

羽虫见月争翾翾①，我亦散发虚明轩。
千梳冷快肌骨醒，风露气入霜蓬②根。
起舞三人谩相属，停杯一问终无言。
曲肱薤簟有佳处，梦觉琼楼空断魂。

① 翾（xuān）翻：飞翔。② 霜蓬：枯蓬上有霜，喻白发。

十一月九日，夜梦与人论神仙道术，因作一诗八句。既觉，颇记其语，录呈子由弟。后四句不甚明了，今足成之耳

析尘①妙质本来空，更积微阳②一线功。
照夜一灯长耿耿，闭门千息自蒙蒙。
养成丹灶无烟火，点尽人间有晕铜。
寄语山神停伎俩，不闻不见我何穷。

① 析尘：脱离世俗。② 微阳：阳气始生。

章质夫送酒六壶，书至而酒不达，戏作小诗问之

白衣送酒舞〔一〕渊明，急扫风轩①洗破觥。
岂意青州六从事，化为乌有一先生。

空烦左手持新蟹,漫绕东篱嗅落英。
南海使君②今北海,定分百榼③饷春耕。

〔一〕舞:一作侮。

① 风轩:有窗槛之长廊或小室。② 南海使君:指章质夫。③ 榼(kē):古之盛酒器。

和子由盆中石菖蒲①忽生九花

春荑秋荚两须臾,神药人间果有无。
无鼻何由识蕫蒀,有花今始信菖蒲。
芳心未饱两蛱蝶,寒意知鸣几蟪蛄②。
记取明年十二节,小儿休更笑霜须。

① 菖蒲:多年生草本植物,地下有根茎,可作香料,又可入药。② 蟪蛄:蝉之一种。

悼朝云〔一〕

绍圣元年十一月,戏作《朝云》诗。三年七月五日,朝云病亡于惠州,葬之栖禅寺松林中东南,直大圣塔。予既铭其墓,且和前诗以自解。朝云始不识字,晚忽学书,粗有楷法。盖尝从泗上比丘尼义冲学佛,亦略闻大义。且死,诵《金刚经》四句偈而绝。

苗而不秀岂其天，不使童乌与我玄。
驻景①恨无千岁药，赠行惟有小乘禅。
伤心一念偿前债，弹指三生断后缘。
归卧竹根无远近，夜灯勤礼塔中仙。
〔一〕并引。

① 驻景：即延年不老之意。

白鹤峰新居欲成，夜过西邻翟秀才，二首

林行婆家初闭户，翟夫子舍尚留关。
连娟缺月黄昏后，缥缈新居紫翠间。
系闷岂无罗带水，割愁还有剑铓山。
中原北望无归日，邻火村舂自往还。

瓮间毕卓①防偷酒，壁后匡衡②不点灯。
待凿平江百尺井，要分清署一壶冰。
佐卿恐是归来鹤，次律③宁非过去僧。
他日莫寻王粲④宅，梦中来往本何曾。

① 瓮间毕卓：典出《世说新语·任诞》。叙毕卓偷饮邻舍之酒事。后形容人嗜酒好饮。② 壁后匡衡：典出《西京杂记》。叙匡衡凿壁借光读书之事。后形容人读书勤奋刻苦。③ 次律：房琯之字。④ 王粲：字仲宣，建安七子之一。

吴子野绝粒不睡,过,作诗戏之。芝上人、陆道士皆和予,亦次其韵

聊为不死五通仙,终了无生一大缘。
独鹤有声知半夜,老蚕不食已三眠。
怜君解比人间梦〔一〕,许我时逃醉后禅。
会与江山成故事,不妨诗酒乐新年。
〔一〕公自注:芝有梦斋,子由作铭。

次韵惠循二守相会

共惜相从一寸阴,酒杯虽浅意殊深。
且同月下三人影,莫作天涯万里心。
东岭近闻松菊径,南堂初绝斧斤音。
知君善颂如张老,犹望携壶更一临。

又次韵二守许过新居

数亩蓬蒿古县阴,晓窗明〔一〕快夜堂深。
也知卜筑①非真宅,聊欲跏趺②看此心。
闻道携壶问奇字,更因登木助微音。
相娱北户江千顷,直下都无地可临。
〔一〕明:一作清。

①卜筑：择地建屋。②跏趺（jiā fū）：双足交叠而坐。泛指静坐、端坐。

又次韵二守同访新居

此生真欲老墙阴，却扫都忘岁月深。
拔薤已观贤守政，折蔬聊慰故人心。
风流贺监①常吴语，憔悴钟仪②独楚音。
治状③两邦俱第一，颍川④归去肯重临。

①贺监：唐贺知章尝官秘书监，晚年自号秘书外监，故称。②钟仪：春秋时楚人。③治状：施政的成绩。④颍川：西汉黄霸的代称。治理颇有政绩。

循守临行出小鬟，复用前韵

学语雏莺在柳阴，临行呼出翠帷深。
通家①不隔同年②面〔一〕，得路③方知异日心。
趁著春衫游上苑，要求国手④教新音。
岭梅不用催归骑，截鐙⑤须防旧所临〔二〕。

〔一〕公自注：文之与南圭令弟同年。　〔二〕公自注：文之尝倅韶。

①通家：谓姻亲或世代有交谊之家。②同年：科举时代同榜者。③得路：官宦得志。④国手：国中艺能出众之人。⑤截鐙（dèng）：叙姚崇离任之事。后以对离职官吏表示挽留惜别的套语。

客俎经旬无肉,又子由劝不读书,萧然清坐,乃无一事

病怯腥咸不买鱼,尔来心腹一时虚。
使君不复怜乌攫,属国方将掘鼠余。
老去独收人所弃,游哉时到物之初。
从今免被孙郎笑,绛帕蒙头读道书。

次韵子由三首

东亭

仙山佛国本同归,世路玄关两背驰。
到处不妨闲卜筑,流年自可数期颐①。
遥知小槛临廛市②,定有新松长棘茨③。
谁道茅檐劣④容膝,海天风雨看纷披。

① 期颐:百岁。② 廛(chán)市:百姓聚居之地。③ 棘茨:荆棘蒺藜。④ 劣:仅仅。

东楼

白发苍颜自照盆,董生端合是前身。
独栖高阁多词客,为著新书未绝麟。
小醉易醒风力软,安眠无梦雨声新。
长歌自诮①真堪笑,底处②人间是所欣〔一〕。

〔一〕公自注:柳子厚诗云:"高歌返故室,自诮非所欣。"

① 誷（wǎng）：欺骗。② 底处：何处。

椰子冠

天教日饮欲全丝，美酒生林不待仪。
自漉疏巾①邀醉客，更将空壳付冠师〔一〕。
规摹简古人争看，簪导②轻安发不知。
更著短檐高屋帽，东坡何事不违时。

〔一〕公自注：《前汉·高（祖）纪注》云：薛有作冠师。

① 自漉疏巾：以编织稀疏的头巾过滤酒。② 簪导：首饰名，用以束发。

十二月十七日夜坐达晓，寄子由

灯烬不挑垂暗蕊，炉灰重拨尚余薰。
清风欲发鸦翻树，缺月初升犬吠云。
闭眼此心新活计，随身孤影旧知闻。
雷州别驾应危坐，跨海幽光与子分。

上元夜过①赴儋守②召，独坐有感

使君置酒莫相违，守舍何妨独掩扉。
静看月窗盘蜥蜴，卧闻风幔落蜌蝛③。
灯花结尽吾犹梦，香篆④消时汝欲归。

搔首凄凉十年事，传柑⑤归遗满朝衣。

① 过：苏过，轼之幼子。② 儋守：张中。时知昌化军。③ 蛜蝛（yī wēi）：昆虫名。体椭圆形，灰褐色，生活在阴暗潮湿处。④ 香篆：香炷，点燃时烟上升如篆文。⑤ 传柑：北宋上元夜宫中宴近臣，贵戚宫人以黄柑相赠，故谓之。

海南人不作寒食，而以上巳上冢。予携一瓢酒，寻诸生，皆出矣。独老符秀才在，因与饮，至醉。符盖儋人之安贫守静者也

老鸦衔肉纸①飞灰，万里家山②安在哉。
苍耳③林中太白过，鹿门山下德公回。
管宁投老终归去，王式当年本不来。
记取南城上巳日，木棉花落刺桐④开。

① 纸：指祭奠死者之纸钱。② 家山：谓故乡。③ 苍耳：草名。嫩叶可供蔬食，亦可入药。④ 刺桐：亦名海桐。落叶乔木，红花。

庚辰岁人日作，时闻黄河已复北流，老臣旧数论此，今斯言乃验，二首

老去仍栖隔海村，梦中时见作诗孙。
天涯已惯逢人日，归路犹欣过鬼门。

三策已应思贾让,孤忠终未赦虞翻。
典衣剩买河源米,屈指新篘①作上元。

① 新篘(chōu):指新酿的美酒。

不用长愁挂月村,槟榔生子竹生孙。
新巢语燕还窥砚,旧雨来人不到门。
春水芦根看鹤立,夕阳枫叶见鸦翻。
此生念念随泡影,莫认家山作本元。

庚辰岁正月十二日,天门冬酒熟,予自漉之,且漉且尝,遂以大醉,二首

自拨床头一瓮云①,幽人先已醉浓芬。
天门冬②熟新年喜,曲米春〔一〕③香并舍④闻。
菜圃渐疏花漠漠⑤,竹扉斜掩雨纷纷。
拥裘睡觉知何处,吹面东风散缬纹⑥。
〔一〕公自注:杜子美诗云:"闻道云安曲米春",盖酒名也。

① 一瓮云:即一瓮酒。② 天门冬:百合科。多年生攀援草本。有润肺止咳,养阴生津的功效。③ 曲米春:酒名。④ 并舍:邻舍。⑤ 漠漠:寂静无声的样子。⑥ 缬纹:酒后脸上的红晕。

载酒无人过子云,年来家酝有奇芬。
醉乡①杳杳谁同梦,睡息齁齁②得自闻。
口业③向诗犹小小,眼花因酒尚纷纷。
点灯更试淮南语,泛溢东风有縠纹④。

①醉乡：醉酒后神志不清的境界。②齁（hōu）齁：熟睡时的鼻息声。③口业：指诗文的创作。④縠纹：波纹。

追和戊寅岁上元

春鸿社燕巧相违，白鹤峰头白板扉。
石建方欣洗牏厕，姜庞不解叹螟蛾。
一龛京口嗟春梦，万炬钱塘忆夜归。
合浦卖珠①无复有，当年笑我泣牛衣②。

① 合浦卖珠：典出范晔《后汉书·孟尝传》。叙去珠失而复得之意。借指官吏治理有方。② 泣牛衣：典出《汉书·王章传》。叙王章为诸生时在长安求学的生活。借指寒士生活之清苦。

汲江煎茶

活水还须活火①烹〔一〕，自临钓石取深清②。
大瓢贮月归春瓮，小杓③分江入夜瓶。
茶雨④已翻煎处脚，松风⑤忽作泻时声。
枯肠未易禁三碗，坐听荒城长短更。

〔一〕公自注：唐人云，茶须缓火炙，活火煎。

① 活火：有焰之炭火。② 深清：深处澄清之江水。③ 杓（sháo）：同"勺"。④ 茶雨：煎茶时茶叶漂浮如雨。⑤ 松风：喻水初沸之声。

六月二十日夜渡海

参横斗转欲三更,苦雨①终风也解晴。
云散月明谁点缀,天容海色本澄清。
空馀鲁叟②乘桴③意,粗识轩辕奏乐声。
九死南荒吾不恨,兹游奇绝冠平生。

① 苦雨:久雨。② 鲁叟:指孔子。③ 桴:竹木做成的筏子。

次韵王郁林

晚涂①流落不堪言,巾上春泥手自翻。
汉使节空余皓首,故侯瓜②在有颓垣。
平生多难非天意,此去残年尽主恩。
误辱使君相抆拭③,宁闻老鹤更乘轩。

① 晚涂:晚年。② 故侯瓜:语出《史记·萧相国世家》,即东陵瓜。借指失意隐居之意。③ 抆(wěn)拭:揩,擦。

送鲜于①都曹②归蜀灌口旧居

笊③尽霜须照碧铜,依然春雪在长松。
朝行犀浦④催收芋,夜渡绳桥看伏龙。
莫叹倦游无驷马,要将老健敌千钟⑤。
子云三世惟身在,为向西南说病容。

① 鲜于：复姓。② 都曹：官名。属尚书省属官。③ 笯（niè）：以镊钳取。④ 犀浦：县名。故城在今四川郫县东。⑤ 千钟：极言酒量之大。

送邵道士彦肃还都峤①

乞得纷纷扰扰身，结茅都峤与仙邻。
少而寡欲颜常好，老不求名语益真。
许迈有妻还学道，陶潜无酒亦从人。
相随十日还归去，万劫清游结此因。

① 都峤：山名。在今广西容县南，周回一百八十里。

题冯通直明月湖诗后

老衍清篇墨未枯，小冯新作语尤姝。
呼儿净洗涵星砚，为子赓歌①堕月湖。
闻道牂江②空抱珥〔一〕，年来合浦自还珠。
请君多酿莲花酒，准拟王乔下履凫③。

〔一〕公自注：南诏有西珥河，即古牂柯江也。河形如月抱珥，故名西珥。

① 赓歌：酬唱和诗。② 牂（zāng）江：一名都名江，源出于贵州定番县西北，经广西、广东为西江。③ 履凫：指王乔化履为凫而乘之往来的传说。

次韵郑介夫二首

一落泥涂①迹愈深,尺薪如桂米如金。
长庚到晓空陪月,太岁今年合守心。
相与啮毡②持汉节,何妨振履出商音。
孤云倦鸟空来往,自要闲飞不作霖。

① 泥涂:喻灾难困苦之境地。② 啮毡:典出《汉书·苏武传》。叙咬吞毡毛充饥之事。常用以比喻坚贞不屈。

一生忧患萃残年,心似惊蚕未易眠。
海上偶来期汗漫,苇间犹得见延缘。
良医自要经三折,老将何妨败两甄。
收取桑榆种梨枣,祝君眉寿似增川。

昔在九江,与苏伯固唱和。其略曰:"我梦扁舟浮震泽①,雪浪横江〔一〕千顷白。觉来满眼是庐山,倚天无数开青壁。"盖实梦也。昨日又梦伯固手持乳香婴儿示予。觉而思之,盖南华赐物也。岂复与伯固相见于此邪?今得来书,知已在南华相待数日矣。感叹不已,故先寄此诗

扁舟震泽定何时,满眼庐山觉又非。
春草池塘惠连②梦,上林鸿雁子卿③归。
水香知是曹溪④口,眼净同看古佛衣。

不向南华结香火，此生何处是真依。

〔一〕江：一作空。

① 震泽：太湖故称。② 惠连：南朝宋谢惠连。与谢灵运、谢朓合称"三谢"。③ 子卿：即西汉苏武。④ 曹溪：在广东曲江县东南。南华寺建于曹溪口。

次韵韶守狄大夫见赠二首

华发①萧萧老遂良〔一〕②，一身萍挂海中央。
无钱种菜为家业，有病安心是药方。
才疏正类孔文举③，痴绝还同顾长康④。
万里归来空泣血，七年供奉⑤殿西廊〔二〕。

〔一〕公自注：褚河南帖云："即日遂良须发尽白。"盖谪长沙时也。　〔二〕公自注：迩英阁在延和殿西廊下。

① 华发：头发花白。② 遂良：褚遂良，唐代名臣，以直言敢谏著称。③ 孔文举：即东汉鲁国孔融。④ 顾长康：谓东晋顾恺之也。⑤ 供奉：指翰林供奉。

森森画戟①拥朱轮②，坐咏梁公③觉有神。
白傅④闲游空诵句〔一〕，拾遗⑤穷老敢论亲〔二〕。
东海莫怀疏受⑥意，西风幸免庾公⑦尘。
为公过岭传新唱，催发寒梅一信春〔三〕。

〔一〕公自注：事见白乐天《吴郡诗石记》。　〔二〕公自注：事见子美《寄狄明府》诗。　〔三〕一信春：疑作一树春。

①画戟：戟加彩饰，以为仪设之用。②朱轮：指高官所乘之车。③梁公：狄仁杰，直言敢谏。此处借指韶守狄大夫。④白傅：即唐白居易。⑤拾遗：即唐杜甫，曾任左拾遗，故称。⑥疏受：西汉东海郡兰陵人。被称为贤大夫。⑦庾公：即东晋庾亮。

次韵韶倅李通直二首

一篇泷吏①可书绅②，莫向长沮更问津③。
老去常忧伴新鬼④，归来且喜是陈人⑤。
曾陪令尹苍髯古，又见郎君白发新。
回首天涯一惆怅，却登梅岭望枫宸⑥。

①泷吏：韩愈贬潮州途中作《泷吏》，抒发怨愤之情。②书绅：牢记的话写在绅带上。借指牢记他人话。③长沮更问津：《论语·微子》载，孔子使子路问津于长沮、桀溺。问津，问路。长沮，春秋时隐士。后指奔波求仕。④新鬼：指新得势的权贵。⑤陈人：故人。⑥枫宸：指帝王宫廷。

青山只在古城隅，万里归来卜筑初。
会见四山朝鹤驾，更看二李跨鲸鱼。
欲从抱朴①传家学，应怪中郎②得异书。
待我丹成驭风去，借君琼佩与霞裾〔一〕。

〔一〕公自注：仆昔为开封幕，先公为赤令，暇日相与论内外丹，且出其丹示仆。今三十年，而见君曲江，同游南华，宿山水间数日，道旧感叹，且劝我卜居于舒，故诗中皆及之。

①抱朴：即李抱朴，被尊为玄同真人。②中郎：蔡邕，后拜为左中郎将。传蔡邕得王充《论衡》，其才进。

李伯时画其弟亮功《旧隐宅图》

乐天早退今安有，摩诘长闲古亦无。
五亩自栽池上竹，十年空看辋川图①。
近闻陶令开三径，应许扬雄寄一区。
晚岁与君同活计②，如云鹅鸭散平湖。

① 辋川图：唐王维晚年在蓝田辋口得宋之问蓝田别墅，并自图其山水，号《辋川图》。② 活计：生计，生活。

过岭二首

暂著南冠不到头，却随北雁与归休。
平生不作兔三窟①，今古何殊貉一丘②。
当日无人送临贺，至今有庙祀潮州。
剑关西望七千里，乘兴真为玉局③游。

① 兔三窟：此谓藏身之处多，可避祸。② 貉一丘：比喻同类，并无差别。③ 玉局：观名。在今四川成都城南。

七年来往我何堪，又试曹溪一勺甘。
梦里似曾迁海外，醉中不觉到江南。
波生濯足鸣空涧，雾绕征衣滴翠岚。
谁遣山鸡忽惊起，半岩花雨落毵毵①。

① 毵（sān）毵：此处用以状落花纷飞。

留题显圣寺

渺渺疏林集晚鸦,孤村烟火梵王家。
幽人自种千头橘,远客来寻百结花。
浮石[①]已干霜后水,焦坑[②]闲试雨前茶。
只疑归梦西南去,翠竹江村绕白沙。

① 浮石:即浮石山,显圣寺在此。② 焦坑:茶名,产大庾岭下,味苦回甘。

赠虔州术士谢晋臣

属国新从海外归,君平且莫下帘帷。
前生恐是卢行者,后学过呼韩退之。
死后人传戒定慧,生时宿直斗牛箕。
凭君为算行年看,便数生时到死时。

王子直去岁送子由北归,往返百舍。今又相逢赣上,戏用旧韵,作诗留别

米尽无人典破裘,送行万里一邹游。
解舟又欲携君去,归舍聊须与妇谋。
闻道年来丹伏火,不愁老去雪蒙头。

剩买山田添鹤口,庙堂新拜富民侯。

次韵江晦叔兼呈器之

横空初不跨鹏鳌①,但觉胡床②步步高〔一〕。
一枕昼眠春有梦,扁舟夜渡海无涛。
归来又见颠茶陆〔二〕③,多病仍逢止酒陶〔三〕。
笑说南荒底处所,只今榕叶下庭皋④。

〔一〕公自注:器之言:尝梦飞,自觉身与坐床皆起空中。 〔二〕公自注:往在钱塘,尝语晦叔:"陆羽茶颠,君亦然。" 〔三〕公自注:陶渊明有《止酒》诗。器之小时饮量无敌,今不复饮矣。

① 鹏鳌:传说中的大鸟与大龟。② 胡床:一种轻便坐具。③ 颠茶陆:谓陆羽。后世尊为茶神。④ 庭皋:水边平地。

寒食与器之游南塔寺寂照堂

城南钟鼓斗清新,端①为投荒②洗瘴尘。
总是镜空堂上客,谁为寂照境中人。
红英扫地风惊晓,绿叶成阴雨洗春。
记取明年作寒食,杏花曾与此翁邻。

① 端:正好。② 投荒:贬谪、放逐至荒远之地。

永和清都观道士，童颜鬒发①，问其年，生于丙子，盖与予同，求此诗

镜湖敕赐老江东，未似西归玉局翁②。
羁枕③未容春梦断，清都宛在默存中。
每逢佳境携儿去，试问行年与我同。
自笑余生消底物④，半篙清涨百滩空。

① 鬒（zhěn）发：浓密之黑发。② 玉局翁：苏轼自称。③ 羁枕：客居异地。④ 消底物：谓需何物。

赠诗僧道通

雄豪而迈苦而腴，只有琴聪与蜜殊〔一〕。
语带烟霞从古少〔二〕，气含蔬笋到公无〔三〕。
香林乍喜闻蕃蔔，古井惟惭断辘轳。
为报韩公莫轻许，从今岛可是诗奴①。

〔一〕公自注：钱塘僧思聪，总角善琴，后舍琴而学诗，复弃诗而学道。其诗似皎然而加雄放，安州僧仲殊，诗敏捷立成，而工妙绝人。殊辟谷，常啖蜜。　〔二〕公自注：李太白云：他人之文，如山无烟霞，春无草木。　〔三〕公自注：谓无酸馅气也。

①"为报""从今"二句：贾岛早年为僧，韩愈赏其诗，劝还俗。贾岛从弟无可，诗僧，二人并称岛可。

予昔作《壶中九华》诗，其后八年，复过湖口，则石已为好事者取去，乃和前韵，以自解云

江边阵马①走千峰，问讯方知冀北空。
尤物已随清梦断〔一〕，真形犹在画图中〔二〕。
归来晚岁同元亮，却扫何人伴敬通。
赖有铜盆修石供，仇池②玉色自璁珑〔三〕③。

〔一〕公自注：刘梦得以九华为造物一尤物。　〔二〕公自注：《道藏》有五岳真形图。　〔三〕公自注：家有铜盆，贮仇池石，正绿色，有洞水达背。予又尝以怪石供佛印师，作《怪石供》一篇。

①阵马：战马。②仇池：山名，在今甘肃成县。③璁（cōng）珑：明洁的样子。

次旧韵赠清凉长老〔一〕

过淮入洛地多尘，举扇西风欲污人。
但怪云山不改色，岂知江月解分身。
安心有道年颜①好〔二〕，遇物无情句法新。
送我长芦②舟一叶，笑看雪浪满衣巾。

〔一〕自《赠清凉寺和长老》起至此，皆南迁英州、惠州、儋州及北归之诗。　〔二〕好：一作少。

①年颜：容颜。②长芦：寺名。在今江苏仪征。

予以事系御史台狱，狱吏稍见侵，自度不能堪，死狱中，不得一别子由，故作二诗授狱卒梁成，以遗子由[一]

圣主如天万物春，小臣愚暗①自亡身。
百年未满先偿债，十口无归更累人。
是处青山可埋骨，他年夜雨独伤神。
与君世世为兄弟，又结来生未了因②。

〔一〕自此以下，施注本补遗之诗。

① 愚暗：不善谋身，不识时务。

柏台①霜气夜凄凄，风动琅珰②月向低。
梦绕云山心似鹿，魂飞汤火命如鸡。
眼中犀角真吾子，身后牛衣愧老妻。
百岁神游定何处，桐乡知葬浙江西[一]。

〔一〕公自注：狱中闻杭湖间，民为余作解厄道场者累月，故有此句。

① 柏台：御史台之别称。② 琅珰：檐间所挂风铃。

十二月二十八日，蒙恩责授检校水部员外郎、黄州团练副使，复用前韵，二首

百日归期恰及春，余年乐事最关身。
出门便旋风吹面，走马联翩鹊啅①人。

却对酒杯浑是梦,试拈诗笔已如神。
此灾何必深追咎,窃禄从来岂有因。

① 啅(zhào):啼叫。

平生文字为吾累,此去声名不厌低。
塞上纵归他日马,城东不斗少年鸡。
休官彭泽①贫无酒,隐几②维摩③病有妻。
堪笑睢阳老从事④,为予投檄⑤向江西〔一〕。
〔一〕公自注:子由闻予下狱,乞以官爵赎予罪,贬筠州监酒。

① 彭泽:即东晋陶渊明。曾任彭泽县令,故称之。② 隐几:靠着几案,伏在几案上。③ 维摩:即维摩诘之省称。④ 从事:指州刺史之佐吏,如别驾、主簿、功曹等。⑤ 投檄:投弃征召的文书。借指弃官。

十二月二十日,恭闻太皇太后升遐〔一〕。以轼罪人,不许承服,欲哭则不敢,欲泣则不可,故作挽词,二章

巍然开济两朝勋,信矣才难十乱臣。
原庙故应祠百世,先王何止活千人。
和熹未圣犹贪位,明德虽贤不及民。
月落风悲天雨泣,谁将椽笔写光尘。
〔一〕慈圣后也。

未报山陵国士知,绕林松柏已猗猗①。
一声恸哭犹无所,万死酬恩更有时。

梦里天衢②隘云仗,人间雨泪变彤帷③。
关雎卷耳平生事,白首累臣④正坐诗⑤。

① 猗(yī)猗:美好的样子。② 天衢:指京都大路。③ 彤帷:红色帷幔。④ 累臣:即被拘押之人。⑤ 坐诗:因诗获罪。

赵成伯家有丽人,仆忝乡人,不肯开樽,徒吟春雪美句,次韵一笑

绣帘朱户未曾开,谁见梅花落镜台。
试问高吟三十韵,何如低唱两三杯〔一〕。
莫言衰鬓聊相映,须得纤腰与共回。
知道文君隔青琐,梁园赋客肯言才〔二〕。

〔一〕公自注:世言检死秀才衣带上,有《雪》诗三十韵。又云,陶穀学士买得党太尉家妓。遇雪,陶收雪水烹团茶,谓妓曰:"党家应不识此?"妓曰:"彼粗人,安得此。但能于销金暖帐中,浅斟低唱,吃羊羔儿酒。"陶嘿然惭其言。 〔二〕公自注:聊答来句,义取妇人而已,罪过,罪过!

赠虔州慈云寺鉴老

居士无尘堪洗沐,道人有句借宣扬。
窗间但见蝇钻纸,门外惟闻佛放光。
遍界难藏真薄相,一丝不挂且逢场。
却须重说圆通偈,千眼薰笼是法王。

观开西湖次吴左丞韵

伟人谋议不求多,事定纷纷自唯阿。
尽放龟鱼还绿净,肯容萧苇障前坡。
一朝美事谁能纪,百尺苍崖尚可磨。
天上列星当亦喜,月明时下浴〔一〕明波。
〔一〕明:疑作清。

渝州寄王道祖〔一〕

曾闻五月到渝州,水泊长亭砌下流。
唯有梦魂长缭绕,共论唐史更绸缪。
舟经故国岁时改,霜落寒江波浪收。
归梦不成冬夜永,厌闻船上报更筹①。
〔一〕祖:一作矩。

① 更筹:古代夜间计时报更之竹签。

闻洮西捷报

汉家将军一丈佛①,诏赐天池八尺龙②。
露布③朝驰玉关塞,捷书夜到甘泉宫。
似闻指挥筑上郡,已觉谈笑无西戎。
牧臣不见天颜喜,但惊草木放〔一〕春容。

〔一〕放：一作皆。

① 一丈佛：佛像高大。② 八尺龙：骏马。③ 露布：指檄文。

己未十月十五日，狱中恭闻太皇太后不豫①，有赦，作诗

庭柏阴阴昼掩门，乌知有赦闹黄昏。
汉宫自种三生福，楚客还招九死魂。
纵有锄犁及田亩，已无面目见丘园。
只应圣主如尧舜，犹许先生作正言。

① 不豫：身体不舒服，引申为有病。

谢人惠云巾方舄①二首

燕尾②称呼理未便，剪裁云叶却天然。
无心只是青山物，覆顶宜归紫府仙。
转觉周家新样俗〔一〕，未容陶令旧名传。
鹿门佳士③勤相赠，黑雾玄霜④合比肩〔二〕。
〔一〕公自注：头巾起后周。　〔二〕公自注：皮袭美《赠天随子纱巾》诗云："掩敛乍疑裁黑雾，轻明浑似带玄霜。"

① 舄（xì）：加木底之鞋。② 燕尾：此指头巾。③ 鹿门佳士：指皮日休。因隐居鹿门山，自号鹿门子。④ 黑雾玄霜：形容其头

巾色黑而极轻。

胡靴短靿①格粗疏,古雅无如此样殊。
妙手不劳盘作凤〔一〕,轻身只欲化为凫。
魏风褊②俭堪羞葛,楚客豪华可笑珠。
拟学梁家名解脱〔二〕,便于禅坐作跏趺。

〔一〕公自注:晋永嘉中有凤头鞋。　〔二〕公自注:武帝作解脱履。

① 靿(yào):靴筒。② 褊:狭小,狭隘。

被命南迁,涂中寄定武同僚

人事千头及万头,得时何喜失时忧。
只知紫绶三公贵,不觉黄粱一梦游。
适见恩纶临定武,忽遭分职赴英州。
南行若到江干侧,休宿浔阳旧酒楼。

次韵王定国得晋卿酒相留夜饮

短衫压手气横秋,更著仙人紫绮裘。
使我有名全是酒,从他作病且忘忧。
诗无定律君应将,醉有真乡我可侯。
且倒余樽尽今夕,睡蛇已死不须钩。

秋晚客兴

草满池塘霜送梅,疏林野色近楼台。
天围故越侵云尽,潮上孤城带月回。
客梦冷随枫叶断,愁心低逐雁声来。
流年又喜经重九,可意黄花是处开。

陈伯比和回字复次韵

百里冯生宁屑去,湖海陈侯①犹肯来。
诗书好在家四壁,蒲柳蓊然②城一隈。
骑上下山亦疏矣,倏从容出何为哉。
市桥十步即尘土,晚雨潇潇殊未回。

① 湖海陈侯:指三国陈登,后泛指志向远大、豪放不羁的人。
② 蓊(wěng)然:繁密的样子。

留别登州举人

身世相忘久自知,此行闲看古黄腄①。
自非北海孔文举,谁识东莱太史慈。
落笔已吞云梦客,抱寒欲访水仙师。
莫嫌五日匆匆守,归去先传乐职②诗。

① 黄腄（chuí）：二县名。其地分别为今山东黄县和牟平县。② 乐职：王褒作。诗颂汉宣帝之盛德。

过岭寄子由二首

投章献策谩多谈，能雪冤忠死亦甘。
一片丹心天日下，数行清泪岭云南。
光荣归佩呈佳瑞，瘴疠幽居弄晓岚。
从此西风庾梅谢，却迎谁与马毵毵。

山林瘴雾老难堪，归去中原荼①亦甘。
有命谁怜终反北，无心却笑亦巢南。
蛮音惯习疑伧语②，脾病萦缠带岭岚。
赖有祖师清净水，尘埃一洗落毵毵。

① 荼：古书上说的一种苦菜。② 伧（chen）语：指鄙俚的文辞。

歇白塔铺

甘山庐阜郁长望，林隙依稀〔一〕漏日光。
吴国晚蚕初断叶，占城蚤稻欲移秧。
迢迢涧水随人急，冉冉岩花扑马香。
望眼尽从〔二〕飞鸟远，白云深处是吾乡。

〔一〕依稀：一作熹微。　〔二〕从：一作穷。

西蜀杨耆,二十年前见之甚贫,今见之亦贫,所异于昔者,苍颜华发耳。女无美恶,富者妍,士无贤不肖,贫者鄙。使其逢时遇合,岂减当世之士哉?顷宿长安驿舍,闻泣者甚怨,问之,乃昔富而今贫者,乃作一诗,今以赠杨君

孤村渐〔一〕雨逐秋凉,逆旅①愁人怨夜长。
不寐相看唯枥马②,愁吟〔二〕互答有寒螀③。
天寒滞穗犹横亩,晚岁空机尚倚墙。
劝尔一杯聊复睡,人间贫富海茫茫。
〔一〕渐:一作微。 〔二〕愁吟:一作悲歌。

① 逆旅:旅居。喻人生匆遽短促。② 枥马:拴在马槽上的马。多喻受束缚,不自由者。③ 寒螀(jiāng):即寒蝉。借指深秋的鸣虫。

赠人

别后休论信息疏,仙凡自古亦殊途。
蓬山路远人难到,霜柏威高道转孤。
旧赏未应忘楚国,新诗闻已满皇都。
谁怜泽畔行吟者①,目断长安貌欲枯。

① 泽畔行吟者:指屈原,楚辞《渔父》载,屈原放逐,"行吟泽畔,颜色憔悴,形容枯槁"。

观湖二首

乘槎远引神仙客,万里清风上海涛。
回首不知沙界小,飘衣犹觉色尘高。
须弥有顶低垂日,兜率无根下戴鳌。
释梵茫然齐劫火,飞云不觉醉陶陶。

朝阳照水红光开,玉涛银浪相徘徊。
山分宿雾尽宽远,云驾高风驰送来。
升霞影色攲①残火,及物气焰明纤埃。
可怜极大不知已,浮生野马②悠悠哉。

① 攲(yī):倾斜不正。② 野马:指野外蒸腾的水汽。

寄高令

满地春风扫落花,几番曾醉长官衙。
诗成锦绣开胸臆,论极冰霜绕齿牙。
别后与谁同把酒,客中无日不思家。
田园知有儿孙委,蚤晚扁舟到海涯。

寄子由

厌暑多应一向慵,银钩秀句益疏通。
也知堆案文书满,未暇开轩砚墨中。

湖面新荷空照水,城头高柳漫摇风。
吏曹不是尊贤事,谁把前言语化工。

诗送交代仲达少卿

此身无用且东来,赖有江山慰不才。
旧尹未嫌衰废久,清樽[1]犹许再三开。
满城遗爱[2]知谁继,极目扁舟挽不回。
归去青云还记否,交游胜绝古城隈[3]。

[1] 清樽:酒器。亦借指清酒。[2] 遗爱:在官行德政,有仁爱遗留于后。[3] 隈:角落。

次韵马元宾

流落江湖万里归,相逢自慰已差池。
初闻好句惊人倒,悔过东庭识面迟。
握手宁知无贺监,结交谁复许袁丝。
塞鸿正欲摩天去,垂老追攀岂可期。

第五桥

白露凄风洗瘴烟,梦回相对两凄然。
雀罗廷尉非当日,鸠杖先生愈少年。
世事饱谙思缩手,主恩未报耻归田。
谁怜第五桥东水,独照台州老郑虔。

次韵完夫再赠之什,某已卜居毗陵,与完夫有庐里之约云

柳絮飞时笋箨班①,风流二老对开关。
雪牙②为我求阳羡,乳水君应饷惠山。
竹簟水风眠昼永,玉堂制草落人间。
应容缓急烦闾里,桑柘③聊同十亩闲。

① 笋箨（tuò）班：笋老，笋皮上多有斑点。② 雪牙：茶的一种，此指宜兴茶。③ 桑柘：指农桑之事。

和林子中待制

两翁留滞各幡然,人笑迂疏老更坚。
共把鹅儿[一]一樽酒,相逢柳色五湖天。
江边遗爱啼斑白,海上先声入管弦。

蚤晚渊明赋归去,浩歌长啸老斜川。
〔一〕鹅儿:一作鸱夷。

九日袁公济有诗,次其韵

古来静治得清闲,我愧真常也一班。
举酒东荣挹江海,回樽落日劝湖山。
平生倾盖悲欢里,蚤晚抽身簿领间。
笑指西南是归路,倦飞弱羽久知还。

和吴安持使者迎驾

小雪疏烟杂瑞光,清波寒引御沟长。
曈曈日色笼丹禁,杳杳鞭声出建章。
鹓鹭偶叨陪下列,天阍①聊启望中央。
归来喜气倾新句,满座疑闻锦绣②香。

①天阍(hūn):此指宫门。②锦绣:喻诗文之精妙。

鹿鸣宴①

连骑匆匆画鼓喧,喜君新夺锦标②还。
金罍③浮菊催开宴,红蕊将春待入关。

他日曾陪探禹穴，白头重见赋南山。
何时共乐升平事，风月笙箫坐夜闲。

① 鹿鸣宴：科举考试后所举行的宴会，由州县长官宴请考官、学政及得中举子。② 锦标：锦旗，奖励竞赛优胜者。③ 金罍：酒器。

次韵张甥棠美昼眠

炎歊①五月北窗凉，更觉甘如饭稻粱。
宰我②粪墙讥敢避，孝先③经笥④谑兼忘。
忧虞心谢知时雁，安稳身同挂角羊。
要识熙熙不争竞，华胥别是一仙乡。

① 炎歊（xiāo）：暑热。② 宰我：指宰予。春秋末期鲁国人，孔子著名弟子。③ 孝先：指毛玠，东汉末年大臣，以清廉公正著称。④ 经笥（sì）：喻博通经书的人。

真兴寺阁祷雨

太守亲从千骑祷，神翁远借一杯清。
云阴黯黯将嘘遍，雨意昏昏欲酝成。
已觉微风吹袂①冷，不堪残日傍山明。
今年秋熟君知否，应向江南饱食粳。

① 袂：衣袖，袖口。

惠州近城数小山，类蜀道。春，与进士许毅野步，会意处，饮之且醉，作诗以记。适参寥专使欲归，使持此以示西湖之上诸友，庶使知余未尝一日忘湖山也

夕阳飞絮乱平芜①，万里春前一酒壶。
铁化双鱼沉远素②，剑分二岭隔中区。
花曾识面香仍好，鸟不知名声自呼。
梦想平生消未尽，满林烟月到西湖。

① 平芜：草木丛生的平旷原野。② 远素：远处的书信。

送蜀僧去尘

十年读易费膏火，尽日吟诗愁肺肝。
不解丹青追世好，欲将芹芷荐君盘。
谁为善相宁嫌瘦，复有知音可废弹。
拄杖挂经须倍道，故乡春蕨已阑干。

曾元恕游龙山，吕穆仲不至

青春不觉老朱颜，强半销磨簿领间。
愁客倦吟花以〔一〕酒，佳人休唱日衔山。

共知寒食明朝过,且赴僧窗半日闲。
命驾^①吕安邀不至,浴沂^②曾点暮方还。
〔一〕"以"字疑讹。

① 命驾:乘车出行。《世说新语·简傲》:"嵇康与吕安善,每一相思,千里命驾。"② 浴沂:《论语·先进》:"浴乎沂,风乎舞雩,咏而归。"这里指志向不凡。

黄河

活活何人见混茫,昆仑气脉本来黄。
浊流若解污清济^①,惊浪应须动太行。
帝假一源神禹迹,世流三患^②梗尧乡。
灵槎^③果有仙家事,试问青天路短长。

① 清济:济水清澈。② 三患:指多子有多惧之患,富有多事之患,寿有多辱之患。③ 灵槎:能乘往天河的船筏。典出晋张华《博物志》。

壬寅重九,不预会,独游普门寺僧阁,有怀子由

花开酒美盍不归,来看南山冷翠微。
忆弟泪如云不散,望乡心与雁南飞。
明年纵健人应老,昨日追欢意正违。
不问秋风强吹帽,秦人不笑楚人讥。

小饮公瑾[一]舟中

青泥赤日午相烘,走访[二]船窗柳影中。
辍我东坡无限睡,赏君南浦不赀风。
坐观邸报谈迁叟,闲说滁山忆醉翁。
此去澄江三万顷,只应明月照还空[三]。

〔一〕瑾:一作谨。 〔二〕访:一作扣。 〔三〕公自注:邓,滁人也,是日坐中观邸报,云叟入下省。

和子由次王巩韵,"如囊"之句,可为一噱

平生未省为人忙,贫贱安闲气味长。
粗免趋时头似葆,稍能忍事腹如囊。
简书见迫身今老,樽酒闻呼首一昂。
欲挹天河聊自洗,尘埃满面鬓眉黄。

儋耳①

霹雳收威暮雨开,独凭栏槛倚崔巍②。
垂天雌霓云端下[一],快意雄风海上来。
野老已歌丰岁语,除书③欲放逐臣回。
残年饱饭东坡老,一壑能专万事灰。

〔一〕霓:音啮。

① 儋耳：即儋州，治所今海南儋县。② 崔巍：山高的样子。
③ 除书：此指令苏轼移廉州的公文。

答李端叔

若人如马亦如班，笑履壶头出玉关。
已入西羌度沙碛①，又来东海看涛山。
识君小异千人里，慰我长思十载间。
西省怜君〔一〕时邂逅，相逢有味是偷闲。

〔一〕怜君：一作邻居。

① 沙碛（qì）：沙漠。

立春日，病中邀安国，仍请率禹功同来，仆虽不能饮，当请成伯主会。某当杖策倚几于其间，观诸公醉笑，以拨滞闷也，二首

孤灯照影夜漫漫，拈得花枝不忍看。
白发欹簪①羞彩胜，黄耆②煮粥荐春盘。
东方烹狗阳初动，南陌争牛卧作团。
老子从来兴不浅，向隅谁有满堂欢。

① 欹簪：斜插簪子。② 黄耆：药名。用以补气。

斋居卧病禁烟①前，辜负名花已一年。
此日使君不强喜，青春风物为谁妍。
青衫公子家千里，白首先生杖百钱。
曷不相将来问病，已教呼取散花天。

① 禁烟：即寒食。

和参寥见寄

黄楼南畔马台东，云月娟娟①正点空。
欲共幽人洗笔砚，要传流水入丝桐。
且随侍者寻西谷，莫学山僧老祝融。
待我西湖借君去，一杯汤饼②泼油葱。

① 娟娟：美好的样子。② 汤饼：汤煮的面食。

东园

岑寂东园可散愁，胶胶扰扰梦神州。
万竿苦竹旌旗卷，一部鸣蛙鼓吹收。
雨后月前天欲冷，身闲心远地偏幽。
杜门谢客恐生谤，且作人间鹏鷃游。

奉和陈贤良

不学孙吴[①]与六韬,敢将驽马[②]并英豪。
望穷海表[③]天还远,倾尽葵心日愈高。
身外浮名休琐琐,梦中归思已滔滔。
三山旧是神仙地,引手东来一钓鳌[④]。

① 孙吴:谓孙武兵法和吴起兵法。② 驽(nǔ)马:劣马。比喻才能低下。③ 海表:海之尽头。④ 钓鳌:源自《列子·汤问》,喻豪迈的举止或远大的抱负。

秋兴三首

野鸟游鱼信往还[①],此身同寄水云间。
谁家晚吹残红叶,一夜归心满旧山。
可慰摧颓[②]仍健食,此生通脱屡酡颜[③]。
年华岂是催人老,双鬓无端只自斑。

① 信往还:任意往还。② 摧颓:衰败,衰老。③ 酡(tuó)颜:谓醉容。

故里依然一梦前,相携重上钓鱼船。
尝陪大幕今陈迹,谬忝承明[①]愧昔年。
报国无成空白首,退耕何处有名田[②]。
黄鸡白酒云山约,此计当时已浩然。

①承明：承明庐，汉承明殿旁屋。古以入承明为入朝为官。
②名田：以私人名义占有之土地。

浴凤池①边星斗光，宴余香满上书囊。
楼前月夜低韦曲，云里车声出未央。
去国何年双鬓雪，黄花重见一枝霜。
伤心无限厌厌②梦，长似秋宵一倍长。

①凤池：凤凰池之省称。唐以前指中书省。②厌厌：气息微弱。

夜直秘阁呈王敏甫

蓬瀛宫阙隔埃氛，帝乐天香似许闻。
瓦弄寒晖鸳卧月，楼生晴霭凤盘云。
共谁交臂论今古，只有闲心对此君。
大隐本来无境界，北山猿鹤①漫②移文。

①山猿鹤：源见南朝齐孔稚圭《北山移文》。后以"北山猿鹤"代指隐居生活。②漫：空或徒劳之意。

次韵参寥寄少游

岩栖木石已蹯然①，交旧何人慰眼前。
素与昼公②心印合，每思秦子意珠圆。

当年步月来幽谷，拄杖穿云冒夕烟。
台阁山林本无异，故应文字不离禅。

① 蟠然：须发白的样子。② 昼公：唐诗僧皎然，姓谢，字清昼，湖州人。

谢曹子方惠新茶

陈植文华斗石高，景公诗句复称豪。
数奇不得封龙额，禄仕何妨有马曹。
囊简久藏科斗字，铦锋新莹䴙䴘①膏。
南州山水能为助，更有英辞胜广骚。

① 䴙䴘（bì tí）：水鸟名，俗称油鸭，似鸭而小，善潜水。古人用其脂膏涂刀剑以防锈。

题潭州徐氏春晖亭

瞳瞳晓日上三竿，客向东风竞倚栏。
穿竹鸟声惊步武，入檐花影落杯盘。
勿嫌步月临玄圃，冷笑乘槎向海滩。
胜概直应吟不尽，凭君寄与画图看。

赠仲勉子文

雨昏南浦曾相对,雪满荆州喜再逢。
有子才如不羁马,知君心似后凋松。
闲看书册应多味,老傍人门想更慵。
何日晴轩观笔砚,一杯相属更从容[一]。

〔一〕按,此诗亦见《黄山谷集》,题作《和高仲本喜相见》。

讲武台南有感[一]

山城九月冒朝寒,讲武台南路屈盘。
骀子雨中乘马去,村童烟外倚墙看。
鸦啼冢木秋风急,鹭立鱼船夜水干。
花似去年堪折赠,插花人去泪阑干。

〔一〕又见《黄山谷集》。

题宝鸡县斯飞阁

西南归路远萧条,倚槛魂飞不可招。
野阔牛羊同雁鹜,天长草树接云霄。
昏昏水气浮山麓,泛泛春风弄麦苗。
谁使爱官轻去国,此身无计老渔樵。

重游终南,子由以诗见寄,次韵

去年新柳报春回,今日残花覆绿苔。
溪上有堂还独宿,谁人无事肯重来。
古琴弹罢风吹座,山阁醒时月照杯。
懒不作诗君错料,旧逋应许过时陪。

次韵和子由欲得骊山沉〔一〕泥砚

举世争称邺瓦坚,一枚不换百金颁。
岂知好事王夫子,自采临潼绣岭山。
经火尚含泉脉暖,吊秦应有泪痕潸。
封题寄去吾无用,近日从戎拟学班。

〔一〕沉:一作澄。

次韵子由弹琴

琴上遗声久不弹,琴中古义本长存。
苦心欲记常迷旧,信指如归自看痕。
应有仙人依树听,空教瘦鹤舞风鶱①。
谁知千里溪堂夜,时引惊猿撼竹轩。

① 鶱(qiān):高举,飞起。

卷二十三

黄山谷七律

———

二百八十六首

赠郑郊

高居大士是龙象①,草堂丈人非熊罴②。
不逢坏衲乞香饭,唯见白头垂钓丝。
鸳鸯终日爱水镜,菡萏晚风凋舞衣。
开径老禅来煮茗,还寻密竹径中归。

○山谷以元丰六年解官太和,过武宁,闻惟清上人当至延恩寺,因谒郑郊问消息,题此诗于郑郊草堂之壁。大士,指惟清也。丈人,指郑郊也。"坏衲"句,谓惟清尚未来延恩也。"白头"句,谓郊也。老禅,指延恩长老法安师也。

① 龙象:佛教中比喻修行勇猛且最大能力的罗汉。② 熊罴(pí):比喻勇士。

和游景叔月报三捷

汉家飞将用庙谋,复我匹夫匹妇仇。
真成折箠①禽胡月,不是黄榆牧马秋。
幄中已断匈奴臂,军前可饮月氏头。
愿见呼韩朝渭上,诸将不用万户侯。

○元祐二年八月,擒西蕃首领果庄青宜结,槛送阙下。盖游师雄与种谊所定之谋,而谊与姚兕所攻破者。师雄有绝句四首、七律一首,山谷并和之。景叔,师雄字也。

① 折箠(chuí):折断策马的杖。

赠惠洪

吾年六十子方半,槁项①顶螺忘岁年。
韵胜不减秦少觌②,气爽绝类徐师川③。
不肯低头拾卿相,又能落笔生云烟。
脱却衲衫〔一〕着蓑笠,来佐涪翁④刺钓船。

〔一〕衫:一作衣。

① 槁项:形容羸弱的样子。② 秦少觌(dí):宋代词人秦观的弟弟。③ 徐师川:指徐俯,为黄庭坚、苏轼等人的好友。④ 涪翁:黄庭坚的别号。

崇宁二年正月己丑,梦东坡先生于寒溪西山之间,予诵寄元明"觞"字韵诗数篇。东坡笑曰:"公诗更进于曩时。"①因和予一篇,语意清奇,予击节赏叹,东坡亦自喜。于九曲岭道中连诵数过,遂得之

天教兄弟各异方,不使新年对举觞。
作云作雨手翻覆,得马失马心清凉。
何处胡椒八百斛,谁家金钗十二行。
一丘一壑可曳尾,三沐三衅②取刳肠③。

① 曩(nǎng)时:从前。② 三沐三衅:多次沐浴熏香,表示虔敬。③ 刳(kū)肠:剖腹挖肠。

王圣美〔一〕三子补中广文生

王家人物从来远,今见诸孙总好贤。
三级①定知鱼尾进②,一鸣已作雁行连③。
愧无藻鉴能推毂④,愿卷囊书当赠钱〔二〕。
归去雄夸向儿侄,舍中犊子剩狂颠〔三〕。

〔一〕圣美,名子韶。 〔二〕此句当是馈以书籍,故曰当赠钱。 〔三〕《晋书》:石勒之母曰:"快牛为犊子时,多能破车。"

① 三级:宋代科举考试分为三级,即地方试、礼部试和殿试。② 鱼尾:代指官门。③ 雁行连:比喻高中。④ 推毂:推荐、举荐人才。

次韵柳通叟寄王文通

故人昔有凌云赋①,何意陆沉〔一〕黄绶②间。
头白眼花行作吏,儿婚女嫁望还山。
心犹未死杯中物,春不能朱镜里颜。
寄语诸公肯湔祓③,割鸡④令得近乡关。

〔一〕陆沉:《庄子》注曰:人中隐者,譬无水而沉也。

① 凌云赋:汉武帝好神仙,《史记·司马相如列传》载,相如奏《大人赋》,武帝大悦,"飘飘有凌云之气,似游天地之间意"。② 黄绶:黄色丝带,官吏所佩戴。此指官吏。③ 湔祓(jiān fú):推举,推荐。④ 割鸡:指代县令职位。

次韵王定国扬州见寄

清洛思君昼夜流,北归何日片帆收〔一〕。
未生白发犹堪酒,垂上青云①却佐州②。
飞雪③堆盘鲙鱼腹,明珠④论斗煮鸡头。
平生行乐自不恶,岂有竹西歌吹愁⑤。

〔一〕元丰中,导洛水入汴河,谓之清洛。二句谓山谷在汴京,昼夜思王,犹清洛水之昼夜流下扬州也。

① 垂上青云:比喻得到高官显贵的机会。② 佐州:指王定国贬为扬州通判。③ 飞雪:喻指鱼肉白如雪。④ 明珠:喻指鸡头米如珍珠。⑤"岂有"句:在扬州歌舞享乐消愁。杜牧《题扬州禅智寺》有"谁知竹西路,歌吹是扬州"句。

寄黄几复〔一〕

我居北海君南海,寄雁传书谢不能。
桃李春风一杯酒,江湖夜雨十年灯。
持家但有四立壁①,治病不蕲②三折肱③。
想得读书头已白,隔溪猿哭瘴溪〔二〕藤。

〔一〕原注云:乙丑年,德平镇作。 〔二〕几复时在广州四会,故曰南海、曰瘴溪。

① 四立壁:家徒四壁。指清贫。② 蕲(qí):祈求。③ 三折肱:形容医术高超的良医。

次韵儿复和答所寄〔一〕

海南海北梦不到,会合乃非人力能。
地褊①未堪长袖舞,夜寒空对短檠灯②。
相看鬓发时窥镜,曾共诗书更曲肱③。
作个生涯终未是,故山松长到天藤〔二〕。

〔一〕山谷跋此诗云:丁卯岁,几复至吏部改官,和予乙丑在德平镇所寄诗也。 〔二〕二句言二人俱不能归隐,以官为生涯,终不可也。

①"地褊(biǎn)"句:《汉书》长沙定王发传载,汉景帝第六子刘发,母身份低微,被封偏远之地长沙。后诸王进朝为帝贺寿,皆歌舞,定王仅伸伸袖,举举手,左右人讥笑,帝问缘由,定王答"臣国小地狭,不足回旋"。地褊,地方狭窄。② 短檠(qíng)灯:矮灯架,指小灯。此句形容书生夜晚苦读。③ 曲肱:弯折胳膊作枕头。

同子瞻韵和赵伯充团练

金玉堂中寂寞人,仙班时得共朝真。
两宫无事安磐石,万国归心有老臣。〔一〕
家酿可供开口笑,侍儿工作捧心颦。
醉乡乃是安身处,付与升平作幸民。

〔一〕"金玉"句,指赵。谓宗室富贵之家,而能自处于寂静也。"仙班"句,谓东坡与赵同在朝列也。两宫,指宣仁后及哲宗也。老臣,指文吕诸公。

送顾子敦〔一〕赴河东三首

头白书林二十年,印章今领晋山川。
紫参〔二〕可掘宜包贡①,青铁无多莫铸钱〔三〕。
劝课农桑诚有道,折冲樽俎②不临边。
要知使者功多少,看取春郊处处田〔四〕。

〔一〕子敦,名临。元祐元年七月,秘书少监顾临为河东转运使。 〔二〕潞州出紫团参。 〔三〕河东大通监西冶,岁炼青铁十余万。 〔四〕任注云:欲其务本业以厚民。

① 包贡:向朝廷进贡。② 折冲樽俎:出自《晏子春秋·内篇杂上》,折冲指使敌人的战车后退,制敌取胜;樽俎指宴席。后世指不用武力运用谋略取得胜利。本诗中说的是保全百姓不爆发战争。

家在江东不系怀,爱民忧国有从来。
月斜汾沁①催驿马,雪暗岢岚②传酒杯。
塞上金汤③唯粟粒,胸中水镜是人才。
遥知更解青牛句④,一寸功名心已灰〔一〕。

〔一〕青牛,谓老子乘青牛车也。句当谓功成名遂身退之语。

① 汾沁:指山西的汾水和沁水。② 岢岚:岢岚县,在今山西忻州西南。③ 金汤:比喻坚固的城池。④ 青牛句:指老子的《道德经》。

揽辔都城风露秋,行台①无妄护衣篝②。
虎头③墨妙能频寄,马乳葡萄不待求。
上党地寒应强饮,两河民病要分忧。
犹闻昔在军兴④日,一马人间费十牛。

○《汉官仪》：尚书郎入直台中，女侍史二人执香炉烧薰以从入，使护衣服。"行台"句，谓顾未携家往耳。末二句，任注云：元丰四年，陕西用兵河东，因于征调，故十耕牛之费仅给一战马。

① 行台：临时在外驻扎的中央政务机构。② 衣篝（gōu）：熏衣笼，熏衣服的竹笼。③ 虎头：东晋画家顾恺之小字虎头。④ 军兴：征集财物供给军用。

寄上叔父夷仲〔一〕三首

少年有功翰墨林，中岁作吏几陆沉。
庖丁解牛妙世故，监市履狶①知民心。
万里书来儿女瘦，十月山行冰雪深。
梦魂和月绕秦陇，汉节落毛何处寻。

〔一〕夷仲，名廉。元祐初，为都大提举成都府路榷茶、陕西买马。

① 监市履狶（xī）：语出《庄子·知北游》，形容善于体察事物。

艰难闻道有归音，部曲霜行璧月沉。
王春①正月调玉烛，使星②万里朝天心。
颇令山海藏国用，乃见县官恤民深。
经心陇蜀封疆守，必有人材备访寻〔一〕。

〔一〕任云：廉奉使在元祐元年八月，而三年正月除右司郎中，则入奏盖在二年之冬也。

① 王春：指阴历新春。② 使星：指朝廷的使者。

关寒塞雪欲嗣音①,燕雁拂天河鲤沉。
百书不如一见面,几日归来两慰心。
弓刀陌上望行色,儿女灯前语夜深。
更怀父子东归得,手种江头柳十寻。

① 嗣音：保持书信往来。

咏雪奉呈广平公〔一〕

连空春雪明如洗,忽忆江清水见沙。
夜听疏疏还密密,晓看整整复斜斜。
风回共作婆娑舞,天乃〔二〕能开顷刻花。
政使尽情寒至骨,不妨桃李用年华。
〔一〕宋盈祖。　〔二〕乃：一作巧。

次韵宋楙宗僦居①甘泉坊，雪后书怀

汉家太史宋公孙,漫逐班行②谒帝阍③。
燕颔④封侯空有相,蛾眉倾国自难昏。
家徒四壁书侵坐,马瘦三山叶拥门〔一〕。
安得风帆随雪水,江南石上对洼尊⑤。
〔一〕元稹《望云骓歌》曰："胯耸三山尾株直。"山谷此句,用官清马骨高之意。

①僦（jiù）居：租赁房屋居住。②班行：指上朝官员的行列、位次。③帝阍：指皇帝。④燕颔：指东汉名将班超，生的"虎颈燕颔"，称"万里侯"之相。⑤洼（wā）尊：即"窊樽"，相传唐开元时李适之登岘山，看到山上有石窦如酒尊，可以往里面注入酒，就在上面修建亭子。

次韵宋楙宗三月十四日到西池，都人盛观翰林公出遨

金狨〔一〕系马晓莺边，不比春江上水船。
人语车声喧法曲，花光楼影倒晴天。
人间化鹤三千岁①，海上看羊十九年②。
还作遨头③惊俗眼〔二〕，风流文物属苏仙④。

〔一〕任注：金狨，谓狨毛金色。国朝禁从皆跨狨鞍。　〔二〕蜀人好游乐，谓成都帅为遨头，此借用。

①"人间"句：指辽东太守丁令威化仙鹤归乡的典故。②"海上"句：指西汉武帝时汉代使节苏武出使匈奴被扣押，在北海放牧十九年的典故。③遨头：古时四川人对太守的俗称。④苏仙：指苏轼。

次韵张昌言给事喜雨

三雨全清六合尘，诗翁喜雨句凌云。
垤①漂战蚁余追北，柱击乖龙有裂文。
减去鲜肥忧玉食〔一〕，遍宗河岳起炉薰〔二〕。
圣功惠我丰年食，未有涓埃②可报君。

〔一〕谓朝廷以旱故,减常膳。　〔二〕谓遍走群望以祷雨。

① 垤(dié):小土堆。② 涓埃:细流与微尘,比喻微小。

次韵奉酬刘景文河上见寄

省中岑寂坐云窗,忽有归鸿〔一〕拂建章。
珍重多情惟石友〔二〕,琢磨佳句问潜郎。
遥怜部曲风沙里,不废平生翰墨场。
想见哦诗煮春茗,向人怀抱去关防。

〔一〕归鸿,用雁寄书事。　〔二〕石友,指刘。潜郎,山谷自谓。

和答元明黔南赠别〔一〕

万里相看忘逆旅,三声清泪①落离肠。
朝云往日攀天梦②,夜雨何时对榻凉。
急雪鹡鸰相并影,惊风鸿雁不成行。
归舟天际常回首,从此频书慰断肠。

〔一〕绍圣二年,山谷年五十一岁,以国史事为蔡卞所中伤,谪黔州安置。与其兄元明,出尉氏、许昌,出汉沔,趋江陵,上夔峡,四月廿三日到黔州。后元明别去。

① 三声清泪:化用《巴东三峡歌》:"巴东三峡巫峡长,猿鸣三声泪沾裳。"② 攀天梦:比喻仕途不顺,升迁困难。

赠黔南贾使君

绿发将军领百蛮，横戈得句一开颜。
少年圯下①传书客②，老去崆峒问道山。
春入莺花空自笑，秋成梨枣为谁攀。
何时定作风光主，待得征西鼓吹还〔一〕。

〔一〕"春入"二句，任云：故园无主之意。国藩按，此诗盖送贾出行者。山谷放臣，既少欢惊，贾又出巡，城中无主，故待贾征西还日，莺花梨枣皆有主耳。

① 圯下：桥下。② 传书客：相传张良为黄石老人到桥下捡起鞋子为其穿上，老人认为张良可教，最后授予他《太公兵法》。

次韵黄斌老晚游池亭二首

路入东园无俗驾，忽逢佳士喜同游。
绿荷菡萏稍觉晚，黄菊拒霜殊未秋。
客位正须悬榻下，主人自爱小塘幽。
老夫多病蛮江上，颇忆平生马少游①。

① 马少游：东汉名将马援的从弟，后世作为士人不求仕进知足求安的典型。

岑寂东园可散愁，胶胶扰扰①梦神游。
万竿苦竹旌旗卷，一部鸣蛙鼓吹休。
雨后月前天欲冷，身闲心远地常幽。
杜门谢客恐生谤，且作人间鹏鷃②游。

○按第二首亦见东坡集,题作《东园》,"梦神游"作"梦神州"。

① 胶胶扰扰:纷扰动乱难以安宁。② 鹏鷃:语出《庄子·逍遥游》,即大鹏和斥鷃,以此比喻物有大小,志趣悬殊。

次韵杨君全〔一〕送酒长句

扶衰却老世无方,唯有君家酒未尝。
秋入园林花老眼,茗搜文字响枯肠。
醡头①夜雨排檐滴,杯面春风绕鼻香。
不待澄清遣分送,定知佳客对空觞。

〔一〕君全,名琳,神州人。

① 醡(zhà)头:压酒的工具。

次韵少激甘露降太守居桃叶上

金茎甘露①荐斋房,润及边城草木香。
蕡实②叶间天与味,成蹊枝上月翻光。
群心爱戴葵倾日,万事驱除叶陨霜〔一〕。
玉烛时和君会否,旧臣重叠起南荒。

〔一〕任云:山谷意谓徽宗践祚,群心欣戴,如日之方升;奸回屏斥,如霜之肃杀也。

① 金茎甘露：金茎露，承露盘中的露水，传说用这露水和玉屑同服用，可以成仙。② 蕡（fén）实：肥硕的果实。

次韵奉答少激〔一〕纪赠二首

诗来清吹拂衣中，句法词锋觉有神。
今日相看青眼旧〔二〕，他年肯作白头新。
文如雾豹容窥管，气似灵犀可辟尘。
惭愧相期在台省，无心枯木岂能春。
〔一〕少激，名抗，临邛人。　〔二〕范讽诗："惟有南山与君眼，相逢不改旧时青。"

文章藻鉴随时去，人物权衡逐势低。
杨子墨池春草遍，武侯祠庙晓莺啼。
书帷寂寞知音少，幕府流连要路迷。
顾我何人敢推挽，看君桃李合成蹊。
〇少激登元祐三年进士第，时东坡知贡举，山谷为其属，颇有师友渊源。自绍圣改元，东坡谪窜，时去而势移矣。三四句，言蜀国凄怆。五六句，言交旧凋疏。少激与坡皆蜀人，故因坡贬而言蜀中苍凉之状。

次韵文少激推官祈雨有感

穷儒忧乐与民同，何况朱轮①职劝农。
终日齑盐②供一饭，几时肤寸③冒千峰。

未须丘垤占鸣鹳,只要雷霆起卧龙。
从此滂沱遍枯槁,爱民天子似仁宗。

① 朱轮:王侯显贵所乘坐的车。这里代指达官显贵。② 齑(jī)盐:腌菜与盐,比喻粗茶淡饭。③ 肤寸:借指下雨前逐渐集合的云气。

次韵马荆州

六年绝域梦刀头,判得南还万事休。
谁谓石渠刘校尉①,来依绛帐马荆州。
霜髭雪鬓共看镜,茱糁②菊英同送秋。
他日江梅腊前破,还从天际望归舟。

〇马城(瑊),字中玉。山谷自馆阁迁贬,故以刘向自比。荆州,即汉之南郡,故以中玉比马融也。

① 石渠刘校尉:指西汉刘向,曾经任职中垒校尉,而且在石渠阁讲经。② 茱糁(zhū shēn):茱萸与糁饭。

赠李辅圣

交盖相逢水急流,八年今复会荆州。
已回青眼追鸿翼〔一〕,肯使黄尘没马头〔二〕。
旧管新收几妆镜,流行坎止一虚舟。
相看绝叹女博士,笔研管弦成古丘〔三〕。

〔一〕谓将逐冥鸿而远引。　〔二〕谓不复浮沉京洛风尘间也。　〔三〕原注云：女博士，谓辅圣后房孔君也，于文艺无所不能，皆妙绝。

和高仲本喜相见〔一〕

雨昏南浦曾相对〔二〕，雪满荆州喜再逢。
有子才如不羁马，知公心是后凋松。
闲寻书册应多味，老傍人门似更慵。
何日晴轩观笔砚，一尊相属要从容。

〔一〕按东坡集亦载此诗，题云《赠仲勉子文》。　〔二〕山谷自蜀放还过万州，曾见仲本。万州，即唐南浦郡。

和中玉使君晚秋开天宁节①道场〔一〕

江南江北尽云沙，车骑东来风旆斜。
倒影楼台开紫府，得霜篱落剩黄花。
钓溪筑野收多士，航海梯山②共一家。
想见星坛祝尧寿，步虚声里静无哗。

〔一〕徽宗以十月十日降诞为天宁节。开启盖九月十日。

① 天宁节：宋代规定徽宗诞辰为天宁节，即每年的十月初十日。② 梯山：攀登高山。

自巴陵略平江临湘入通城,无日不雨,至黄龙奉谒清禅师,继而晚晴,邂逅禅客戴道纯,款语作长句,呈道纯〔一〕

山行十日雨沾衣,幕阜峰前对落晖。
野水自添田水满,晴鸠却唤雨鸠归。
灵源〔二〕大士人天眼,双塔老师诸佛机〔三〕。
白发苍颜重到此,问君还是昔人非。

〔一〕山谷以元丰六年过武宁延恩寺,访问惟清,时年三十九岁,至是崇宁元年复至武宁黄龙寺,年五十八岁,阅十九年矣。 〔二〕惟清禅师自号灵源。 〔三〕惠南死,塔于黄龙山,祖心禅师死,亦葬南公塔东,号双塔。

新喻道中寄元明①用觞字韵

中年畏病不举酒,孤负东来数百觞。
唤客煎茶山店远,看人获稻午风凉。
但知家里俱无恙,不用书来细作行②。
一百八盘携手上,至今犹梦绕羊肠。

○山谷以崇宁四年四月省元明于萍乡,同住十五日而去。任注以为别后所作,然获稻殊不类四月间事,未知其审。末二句,指元明送山谷至黔中时事。

① 元明:即黄庭坚的兄长。② 细作行:即逐字逐句地写家信。

湖口人李正臣蓄异石九峰，东坡先生铭曰"壶中九华"，并为作诗。后八年，自海外归过湖口，石已为好事者所取，乃和前篇以为笑，实建中靖国元年四月十六日。明年当崇宁之元五月二十日，庭坚系舟湖口，李正臣持此诗来，石既不可复见，东坡亦下世矣。感叹不足，因次前韵

有人夜半持山去，顿觉浮岚①暖翠空。
试问安排华屋处，何如零落乱云中。
能回赵璧人②安在，已入南柯梦③不通。
赖有霜钟难席卷，袖椎④来听响玲珑〔一〕。

〔一〕末二句，言壶中九华石虽为人偷取，而石钟山则不能偷去，犹可听其音响。

① 浮岚：浮动的山雾。② 赵璧人：《史记》蔺相如传载，蔺相如带和氏璧至秦国，后完璧归赵国的故事。③ 南柯梦：指虚幻的梦境。唐李公佐《南柯太守传》载，淳于棼在梦中享尽荣华富贵，醒来原是一梦的故事。④ 袖椎：袖中藏铁锤，用以敲钟。

追和东坡题李亮功归来图

今人常恨古人少，今得见之谁谓无。
欲学渊明归作赋，先须摩诘画成图。
小池已筑鱼千里，隙地仍栽芋百区。
朝市山林俱有累，不居京洛不江湖。

次韵雨丝云鹤二首

烟云杳霭合中稀,雾雨空蒙密更微。
园客茧丝抽万绪,蛛蜇网面罩群飞。
风光错综天经纬,草木文章帝杼机①。
愿染朝霞成五色,为君王补坐朝衣。

① 杼机:织机,亦喻指脑海中思考的契机、灵感。

几片云如薛公鹤,精神态度不曾齐。
安知陇鸟①樊笼密,便觉南鹏②飞翼低。
风散又成千里去,夜寒应上九天栖。
坐来改变如苍狗③,试欲挥毫意自迷。

① 陇鸟:指鹦鹉。② 南鹏:指《庄子·逍遥游》记载的大鹏鸟,从北冥向南而飞。③ 苍狗:比喻世事变幻无常。

次韵文安国〔一〕纪梦

道人偶许俗人知,法喜①非妻解养儿。
夜久金茎添沉瀁,室虚璧月映琉璃。
远来醉侠匆匆去,近出诗仙句句奇。
独怪区区践绳墨②,相逢未省角巾③攲。

〔一〕文勖,字安国。

① 法喜:参悟佛法而感到喜悦。② 绳墨:做事的法度、规

矩。③角巾：一种常被隐士佩戴的头巾。

次韵德孺〔一〕五丈惠贶秋字之句

少日才华接贵游，老来忠义气横秋①。
未应白发如霜草，不见丹砂似箭头〔二〕。
顾我今成丧家狗②，期君早作济川舟③。
汉家宗社英灵在，定是寒儒浪自愁〔三〕。

〔一〕范纯粹，字德孺，崇宁二年正月谪黄州别驾，鄂州居住。
〔二〕言未应鬓发遽白，岂不见有却老之丹砂耶。 〔三〕言区区忧国之心，徒过计耳。

① 气横秋：指精神昂扬。② 丧家狗：出自《史记·孔子世家》，后世比喻失去依靠、无处投奔或惊慌失措的人。③ 济川舟：形容辅佐君王治理国家的重臣。

宜阳别元明用觞字韵

霜须八十期同老，酌我仙人九酝觞〔一〕。
明月湾头松老大，永思堂下草荒凉〔二〕。
千林风雨莺求友，万里云天雁断行。
别夜不眠听鼠啮，非关春茗搅枯肠。

〔一〕原注云：术者言，吾兄弟皆寿八十。近得重酝法，甚妙。
〔二〕明月湾、永思堂皆在双井。堂在先茔之侧，故以永思为名。

廖致平送绿荔支为戎州第一,王公权荔支绿酒,亦为戎州第一

王公权家荔支绿,廖致平家绿荔支。
试倾一杯重碧色,快剥千颗轻红肌。
拨醅①葡萄未足数,堆盘马乳不同时。
谁能同此胜绝味,唯有老杜东楼诗。

① 拨醅:指未滤过的酒。

次韵李任道晚饮锁江亭〔一〕

西来雪浪如炰烹①,两岸一苇乃可横。
忽思钟陵江十里〔二〕,白蘋风起縠纹生。
酒杯未觉浮蚁滑,茶鼎已作苍蝇鸣。
归时共须落日尽,亦嫌持盖仆屡更。

〔一〕任道,名仔,梓人,寓江津二十余年。锁江亭,在戎州之东,今叙州也。 〔二〕唐改豫章曰钟陵。山谷自思乡里也。

① 炰烹(páo pēng):即烹炮,一种烹饪手法,烧煮熏炙。

再次韵兼简履中南玉三首

李侯诗律严且清,诸生赓载①笔纵横。
句中稍觉道战胜,胸次不使俗尘生。

山绕楼台钟鼓晚,江属石矶砧杵鸣。
锁江主人能致酒,愿渠久住莫终更。

① 赓载:相续而成。

江津道人[一]心源清,不系虚舟尽日横。
道机神观转万物,文彩风流被诸生。
与世浮沉惟酒可,随时忧乐以诗鸣。
江头一醉岂易得,事如浮云多变更。

〔一〕锁江主人、江津道人、李侯,皆谓李任道也。

锁江亭上一樽酒,山自白云江自横。
李侯裋褐①有长处,不与俗物同条生。
经术貂蝉续狗尾②,文章瓦釜作雷鸣③。
古来寒士但守节,夜夜抱关听五更[一]。

〔一〕"经术"二句,指当时诵法王氏之学者,抱关,用萧望之事。

① 裋褐(shù hè):粗陋的短布上衣。② 续狗尾:化用"狗尾续貂"的典故,比喻用低劣的续接优良的。③ 瓦釜作雷鸣:语出《楚辞·卜居》:"黄钟毁弃,瓦釜雷鸣"。此处比喻无德无才的人占据高位,威风一时。

罢姑熟寄元明用觞字韵

追随富贵劳牵尾[一],准拟田园略滥觞。
本与江鸥成保社①,聊随海燕度炎凉。

未栽姑熟②桃李径，却入江西鸿雁行。

别后常同千里月，书来莫寄九回肠。

〔一〕《太玄经》：勤首曰劳，牵不于其鼻，于尾，弊。范注曰：牵牛不于鼻，而于尾，故劳弊。

① 保社：古代农村因依保而立的民间组织。② 姑熟：即姑孰，又名南洲（南州）。即今安徽当涂县。

胡逸老致虚庵

藏书万卷可教子，遗金满籝①常作灾。
能与贫人共年谷②，必有明月生蚌胎③。
山随宴坐画图出，水作夜窗风雨来。
观山观水皆得妙，更将何物污灵台④。

① 籝（yíng）：即竹箱。② 共年谷：相传东汉人梁商，遇到灾荒时，就赶着牛车，将自己的菜蔬盐米和贫民共享。③ 生蚌胎：比喻门庭中诞生俊才。④ 灵台：即内心。

送刘季展从军雁门二首

刘郎才力耐百战，苍鹰下鞲①秋未晚。
千里荷戈防犬羊，十年读书厌藜苋②。
试寻北产汗血驹，莫杀南飞寄书雁。

人生有禄亲白头，可令一日无甘馔。

○元丰七年，公年四十，在德州。

① 韝（gōu）：古代射箭时戴的皮制袖套。② 藜苋（lí xiàn）：指粗劣的菜蔬。

石跌谷中玉子瘦，金刚窟前药草肥。
仙家耕耘成白璧，道人煮掘起风痹。
绛囊璀璨思盈斗，竹畚香甘要百围。
到官莫道无来使，日日北风鸿雁归。

○代州五台山，有仙人迹，石岩出美石，金刚窟出药草。三句、五句，皆承石言。四句、六句，皆承草言。

徐孺子①祠堂〔一〕

乔木幽人三亩宅②，生刍一束向谁论。
藤萝得意干云日，箫鼓何心进酒樽。
白屋可能无孺子，黄堂不是欠陈蕃③。
古人冷淡今人笑，湖水年年到旧痕。

〔一〕以下《外集》。　　○戊申年，廿四岁。

① 徐孺子：指东汉名士徐稚，字孺子。② 三亩宅：指徐稚故居。③ 陈蕃：相传陈为豫章郡太守时，特地为徐稚设榻。

送徐隐父宰余干二首

地方百里身南面,翻手冷霜覆手炎。
赘婿得牛①庭少讼,长官斋马②吏争廉〔一〕。
邑中丞掾③阴桃李,案上文书略米盐。
治状要须问岂弟④,此行端为霁威严。

○元丰五年壬戌,年三十八岁。 〔一〕"赘婿"句,用《唐书·张允济传》事。"长官"句,用《唐书·冯元淑传》事。

① 赘婿得牛:出自《旧唐书·良吏传·张允济》,记载张允济为武阳令时,将某妻家非法侵占的十余头牛判决还给夫家,后世作为断狱明决的典故。② 长官斋马:指唐代廉吏冯元淑,其马过午不饲。称颂地方官为官清廉。③ 丞掾:地方州府的属官。④ 岂弟:和乐平易。

天上麒麟来不瑞,江南橘柚间生贤〔一〕。
玉台书在犹骚雅〔二〕,孺子亭①荒只草烟〔三〕。
半世功名初墨绶②,同兄文字敌青钱。
割鸡不合庖丁手,家传风流更着鞭。

〔一〕谓徐稚生于南昌也。 〔二〕承首句言徐陵。 〔三〕承次句言徐稚。

① 孺子亭:即纪念东汉名士徐子孺而修建的亭子,在今江西南昌。② 墨绶:结在印钮上的黑色丝带,后成为县官的象征。

答德甫弟

鸟啼花发独愁思,怜子三章怨慕诗。
鸿雁双飞弹射下,鹡鸰①同病急难时。

功名所在犹争死，意气相须尚不移〔一〕。
何况极天无以报，林回投璧负婴儿〔二〕②。
　　○丁未，廿三岁。　　〔一〕史注云："相须"当作"相倾"。
〔二〕原注：时以父事，兄弟俱在缧绁。

　　① 鹡鸰（jí líng）：一种鸟，此处比喻兄弟。② 投璧负婴儿：即弃璧负子，语出《庄子·山木》，贤人林回逃亡，舍弃价值千金的璧玉，背着婴儿逃命，玉璧有价而亲情无价，比喻重视亲情轻视财利。

何造诚作浩然堂，陈义甚高，然颇喜度世飞升之术。筑屋饭方士，愿乘六气游天地间，故作浩然词二章赠之

公欲轻身上紫霞，琼糜①玉馔厌豪奢。
百年世路同朝菌，九钥天关守夜叉。
霜桧②左纹空白鹿，金炉同契③漫丹砂。
要令心地闲如水，万物浮沉共我家。
　　○戊申，廿四岁。

　　① 琼糜（mí）：玉屑，传说使用后可以延年益寿。② 霜桧（guì）：桧柏经寒霜不凋。③ 同契：契合。

万物浮沉共我家，清明心水遍河沙。
无钩狂象听人语，露地白牛①看月斜。
小雨呼儿艺②桃李，疏帘帏客转琵琶。
尘尘三昧开门户，不用丹田养素霞〔一〕。
　　〔一〕史注云：诗意劝以释氏三昧，勿学道家修养之法。

① 露地白牛：禅宗比喻清净境地。② 艺：种植。

池口风雨留三日〔一〕

孤城三日风吹雨，小市人家只菜蔬。
水远山长双属玉，身闲心苦一春锄①。
翁从旁舍来收网，我适临渊不羡鱼。
俯仰之间已陈迹，暮窗归了读残书。

〔一〕池口，即今池州府江口。山谷之官太和县，自此经过。

① 春锄：即白鹭，一种大型水鸟。啄食的样子有点像农夫锄地。

思亲汝州作

岁晚寒侵游子衣，拘留幕府报官移〔一〕①。
五更归梦三千里，一日思亲十二时。
车上吐茵②元不逐，市中有虎竟成疑〔二〕③。
秋毫得失关何事，总为平安书到迟〔三〕。

○戊申，廿四岁。　〔一〕富郑公以前宰相判汝州。山谷为叶县尉，九月至汝州。吏责其愆期，拘留至岁晚。　〔二〕言丞相不以为罪，吏或谮之，三人成虎耳。　〔三〕言事本极小，而传播故乡，老母悬念也。

① 报官移：官职有调动，报告给家人。② 吐茵：典出《汉书·丙吉传》，指自己没有因为犯错而被解除官职。③ 竟成疑：借

用三人成虎的典故，指自己并没有犯错被解除官职，但谣言传得多，害怕母亲会担心。

次韵戏答彦和 [一]

本不因循老镜春①，江湖归去作闲人。
天于万物定贫我，智效一官全为亲。
布袋形骸增磈磊[二]②，锦囊诗句愧清新。
杜门绝俗无行迹，相忆犹当遗化身。

〔一〕原注：彦和年四十，弃官杜门不出。○戊申，廿四岁。
〔二〕《传灯录》：布袋和尚形裁腲脮，蹙额皤腹。此借以喻彦和之肥伟。

① 老镜春：像春水一样年华逝去。② 磈磊（wěi lěi）：高低不平的样子，形容布袋和尚丑陋。

冲雪宿新寨忽忽不乐

县北县南何日了，又来新寨解征鞍。
山衔斗柄三星没，雪共月明千里寒。
小吏忽[一]时须束带，故人颇问不休官。
江南长尽捎云竹，归及春风斩钓竿。

○辛亥廿七岁，在叶县。　〔一〕忽：一作有。

郭明父作西斋于颍尾,请予赋诗二首

食贫自以官为业,闻说西斋意凛然。
万卷藏书宜子弟,十年种木长风烟。
未尝终日不思颍,想见先生多好贤。
安得雍容一樽酒,女郎台〔一〕下水如天。
○辛亥。　〔一〕女郎台,在颍州汝阴县西北。

东京望重两并州〔一〕,遂有汾阳整缀旒〔二〕。
翁伯①入关倾意气〔三〕,林宗②异世想风流〔四〕。
君家旧事皆青史,今日高材未白头。
莫倚西斋好风月,长随三径古人游。
〔一〕郭丹、郭伋。　〔二〕子仪。　〔三〕郭解。
〔四〕郭泰。

①翁伯:指西汉游侠郭解。②林宗:即东汉名士郭泰,字林宗。

戏咏江南土风

十月江南未得霜,高林残水下寒塘。
饭香猎户分熊白①,酒熟渔家擘蟹黄。
橘摘金苞②随驿使,禾春玉粒送官仓。
踏歌夜结田神社,游女多随陌上郎。
○辛亥,廿七岁。

①熊白:即熊背上的脂肪,味道甚美。②金苞:金色果实。

和答孙不愚见赠

诗比淮南似小山①,酒名曲米出云安。
且凭诗酒勤春事,莫爱儿郎作好官。
簿领侵寻台相笔,风埃蓬勃使星鞍〔一〕。
小臣才力堪为掾,敢学前人便挂冠②。
○辛亥,廿七岁。 〔一〕五六句,谓因奉台相之笔牍,而困于簿领;因迎使星之鞍马,而困于风埃也。

① 小山:指淮南王刘安诸门客。② 挂冠:指辞官归去。

次韵裴仲谋同年〔一〕

交盖春风汝水边,客床相对卧僧毡。
舞阳去叶①才百里,贱子与公俱少年。
白发齐生如有种,青山好去坐无钱。
烟沙篁竹江南岸,输与鸬鹚取次眠。
〔一〕时仲谋为舞阳尉。 ○己酉,廿五岁。

① 叶:即叶县,隶属今河南平顶山。

次韵寄滑州舅氏

舫斋闻有小溪山,便是壶公①谪处天。
想听琐窗深夜雨,似看叶水上江船。

瞻相②白马津亭路，寂寞双凫③古县前。

舅氏知甥最疏懒，折腰尘土解哀怜。

○熙宁三年庚戌，廿六岁。是年四月壬午，右正言李常落秘阁校理降太常博士，通判滑州。常字公择，山谷之舅也。

① 壶公：即悬壶翁。东汉时期的卖药人，传说他常悬一壶于闹市中出诊。② 瞻相：看人相貌以卜测吉凶。③ 双凫：指代地方官。

病起次韵和稚川进叔倡酬之什

池塘夜雨听鸣蛙，老境侵寻①每忆家。
白发生来惊客鬓，黄粱炊熟又春华。
百年不负胶投漆②，万事相依葛与瓜③。
胜日主人如有酒，犹堪扶病见莺花。

① 侵寻：渐进。② 胶投漆：即如胶似漆，比喻感情深厚，无法分开。③ 葛与瓜：两者都是藤蔓植物，比喻辗转相连的亲戚关系。

稚川约，晚过进叔次前韵赠稚川，并呈进叔

人骑一马钝如蛙①，行向城东小隐家。
道上风埃迷皂白，堂前水竹湛清华。
我归河曲定寒食，公到江南应削瓜②。
樽酒光阴俱可惜，端须连夜发园花。

① 钝如蛙：比喻行动缓慢，如同蛙跳。② 削瓜：削去瓜皮，乃古代的一种待客礼节。

和答登封王晦之登楼见寄

县楼三十六峰寒〔一〕，王粲登临独倚栏。
清坐一番春雨歇，相思千里夕阳残。
诗来嗟我不同醉，别后喜君能自宽。
举目尽妨人作乐，几时归得钓鲵桓①。
○辛亥，廿七岁。　〔一〕少室山在登封县西南，有三十六峰。

① 鲵桓：鲸鲵盘桓，语出《庄子·应帝王》成玄英疏："鲵，大鱼也；桓，盘也。"后世以"鲵桓"比喻顺应外物而自得。

伯氏到济南，寄诗颇言太守居有湖山之胜，同韵和〔一〕

西来黄犬传佳句，知是陆机思陆云。
历下楼台追把酒，舅家宾客厌论文。
山椒欲雨好云气，湖面逆风生水纹。
想得争棋飞鸟上，行人不见只听闻。
〔一〕李公择自滑州通判知鄂州、湖州，又移齐州，即济南也。　○戊午，三十四岁。

同世弼韵作寄伯氏济南，兼呈六舅祠部学士

山光扫黛水挼蓝①，闻说樽前惬笑谈。
伯氏清修如舅氏，济南萧洒似江南。
屡陪风月干吟笔，不解笙簧醉舞衫。
只恐使君乘传去，拾遗今日是前衔。
○戊午。

① 挼（ruó）蓝：即湛蓝色。

世弼惠诗求舜泉〔一〕，辄欲以长安酥共泛一杯，次韵戏答

寒斋薄饭①留佳客，蠹简残编②作近邻。
避地梁鸿③真好学，著书扬子④未全贫。
玉酥炼得三危露⑤，石火烧成一片春。
沙鼎探汤供卯饮，不忧问字绝无人。

〔一〕舜泉，河北酒名。

① 寒斋（jī）薄饭：指代粗菜淡饭。寒斋，指腌菜。② 蠹（dù）简残编：形容破旧的书籍。蠹简：被虫子蛀坏的书简。③ 避地梁鸿：东汉时期高士、诗人和妻子隐居在齐鲁之间。后世比喻才高品纯的男子。④ 著书扬子：即西汉著名经学家、辞赋家扬雄，著有《太玄》《法言》等。⑤ 三危露：语出《吕氏春秋·孝行览·本味》，指三危山之露属于味道最美的水。这里形容长安酥味道之美。

次韵盖郎中率郭郎中休官二首

仕路风波双白发,闲曹①笑傲两诗流。
故人相见自青眼,新贵即今多黑头②。
桃叶柳花明晓市,荻牙蒲笋上春洲。
定知闻健休官去,酒户家园得自由。
○己未,三十五岁。

① 闲曹:指闲散官职。② 黑头:指年轻人。

世态已更千变尽,心源不受一尘侵。
青春白日无公事,紫燕黄鹂俱好音。
付与儿孙知伏腊①,听教鱼鸟逐飞沉。
黄公垆下曾知味,定是逃禅入少林。

① 伏腊:指古代两种祭祀的名称,"伏"在夏季伏日,"腊"在农历十二月。

和张沙河招饮

张侯耕稼不逢年,过午未炊儿女煎。
腹里虽盈五车读,囊中能有几钱穿。
况闻缊素①尚黄葛,可怕雪花铺白毡。
谁料丹徒布衣得,今朝忽有酒如川。

① 缊素:比喻怀抱清白的操守。

闰月访同年李夷伯子真于河上，子真以诗谢次韵

十年不见犹如此〔一〕，未觉斯人叹滞留。
白璧明珠多按剑①，浊泾清渭②要同流。
日晴花色自深浅，风软鸟声相应酬。
谈笑一樽非俗物，对公无地可言愁。
〇戊午，三十四岁。　〔一〕自治平丁未与李同唱第，至是十一年矣。

①"白璧明珠"句：《史记》邹阳传载，众人见明月珠、夜光璧，"莫不按剑相眄"。指争抢宝物。借指有才能的人引起世人嫉恨。②浊泾清渭：渭河清澈，泾河浑浊，比喻界限分明。

次韵郭右曹

阅世行将老斫轮①，那能不朽见仍云②。
岁中日月又除尽，圣处功夫无半分。
秋水寒沙鱼得计，南山浓雾豹成文③。
古心自有著鞭④地，尺璧分阴未当勤。
〇己未。

① 老斫轮：语出《庄子·天道》："行车七十而老斫轮"，后世比喻经验丰富、水平高超的人。② 仍云：仍孙与云孙的并称，形容子孙繁盛。③ 豹成文：即"南山雾豹"。后比喻隐居避害之人。④ 著鞭：着手进行。《晋书》刘琨传载，祖逖被任大用，刘琨说己枕戈待旦，"常恐祖生先吾著鞭"。

次韵元日

会朝四海登图籍①,绛阙青都想盛容。
春色已知回寸草,霜威从此霁寒松。
饮如嚼蜡初忘味,事与浮云去绝踪。
四十九年蘧伯玉②,圣人门户见重重〔一〕。

○绍圣元年甲戌,五十岁。　〔一〕前一岁十二月,山谷谪授涪州别驾、黔州安置,故此诗有"霜威""嚼蜡"等语。

① 图籍:古代政府记载土地、户口情况的档案。② 蘧伯玉:春秋时期卫国大夫,相传蘧伯玉年五十而知四十九年非,是一个求进甚急并善于改过的贤大夫。

次韵答柳通叟求田问舍之诗

少日心期转缪悠①,蛾眉见妒且障羞。
但令有妇如康子②,安用生儿似仲谋③。
横笛牛羊归晚径,卷帘瓜芋熟西畴。
功名可致犹回首,何况功名不可求。

① 缪悠:比喻虚妄不实际。② 康子:指黔娄,战国齐隐士。皇甫谧《高士传》载,黔娄死,曾参去吊祭,其妻说以"康"为谥号,曾参不解,其妻说虽然先生在时,衣不蔽体,食不充饱,但不受高官之封,不受粟米之赐,有余贵余富。曾参赞叹其妻好妇。③ 生儿似仲谋:仲谋即三国时吴国孙权,曹操曾赞叹孙权"生子当如孙仲谋"。

过平舆怀李子先时在并州[一]

前日幽人佐吏曹,我行堤草认青袍①。
心随汝水春波动,兴与并门夜月高。
世上岂无千里马,人中难得九方皋②。
酒船鱼网归来是,花落故溪深一篙。

〔一〕平舆县隶蔡州。　　○辛亥解叶县尉时作。

① 青袍:指位列低级的官吏。② 九方皋:春秋时相马家,相马看重内在精华,不求表面。

谢送宣城笔

宣城变样蹲[一]鸡距①,诸葛名家捋[二]鼠须②。
一束喜从公处得,千金求买市中无。
漫持墨客摹科斗③,胜与朱门饱蠹鱼。
愧我初非草玄手,不将闲写吏文书[三]。

〔一〕蹲:一作尊。　〔二〕捋:一作将。　〔三〕李公择在宣城,令诸葛生作鸡距,法题云草玄笔,以寄孙莘老。

① 鸡距:雄鸡的后爪,代指短锋的毛笔。② 鼠须:即鼠须笔的省称,毛笔的一种。③ 科斗:即科斗文,以笔蘸墨或漆作书,笔道起笔处粗,收笔处细,状如蝌蚪,乃篆书手写体的通称。

寄怀公寿

好赋梁王在日边,重帘复幕锁神仙。
莫因酒病疏桃李,且把春愁付管弦。
愚智相悬三十里,荣枯同有百余年。
及身强健且行乐,一笑端须直万钱。
○熙宁五年壬子,廿八岁。

读曹公传〔一〕

曹公自以勋高宰衡①,文对西伯,蝉蜕揖让之中,而用汉室于家巷。更党锢之灾,义士忠臣,耘除略尽。献宁之间,北面朝者,拱而观变,汉魏何择焉。彼见宗庙社稷之无与也,执太阿②而用其颖,以司一世之命,左右无不得意,引后宫于铁钺③,如刈蒲茅。夫匹妇婢使,得罪家人,犹为谢过而亲北面受命之君,自以为未知死所。呜呼! 厉怜王,其谁曰过? 言虽然,终已恭让,腹毒而色取仁,任丕以易汉姓者,何也! 汉之末造,虽得罪于社稷骨鲠④之臣,而犹不得罪于民,故犹相与爱其名耳。余闻曰:"道揆以上,惠不足而明有余,不在社稷而数有功粲盛,殆其不继哉!" 感之,作曹公诗一章。

南征北伐报功频,刘氏亲为魏国宾。
毕竟以丕成霸业,岂能于汉作纯臣⑤。
两都秋色皆乔木,二祖恩波在细民。
驾驭英雄虽有术,力扶宗社可无人。

〔一〕并序。

① 宰衡：宰相。② 太阿：太阿之剑，比喻掌握大权。③ 铁钺（fū yuè）：砍刀与大斧，用以处决犯人。④ 骨鲠：比喻刚直。⑤ 纯臣：忠贞不二的臣子。

棘宗奉议有佳句，咏冷庭叟野居，庭坚于庭叟有十八年之旧，故次韵赠之。庭叟有佳侍儿，因早朝而逸去，其后乃插椒藩甚严密

城西冷叟半忙闲，人道王阳得早还。
四望楼台皆我有，一原花竹住中间。
初无狗盗窥篱落，底事蛾眉失锁关。
每为朝天三十里，时时惊枕梦催班。

李濠州挽词二首

循吏功名两汉中，平生风义最雍容。
鱼游濠上方云乐，鵩①在承尘②忽告凶。
挂剑自知吾已许，脱骖③不为涕无从。
百年穷达都归尽，淮水空围墓上松。

① 鵩（fú）：古书上记载的一种不吉祥的鸟，形似猫头鹰。② 承尘：古代承接尘土的帐子或小帐幕。③ 脱骖：用财物救助他人之急。

礼数最优徐孺子，风流不减谢宣城。

那知此别成千古，未信斯言隔九京。
落日松楸阴隧道，西风箫鼓送铭旌。
善人报施今如此，陇水长寒呜咽声。

卫南

今年畚锸①弃春耕，折苇枯荷绕坏城。
白鸟自多人自少，污泥终浊水终清。
沙场旗鼓千人集，渔户风烟一笛横。
唯有鸣鸱②古祠柏，对人犹是向时情。
○白鸟句用杜诗"江湖多白鸟，人少豺虎多"二句之意。

① 畚锸（běn chā）：畚，盛土器；锸，起土器，泛指挖运泥土的用具。② 鸣鸱：即鹞鹰，一种外形似鹰的小型猛禽。

奉送刘君昆仲

游子归心日夜流，南陔①香草可晨羞。
平原晓雨半槐夏②，汾上午风初麦秋。
鸿雁要须翔集早，鹡鸰无憾急难求。
欲因行李传家信，姑射山前是晋州。

① 南陔（gāi）：位于南向的田埂。② 槐夏：即夏季，因为槐树开花在夏季，故因此名。

劝交代张和父酒

风流五日张京兆,今日诸孙困小官。
作尹大都如广汉,画眉仍复近长安。
三人成虎①事多有,众口铄金②君自宽。
酒兴情亲俱不浅,贱生何取罄交欢。
○辛亥,廿七岁。

① 三人成虎:指谣言说的人多了也会成真。② 众口铄金:指众人异口同声的言论,足能融化金属。比喻舆论力量强大,众说足以混淆是非和真伪。

次韵寅庵四首〔一〕

四诗说尽庵前事,寄远如开水墨图。
略有生涯如谷口,非无卜肆①在成都。
傍篱榛栗供宾客,满眼云山奉宴居。
闲与老农歌帝力,年丰村落罢追胥。
〔一〕寅庵,山谷之兄,名大临,字元明。

① 卜肆:给人占卜算卦的铺子。

兄作新庵接旧居,一原风物萃庭隅。
陆机招隐①方传洛,张翰思归②正在吴。
五斗折腰惭仆妾,几年合眼梦乡闾。
白云行处应垂泪,黄犬归时③早寄书。

① 陆机招隐：陆机曾作《招隐》诗。② 张翰思归：西晋张翰在洛阳做官，因为思家借口秋风起想念家乡莼菜鲈鱼，便辞官回乡。③ 黄犬归时：相传陆机有黄耳犬，曾为其跑回故乡传递家信。

大若塘边独网鱼，小桃源口带经锄①。
诗催孺子成鸡栅，茶约邻翁掘芋区。
苦楝②狂风寒彻骨，黄梅细雨润如酥。
此时睡到日三丈，自起开关招酒徒。

① 带经锄：耕种读书。② 苦楝（liàn）：即黄楝，果实叫金铃子，味苦，可入药。

未怪穷山寂寞居，此情常与世情疏。
谁家生计无闲地，大半归来已白须。
不用看云眠永日，会思临水寄双鱼①。
公私逋负田园薄，未至妨人作乐无。

① 寄双鱼：指寄书信。

附大临诗四首〔一〕

双井敝庐之东，得胜地一区，长林巨麓，危峰四环，泉甘土肥，可以结茅庵居。是在寅山之颏，命曰："寅庵喜成四诗，远寄鲁直，可同魏都士人共和之。"

一溪婉婉如平篆，四野青青似画图。

阮客放船迷洞府,化人携袂到清都①。
山中安用名丞相,天下于今得广居。
我即其间构宫室,预愁帝梦有华胥②。
〔一〕并序。

① 清都:传说中天帝居住的宫阙。② 华胥:古代神话中无为而治的理想国家。

山前有路到华胥,下即乾坤极海隅。
西接洞庭开晓楚,东倾彭蠡浸晴吴。
四时更代观形化,万物推移见尾闾①。
此世人人少闲暇,每携樽酒自看书。

① 尾闾:语出《庄子·秋水》,古代传说中海水所归之处。

手把齐民种莳①书,莎衫台笠事耘锄。
夏栽醉竹余千个,春粪辰瓜满百区。
早秫②旋舂尝曲蘖③,新粱炊熟自樵苏④。
日西杖屦行山口,招得邻丁作饮徒。

① 种莳(shì):种植。② 早秫(shú):指早禾酸,一种酒名。③ 曲蘖(qū niè):酒曲。④ 樵苏:砍柴割草。

招得邻丁作饮徒,山家肴蔌①盖胥疏。
就根煨笋连黄箨②,和蒂栽瓜带绿须。
羹熟泽中亲射雁,脍成溪上自罾鱼③。
远怀羊仲荒三径,能似林间今日无。

①肴蔌：鱼肉和菜蔬。②黄箨：黄笋皮。③罾（zēng）鱼：用网捕鱼。

次韵张秘校喜雪三首

落月烟沙静渺然，好风吹雪下平田。
琼瑶万里酒增价，桂玉①一炊人少钱。
学子已占秋食麦，广文②何憾客无毡。
睡余强起还诗债，腊里春初未隔年。

①桂玉：比喻昂贵的柴米。②广文：指广文先生，泛指清苦闲散的儒学教官。

巷深朋友稀来往，日晏①儿童不扫除。
雪里正当梅腊尽，民饥可待麦秋无。
寒生短棹谁乘兴，光入疏棂②我读书。
官冷无人供美酒，何时却得步兵厨③。

①日晏：日暮，天色已晚。②疏棂：房屋窗户上稀疏的窗格。③步兵厨：语出《晋书·阮籍传》，泛指储存美酒之处。

满城楼劝玉阑干，小雪晴时不共寒。
润到竹根肥腊笋，暖开蔬甲①助春盘。
眼前多事观游少，胸次无忧酒量宽。
闻说压沙梨已动，会须鞭马蹋泥看。

① 蔬甲：指刚萌芽生长的蔬菜。

和师厚郊居示里中诸君

篱边黄菊关心事，窗外青山不世情。
江橘千头供岁计①，秋蛙一部②洗朝酲③。
归鸿往燕竞时节，宿草新坟多友生④。
身后功名空自重，眼前樽酒未宜轻。

① 岁计：一年的收入和支出。此指维持生计。② 秋蛙一部：指蛙声如二部鼓吹乐。③ 朝酲（chéng）：早晨残留的隔夜醉酒。④ 友生：朋友。

和师厚秋半时复官分司西都〔一〕

遥知得谢分西洛，无复肯弹冠上尘。
园地除瓜犹入市，水田收秔①未全贫。
杜陵白发②垂垂老，张翰黄花③句句新。
还与老农争坐席，青林同社赛田神。

〔一〕熙宁十年，诏复都官郎中谢景初权藩郡通判。

① 收秔：泛指收获稻谷。② 杜陵白发：指杜甫。③ 张翰黄花：张翰的《杂诗》曾有"黄华如散金"之句。

次韵外舅谢师厚喜王正仲三丈奉诏祷南岳回,至襄阳舍驿马,就舟见过,三首〔一〕

汉上思见庞德公①,别来悲叹事无穷。
声名藉甚漫前日,须鬓索然②成老翁。
家酿已随刻漏下,园花更开三四红。
相逢不饮未为得,听取百鸟啼匆匆〔二〕。

〔一〕王存,字正仲,熙宁九年十一月,诏安南行营将士疾病者众,遣王存祷南岳。　〔二〕谢师厚废居于邓,王左丞存,其妹婿也,奉使过之,夜至其家,谢有诗云:"倒着衣裳迎户外,尽呼儿女拜灯前。"

① 庞德公:荆州襄阳人,东汉末年名士、隐士。② 须鬓索然:胡子头发离散,表示苍老。

能来问疾好音传,蹇步①昏花当日痊。
烹鲤得书②增目力,呼儿扶立候门前。
游谈取重惭犀首③,居物多赢昧计然④。
惟有交亲等金石,白头忘义复忘年。

① 蹇(jiǎn)步:步履艰难。② 烹鲤得书:化用鱼传尺素的典故,指代接到亲友书信。③ 犀首:官职名,战国时公孙衍曾在魏国任此官,后以此指代公孙衍。④ 计然:春秋时人辛研,字文子,葵丘濮上人,精通算计。

语言少味无阿堵①,冷〔一〕雪相看有此君。
灯火诗书如梦寐,麒麟图画②属浮云。
平章息女③能为妇,欢喜儿曹解缀文④。
忧乐同科惟石友,别离空复数朝曛。

〔一〕冷：一作冰。

①阿堵：语出《世说新语·规箴》，指代钱。②麒麟图画：指麒麟阁功臣图，唐朝初年，唐太宗李世民为了纪念开国功臣，在麒麟阁上为功臣画像。这里指代功名利禄。③息女：作者称呼自己的女儿。④缀文：联缀字句而成文章。

以十扇送徐天隐

人贫鹅雁聒邻墙，公贫琢诗声绕梁。
坐客有毡吾不爱，暑榻无扇公自凉。
党锢诸君尊孺子①，建安七人先伟长。
遣奴送箑非为好，恐有佳客或升堂。
〇元符三年庚辰，五十六岁。

①孺子：指东汉名士徐稺。

闻致政胡朝请多藏书，以诗借书目

万事不理问伯始，籍甚声名南郡胡。
远孙①白头坐郎省②，乞身归来犹好书。
手钞万卷未阁笔，心醉六经还荷锄。
愿公借我藏书目，时送一鸱开锁鱼③。

①远孙：远裔。②郎省：尚书省的别称。③锁鱼：一种外形像鱼的锁具。

汴岸置酒赠黄十七〔一〕

吾宗端居①聚百忧,长歌劝之肯出游。
黄流不解浣②明月,碧树为我生凉秋。
初平群羊③置莫问,叔度千顷④醉即休。
谁倚柁楼吹玉笛,斗杓⑤寒挂屋山头。

〔一〕黄名几复。

① 端居:指平常居处。② 浣(wǎn):形容水流的曲折蜿蜒。③ 初平群羊:借用了黄初平(黄大仙)叱石为羊的传说。④ 叔度千顷:借用东汉人黄宪的事迹,以此形容人心胸宽广。⑤ 斗杓:即斗柄。

题落星寺三首

星官游空何时落,着地亦化为宝坊①。
诗人昼吟山入座,醉客夜愕江撼床。
蜜房②各自开牖户,蚁穴或梦封侯王③。
不知青云梯几级,更借瘦藤寻上方。

① 宝坊:对寺院的美称。② 蜜房:指蜂巢。③ "蚁穴"句:化用了"南柯一梦"的典故,梦中在大槐安国官居高位权倾朝野。醒来见槐树下蚁穴。

岩岩①正俗先生庐,其下宫亭水所都。
北辰九关隔云雨,南极一星在江湖。

相粘蚝山②作居室，窍凿混沌无完肤。
万鼓春撞夜涛涌，骊龙暮睡失明珠。

① 岩岩：形容庐居修建得高耸。② 蚝山：蚝附石而生，相黏堆积如山，故称之。

落星开士①深结屋，龙阁老翁②来赋诗。
小雨藏山③客坐久，长江接天帆到迟。
宴寝清香与世隔，画图妙绝无人知〔一〕。
蜂房各自开户牖，处处煮茶藤一枝〔二〕。
〔一〕妙绝：一作绝笔。原注云：僧隆画甚富，而寒山、拾得画最妙。　〔二〕此诗旧题云《题落星寺岚漪轩》，三诗非一时所作，故语有重复。

① 开士：指代僧人。② 龙阁老翁：指黄庭坚的舅父李公择，他曾经做过龙图阁直学士，故名。③ 藏山：语出《庄子·大宗师》，形容山雨的景色。

叔父钓亭

槛外溪风拂面凉，四围春草自锄荒，
陆沉霜发为钩直，柳贯锦鳞缘饵香。
影落华亭千尺月，梦通岐下六州王。
麒麟卧笑功名骨，不道山林日月长。
○丙午，廿二岁。

次韵胡彦明同年羁旅京师，寄李子飞三章，一章道其困穷，二章劝之归，三章言我亦欲归耳。胡李相甥也，故有槟榔之句

看除日月坐中铨，一岁应无官九迁。
葱韭盈盘市门食，诗书满枕客床毡。
留连节物①孤朋酒，恼乱邻翁谒子钱。
谁料丹徒布衣②侣，困穷且忍试新年。

○首句按：唐制三铨选士，曰尚书铨，曰侍郎中铨，曰侍郎东铨。宋有侍郎左右选。胡彦明隶左选，故曰中铨。

① 节物：应节的物品。② 丹徒布衣：指代平民。语出《晋书·诸葛长民传》："贫贱常思富贵，富贵必履机危。今日欲为丹徒布衣，岂可得也！"

丁未同升乡里贤〔一〕，别离寒暑未推迁。
萧条羁旅深穷巷，早晚声名上细毡。
碧嶂清江元有宅，白鱼黄雀不论钱。
槟榔一斛何须得，李氏弟兄佳少年。

〔一〕胡与山谷以治平四年丁未同登第。

畏人重禄难堪忍，阅世浮云易变迁。
徐步当车①饥当肉，鉏头为枕草为毡。
元无马上封侯骨②，安用人间使鬼钱。
不是朱门争底事，清溪白石可忘年。

① 徐步当车：即安步当车，语出《战国策·齐策四》，指以从容地步行代替乘车，指人能够安守贫苦生活。② 封侯骨：语出《汉书·翟方进传》，指有封侯的骨相，将来能高官厚禄。

元丰癸亥，经行石潭寺，见旧和栖蟾诗甚可笑，因削柎灭稿①，别和一章

千里追犇②两蜗角③，百年得意大槐宫④。
空余只夜数行墨，不见伽黎⑤一臂风。
俗眼只如当日白，我颜非复向来红。
浮生不作游丝上，即在尘沙逐转蓬。

① 削柎（fù）灭稿：削掉木板上的（墨迹），毁掉稿。削柎，晋卫恒《四体书势》载，书法家师宜官每写字后，"削而焚其柎"。柎，指写字木板。② 追犇：即追奔。③ 蜗角：比喻微不足道的虚名。④ 大槐宫：借用南柯一梦的典故，指荣华富贵变化无常。⑤ 伽黎：即袈裟。

出迎使客质明放船自瓦窑归

鼓吹喧江雨不开，丹枫落叶放船回。
风行水上如云过，地近岭南无雁来。
楼阁人家卷帘幕，菰蒲①鸥鸟乐湾洄。
惜无陶谢②挥斤手③，诗句纵横付酒杯。

① 菰（gū）蒲：都是一类水生植物，生长于湖泽中。② 陶谢：指陶渊明、谢灵运的并称。③ 挥斤手：化用了运斤成风的典故，语出《庄子·徐无鬼》，比喻人的某项技艺十分高超。这里指出神入化的文笔。

次韵奉寄子由

半世交亲随逝水，几人图画入凌烟。
春风春雨花经眼，江北江南水拍天。
欲解铜章①行问道，定知石友②许忘年。
脊令③各有思归恨，日月相催雪满颠。

〇山谷之兄元明《寄子由》诗云："钟鼎勋名淹管库，朝廷翰墨写风烟。"管库，谓子由监筠州盐酒税也。子由思东坡，山谷思元明，故曰"脊令各有恨"也。

① 铜章：指代官印。② 石友：比喻情谊比金石的朋友。③ 脊令：即鹡鸰，鸟名。《诗经·棠棣》有"脊令在原，兄弟急难"句。指兄弟友爱，有急难互相援助。

再次韵奉答子由

虿尾①银钩写珠玉②，剡藤蜀茧照松烟。
似逢海若谈秋水，始觉醯鸡③守瓮天。
何日清扬能觌面④，只今黄落又凋年。
万钱买酒从公醉，一钵行歌听我颠。

① 虿（chài）尾：形容行书笔力劲挺。② 珠玉：形容美妙的文笔。③ 醯（xī）鸡：酒坛里的一种小虫，比喻见识狭隘的人。④ 觌（dí）面：见面。

再次韵寄子由

想见苏耽携手仙,青山桑柘①冒寒烟。
麒麟堕地思千里,虎豹憎人上九天。
风雨极知鸡自晓,雪霜宁与菌争年。
何时确论倾樽酒,医得儒生自圣颠〔一〕。

〔一〕原注云:出《素问》。

① 桑柘(zhè):桑树与柘树。

附大临奉寄子由元唱

钟鼎①功名淹管库,朝廷翰墨写风烟。
遥知道院颇岑寂,定是壶中第几天②。
历下笑谈漫一梦,江南消息又余年。
动心忍性非无意,吏部如今信大颠。

① 钟鼎:比喻荣华富贵。② 壶中第几天:即壶中日月,形容道家悠然清净的无为生活。

次韵寄上七兄

学得屠龙长缩手①,炼成五色化苍烟。
谁言游刃有余地②,自信无功可补天。
啼鸟笑歌追暇日,饱牛耕凿望丰年。

荷锄端欲相随去,邂逅青云恐疾颠。

① 屠龙长缩手:形容技艺或学问高超,但无用于世。② 有余地:即游刃有余,语出《庄子·养生主》,比喻经验丰富,处理问题毫不费力。

吉老〔一〕受秋租辄成长句

黄花事了绿丛霜,蟋蟀催寒夜夜床。
爱日捃收①如盗至,失时鞭扑②奈民疮。
田夫田妇肩赪③担,江北江南稼涤场。
少忍飞糠眯君眼,要令私廪上公仓。

〔一〕吉老,太和丞也。

① 捃(jùn)收:收集。② 鞭扑:用鞭子或棍棒抽打。③ 肩赪(chēng):肩膀因为负重担而红肿。

再次和韵吉老

今日仆姑晴自语,愁阴前日雪铺床。
三冬一雨禾头湿,百斛几痕牛领疮。
民欲与翁归作腊①,公方无事可开场。
相勤冻坐真成恶,愧我偷闲饱太仓②。

① 作腊:准备腊月的祭祀事宜。② 饱太仓:指拿朝廷俸禄。

寄黄从善

故人千里隔谈经，想见牛刀刃发硎①。
渴雨〔一〕芭蕉心不展，未春杨柳眼先青。
凫飞②叶县郎官宰，虹贯江南处士星③。
天子文思求逆耳④，吾宗一为试雷霆。
〇辛亥，二十七岁。　〔一〕渴雨，见《云汉诗笺》。

① 发硎（xíng）：刀刚刚从磨刀石上磨出来，十分锋利。② 凫飞：据《后汉书·王乔列传》，东汉时叶县县令会神仙法术，每逢每月的初一和十五都会乘坐双凫去皇城朝见皇帝。后来代指县令上任或去任。③ 处士星：指隐居的高士。④ 逆耳：指进谏忠言。

登快阁〔一〕

痴儿①了却公家事，快阁东西倚晚晴。
落木千山天远大，澄江一道月分明。
朱弦已为佳人绝②，青眼聊因美酒横。
万里归船弄长笛，此心吾与白鸥盟③。
〔一〕快阁，在太和。

① 痴儿：黄庭坚自指。②"朱弦"句：化用伯牙、锺子期知音的典故，以朱弦指代琴声。③ 白鸥盟：典出《列子·黄帝》，比喻没有功利之心，想要归隐。

题息轩

僧开小槛笼沙界,郁郁参天翠竹丛。
万籁参差写明月,一家寥落共清风。
蒲团禅板无人付,茶鼎薰炉与客同。
万水千山寻祖意,归来笑杀旧时翁。

题安福李令朝华亭

丹楹①刻桷②上峥嵘,表里江山路〔一〕眼平。
晓日成霞张绵绮③,青林多露缀珠缨。
人如旋磨观群蚁,田似围棋据一枰。
对案昏昏迷簿领,暂来登览见高明。

〔一〕路:一作略。

① 丹楹(yíng):用朱漆涂柱,指代居所的华美。② 刻桷(jué):有绘饰的方椽。也是形容居室的华美。③ 绵绮:有花纹的华美丝织品。化用谢朓《晚登三山还望京邑》的"余霞散成绮。"

寄舒申之〔一〕户曹

吉州司户官虽小,曾屈诗人杜审言。
今日宣城读书客,还趋手板傍辕门。

江山依旧岁时改,桃李欲开烟雨昏。
公退但呼红袖饮,剩传歌曲教新翻。
〔一〕舒申之,名卷。

和七兄山蓣汤①

厨人清晓献琼糜②,正是相如酒渴③时。
能解饥寒胜汤饼,略无风味笑蹲鸱④。
打窗急雨知然鼎,乱眼晴云看上匙。
已觉尘生双井碗,浊醪⑤从此不须持。

① 山蓣(yù)汤:即山药汤。② 琼糜:山药汤的美称。③ 相如酒渴:西汉辞赋家司马相如患有消渴疾。④ 蹲鸱:指代大芋头。⑤ 浊醪:即浊酒。

弈棋二首呈任公渐

偶无公事负朝暄①,三百枯棋共一樽。
坐隐②不知岩穴乐,手谈③胜与俗人言。
簿书堆积尘生案,车马淹留客在门。
战胜将骄疑必败,果然终取敌兵翻。

① 朝暄:指上朝坐班。② 坐隐:下围棋的别称。③ 手谈:对弈,下棋。

偶无公事客休时,席上谈兵校〔一〕两棋。
心似蛛丝游碧落①,身如蜩甲②化枯枝。
湘东一目诚甘〔二〕死,天下中分尚可持。
谁谓吾徒犹爱日,参横月落不曾知。

〔一〕校:一作角。　〔二〕甘:一作堪。

① 碧落:指天空、天界。② 蜩甲:蝉脱落的外壳。

次韵吉老寄君庸

何郎生事四立壁,心地高明百不忧。
白眼醉来思阮籍,碧云吟罢对汤休①。
诸公着力书交上,尺璧②深藏价未酬③。
空使君如巢幕燕,将雏处处度春秋。

① 汤休:原指南朝宋僧人惠休,后借作高僧的代称。② 尺璧:指直径一尺的璧玉。比喻才能、贤才。③ 价未酬:化用《论语·子罕》"待价而沽"的典故。

寄袁守廖献卿

公移①猥甚丛生笋,讼牒纷如蜜分窠。
少得曲肱成梦蝶,不堪衙吏报鸣鼍②。
已荒里社田园了,可奈春风桃李何。

想见宜春贤太守,无书来问病维摩[3]。

① 公移:公文,公函。② 鸣鼍(tuó):鼍鼓,一种打击乐器。③ 维摩:维摩诘的省称。这里是黄庭坚自称为居士。

廖袁州次韵见答,并寄黄靖国再生传次韵寄之

春去怀贤感物多,飞花高下罥[1]丝窠[2]。
传闻治境无庚虎,更道丰年鸣白鼍。
史笔纵横窥宝铉[3],诗才清壮近阴何[4]。
寄声千万相劳苦,如倚胡床得按摩。
○干宝作《搜神记》,徐铉作《稽神录》,廖君当有小说。

① 罥(juàn):缠绕。② 丝窠:蜘蛛网。③ 宝铉:晋代干宝和宋代徐铉的并称。④ 阴何:南朝梁陈时期诗人阴铿、何逊的并称。

袁州刘司法亦和予"摩"字诗,因次韵寄之

袁州司法多兼局,日暮归来印几窠。
诗罢春风荣草木,书成快剑斩蛟鼍[1]。
遥知吏隐[2]清如此,应问卿曹[3]果是何。
颇忆病余[4]居士否,在家无意食萝摩[5]。

① 蛟鼍：泛指水中凶猛的鳄类动物。② 吏隐：形容不以利禄萦心，虽居官位而犹如隐士。③ 卿曹：君等，你们。④ 病余：生病痊愈后。⑤ 萝摩：一种多年生草质藤本植物，块根可以入药。

次韵奉答吉老并寄何君庸

倾怀相见开城府，取意闲谈没臼窠。
但取吏曹无狡兔，任呼舞女伐灵鼍。
屡中瓮面酒几圣，苦忆樽前人姓何。
愿得两公俱助我，不唯朱墨要渐摩①。

① 渐摩：浸润。

次韵奉答廖袁州怀旧隐之诗

诗题怨鹤与惊猿，一幅溪藤照麝烟。
闻道省郎方结绶①，可容名士乞归田。
严安召见天嗟晚，贾谊归来席更前②。
何况班家有超固，应封定远勒燕然③。

① 结绶：出仕做官。② 席更前：化用李商隐的《贾生》一诗"可怜夜半虚前席，不问苍生问鬼神"，讽刺当政者的无能和不重贤才的荒唐行径。③ 勒燕然：指燕然勒石，形容在边疆建功立业。

观王主簿家酴醾①

肌肤冰雪薰沉水,百草千花莫比芳。
露湿何郎试汤饼②,日烘荀令炷炉香③。
风流彻骨成春酒,梦寐宜人入枕囊。
输与能诗王主簿,瑶台影里据胡床。

○《冷斋夜话》云:诗人咏花多比美女,山谷咏酴醾独比美丈夫。

① 酴醾(tú mí):一种花名,颜色如酒。② 试汤饼:指"傅粉何郎"的典故,魏晋时何晏面白,被怀疑是搽粉,便以热汤饼试探。③ 荀令炷炉香:指名香。传说东汉末年荀彧到别人家里,坐过的席子好几天都有香味。

次韵元翁从王夔玉借书

为吏三年弄文墨,草莱①心径失耕锄。
常思天下无双祖②,得读人间未见书。
公子藏山真富有,小儒扪腹正空虚。
何时管钥入吾手,为理签题③扑蠹鱼。

① 草莱:指荒地不经营,长出杂草。② 无双祖:即天下无双,江夏黄童。《后汉书·文苑列传》载黄香博观群书。黄香,东汉人,官尚书郎,有孝行。③ 签题:书籍封面的标题。此处代指书籍。

去岁和元翁重到双涧寺,观余兄弟题诗之篇,总忘收录,病中记忆成此诗

素琴声在时能听,白鸟盟寒久未寻。
眼见野僧垂雪发,养亲原不顾朱金。
开泉浸稻双涧水,煨笋充盘春竹林。
安得一廛①吾欲老,君听庄舄病时吟②。

① 廛(chán):古代城市平民一家所住的房屋和宅院。② 庄舄(xì)病时吟:越国人庄舄在越国怀才不遇,便来到楚国做上"执圭"的最高爵位的大官。但他想念故国,在生了一场大病时,病中呻吟,断断续续发出的都是越国的声音。

登赣上寄余洪范

二川〔一〕来集南康郡,气味相似相和流。
木落山明数归雁,郁孤①栏楯②绕深秋。
胸中淳于吞一石③,廛下〔二〕庖丁解十牛。
他日欲言人不解,西风散发棹扁舟。

〔一〕章水、贡水。　〔二〕史注云:廛下疑是笔下。

① 郁孤:即郁孤台,在今江西赣州西北部贺兰山顶。② 栏楯:栏杆。③ 淳于吞一石:借用了战国时淳于髡喝酒的典故。淳于髡"饮一斗亦醉,一石亦醉",指人在极尽欢乐放纵的情况下超过饮酒的极限,反而乐极生悲。这里则反其意,指痛快饮酒不加拘束。

同韵和元明兄知命弟九日相忆二首

革囊①南渡传诗句，摹写相思意象真。
九日黄花倾寿酒，几回青眼望归尘。
早为学问文章误，晚作东西南北人②。
安得田园可温饱，长抛簪绂③裹头巾。

① 革囊：佛教中称呼人的躯体。② 东西南北人：形容人漂泊不定，居无定所。③ 簪绂：古代官员的服饰，比喻官爵禄位。

万水千山厌问津①，芭蕉林里自观身。
邻田鸡黍留熊也，风雨关河走阿秦。
鸿雁池边照双影，鹡鸰原上忆三人。
年年献寿须欢喜，白发黄花映角巾。
〇阿熊、阿秦，当是山谷兄弟小字。山谷兄弟五人，长大临，字元明；次庭坚，字鲁直；次叔献；次叔达，字知命；次仲熊，字非熊，即此诗所谓熊也。则阿秦可类推已。

① 问津：引用《论语·微子》的典故，询问渡口。这里指问路。

题槐安阁 〔一〕

　　东禅僧进文，结小阁于寝室东，养生之具，取诸左右而足。彼虽闻中天之台、百常之观，盖无慕嫮①之心。予为题曰"槐安阁"而赋诗。夫据功名之会，以嫣婞②一世，其与蚁丘亦有辨乎？虽然，陋蚁丘而仰泰山之崇崛，犹未离乎俗观也。

曲阁深房古屋头,病僧枯几过春秋。
垣衣③蛛网蒙窗牖,万象纵横不系留。
白蚁战酣千里血,黄粱炊熟百年休。
功成事遂人间世,欲梦槐安向此游。

〔一〕并序。　○东禅寺属虔州。山谷自太和考试南安,过虔州作。

① 慕嫪(lào):向慕留恋。② 嫮姱(hù kuā):美好的样子。③ 垣衣:墙上背荫处所生的苔藓植物。

子范儌巡①诸乡,捕逐群盗几尽,辄作长句劳苦行李

白发尉曹能挽弓,着鞭跨马欲生风。
乃兄本是文章伯〔一〕,此老真成矍铄翁。
枹鼓②诸村宵警报,牛羊几处暮牢空。
得公万户开门卧,看取三年治最功。

〔一〕子范之兄李观,字梦符,为清江尉,其文尝为欧阳公所称。

① 儌(jiào)巡:巡查。② 枹(fú)鼓:用以警戒的大鼓。

喜太守毕朝散致政

膏火煎熬无妄灾,就阴息迹信明哉。
功名富贵两蜗角,险阻艰难一酒杯。

百体观来身是幻，万夫争处[一]首先回。
胸中元有不病者，记得陶潜归去来。
〔一〕万夫争处，即功名富贵处也。

戏赠南安倅柳朝散

柳侯风味晚相见，衣袂颇薰荀令香。
桃李能言妙歌舞，樽前一曲断人肠。
洞庭归客有佳句，庾岭梅花如小棠。
乘兴高帆少相待，淮湖江月要传觞。

次韵君庸寓慈云寺待韶惠钱不至

主簿看梅落雪中，闺人应赋首飞蓬①。
问安儿女音书少，破笑壶觞梦寐同。
马祖峰前青未了，郁孤台下水如空。
江山信美思归去，听我劳歌亦欲东。
○马祖峰，在太和。郁孤台，在虔州。时君庸在虔，山谷在太和，皆有思归之意。

① 首飞蓬：头发如蓬草散乱。《诗经·卫风·伯兮》有"自伯之东，首如飞蓬"句。指家人思征夫。

黄山谷七律

次韵奉答存道主簿

主簿朝衣如败荷①,高怀千尺上松萝②。
旅人争席方归去,秋水粘天不自多。
学到会时忘粲可③,诗留别后见羊何④。
向来四海习凿齿,今日期君不啻过。

①败荷:残败的荷叶,形容衣服破旧。②松萝:即女萝,地衣门植物。③粲可:达摩的两个徒弟,即二祖称慧可,三祖称僧粲。④羊何:指的是南朝宋时的羊璿之和何长瑜。

题神移仁寿塔

十二观音无正面〔一〕,谁令塔户向东开。
定知四梵神通力,曾借六丁风雨推。
蝇说冰霜如梦寐,鹦闻钟鼓亦惊猜。
从今不信维摩诘,断取三千世界来。

〔一〕僧伽至临淮,尝卧贺跋氏家,现十二面观音形。见《高僧传》。

送高士敦赴成都钤辖

玉铃金印临参井①,控蜀通秦四十州。
日下书来望鸿雁,江头花发醉貔貅。

巴滇有马驹空老,林菁无人叶自秋。
能为将军歌此曲,鸣机割锦与缠头②。

① 参井:指参星和井星,位在西南方。② 缠头:古代艺人把锦帛缠在头上作装饰。

次韵汉公招七兄

白发霏霏雪点斑,朱樱忽忽鸟衔残。
公庭休吏进汤饼,语燕无人窥井栏。
诗句多传知有暇,道人相见不应难。
老郎亲屈延处士①,风味依稀如姓桓〔一〕。

〔一〕原注云:桓冲礼处士刘驎之、郑粲甚厚。

① 处士:古时候称有德才而隐居不愿做官的人,后亦泛指未做过官的士人。

题李十八知常轩

身心如一是知常,事不惊人味久长。
盖世功名棋一局,藏山文字纸千张。
无心海燕窥金屋,有意江鸥傍草堂。
惊破南柯少时梦,新晴鼓角报斜阳。

次韵奉答吉邻机宜①

黠虏②乘秋屡合围,上书公独请偏师。
庭中子弟芝兰③秀,塞上威名草木知。
千里折冲深寄此,三衙虚席看除谁。
与公相见清班在,仁祖从来筑旧基。

① 机宜:事理,时宜。② 黠虏:狡猾的敌人。③ 芝兰:形容子弟德操、才质的美好。

送曹黔南口号

摩围山色醉今朝,试问归程指斗杓。
荔子阴成棠棣爱,竹枝歌是去思谣。
阳关一曲悲红袖,巫峡千波怨画桡。
归去天心承雨露,双鱼①来报旧宾僚。

○元符元年戊寅,年五十四岁。山谷以绍圣二年四月至黔州,黔守曹谱字伯达,待之甚厚。

① 双鱼:指书信。

清明

佳节清明桃李笑,野田荒陇只生愁。
雷惊天地龙蛇蛰,雨足郊原草木柔。

人乞祭余骄妻妾,士甘焚死不公侯。
贤愚千载知谁是,满眼蓬蒿共一丘。
○戊申,廿四岁。

二月丁卯喜雨吴体为北门留守文潞公作

乘舆斋祭甘泉宫,遣使骏奔①河岳中。
谁与至尊分旰食②,北门卧镇司徒公。
微风不动天如醉,润物无声春有功。
三十余年霖雨手,淹留河外作时丰。〔一〕
○熙宁九年丙辰,三十二岁。 〔一〕《外集》止此。

① 骏奔:乘马飞奔。② 旰(gàn)食:形容事务繁忙不能按时吃饭。旰,晚上。

渔父二首

秋风淅淅苍葭老,波浪悠悠白鬓翁。
范子几年思狡兔,吕公何处兆非熊。
天寒两岸识鱼火,日落几家收钓筒。
不困田租与王役,一船妻子乐无穷。
○熙宁元年戊申,叶县作。 ○此下李彤补本。

草草生涯事不多,短船身外岂知他。

蒹葭浩荡双蓬鬓,风雨飘零一钓蓑。
春鲔①出潜留客鲙,秋藻②遮岸和儿歌。
莫言野父无分别,解笑沉江捐汨罗③。

① 鲔(wěi):鲟鱼和鳇鱼的古称。② 秋藻:指秋荷。③ 捐汨罗:指屈原沉江。

古渔父

穷秋漫漫蒹葭雨,短褐休休①白发翁。
范子归来思狡兔,吕公何意兆非熊。
渔收亥日妻到市,醉卧水痕船信风。
四海租庸人草草②,太平长在碧波中。
○与《渔父》前一首互有异同。

① 休休:形容安闲的样子。② 草草:形容忧劳。

题杨道人默轩

炙手权门烈火炎,冷溪寒谷反幽潜。
轻尘不动琴横膝,万籁无声月入帘。
秋后丝钱谁数得,春余苍竹自知添。
客星异日乘槎去①,会访成都人姓严。
○崇宁二年,戎州作。

① 乘槎去：语出晋张华《博物志》，指乘木筏上天。

用几复韵题伯氏思堂

夫子勤于蘧伯玉，洗心观道得灵龟①。
开门择友尽三益②，清坐不言行四时。
风与蛛丝游碧落，日将槐影下隆墀。
天空地迥何处觅，岁计有余心自知。
〇治平二年，二十二岁。

① 灵龟：比喻有才之士。② 三益：即"益者三友"，语出《论语·季氏》"益者三友，损者三友。友直，友谅，友多闻，益矣"。指正直的人、诚实的人、见多识广的人。

赠别几复

风惊鹿散豫章城，邂逅相逢食楚苹①。
佳友在门忘燕寝②，故人发药③见平生。
只今满坐且樽酒，后此夜堂还月明。
契阔愁思已知处，西山影落暮江清。

① 楚苹：一种果实。《孔子家语》载楚王得到一斗大苹实。② 燕寝：指休息。③ 发药：以善言作药，治疗思想上的"病"。《庄子·列御寇》载，列子出门走，有人问："先生既来，曾不发药乎？"

赵令许载酒见过

玉马何时破紫苔,南溪水满绿徘徊。
买鱼斫鲙须论网[一],扑杏供盘不数枚。
广汉威名知讼少,平原樽俎费诗催。
草玄寂寂下帘幕,稍得闲时公合来。
○熙宁元年,二十四岁。　〔一〕谓数网而论价,言其贱也。

和答赵令同前韵

人生政自无闲暇,忙里偷闲得几回。
紫燕黄鹂驱日月,朱樱红杏落条枚①。
诗成稍觉嘉宾集,饮少先愁急板催。
亲遣小童锄草径,鸣驺②早晚出城来。

①条枚:指树木的枝干。②鸣驺(zōu):指随从显贵出行并传呼喝道的骑卒。

赵令答诗约携山妓见访

晴波鸂鶒①漾潭隈②,能使游人判不回。
风入园林寒漠漠,日移宫殿影枚枚。
未尝绿蚁何妨拨,宿戒红妆莫待催。
缺月西南光景少,仍须挽[一]取烛笼来。

〔一〕挽：一作担。

① 鸂鶒（xī chì）：一种外形似鸳鸯而略大的紫色水鸟，好并游。② 潭隈：水流曲行的地方。

次韵赏梅

安知宋玉在邻墙，笑立春晴照粉光。
淡薄似能知我意，幽闲元不为人芳。
微风拂掠生春思，小雨廉纤①洗暗妆②。
只恐浓而〔一〕委泥土，谁令解合③反魂香。

〔一〕而：一作葩。

① 廉纤：形容雨水纤小细微。② 洗暗妆：指洗刷花朵。③ 解合：指花朵落于泥土中继而腐烂。

次韵答李端叔

喜接高谈若饮冰，风骚清兴坐来增。
重寻伐木君何厚，欲赋骊驹①我未能。
山影北来浮汇泽，松行东望际钟陵。
相期烂醉西楼月，缓带凭栏濯郁烝②。

○元丰五年三十六岁，太和作。

① 骊驹：逸《诗》篇名，是古代告别时所赋的歌词。② 郁

蒸：形容闷热。

戏题葆真阁

真常自在如来性，肯綮①修持只益劳。
十二因缘无妙果，三千世界起秋豪。
有心便醉声闻酒，空手须磨般若刀。
截断众流寻一句，不离兔角与龟毛②。
〇熙宁元年，叶县作。

① 肯綮（qìng）：最重要的关键部位。② 兔角与龟毛：都是不存在的东西，比喻有名无实。

戏赠惠南禅师〔一〕

佛子禅心若苇林，此门无古亦无今。
庭前柏树祖师意，竿上风幡仁者心①。
草木同沾甘露味，人天倾听海潮音。
胡床默坐不须说，拨尽炉灰劫数深。
〔一〕惠南，即江西老禅号。积翠庵清隐，亦在分宁。

① 仁者心：即仁者心动，语出《六祖坛经》："因二僧论风幡义，一曰风动，一曰幡动，议论不已。惠能进曰，不是风动，不是幡动，仁者心动。一众骇然"，这是禅宗史上的一桩公案。

寄别说道

数行嘉树红张锦,一派春波绿泼油。
回望江城见归鸟,乱鸣双橹散轻鸥。
柳条折赠经年别,芦笛吹成落日愁。
双鲤寄书①难尽信,有情江水尚回流。
○熙宁三年,叶县作。

① 双鲤寄书:化用东汉乐府诗《饮马长城窟行》:"客从远方来,遗我双鲤鱼",指代从远方寄来的书信。

李大夫招饮

欲遣吟人对好山,莫天①和雨醉凭栏。
座中云气侵人湿,砌下泉声逼酒寒。
红烛围棋生死急,清风挥麈②笑谈闲。
更筹③报尽不成起,车从厌厌夜已阑。
○元祐三年,秘书省作。

① 莫天:即暮天。② 挥麈(zhǔ):挥动麈尾。③ 更筹:古代夜间报更用的记时的竹签。

南康席上赠刘李二君

伯伦①酒德无人敌,太白②诗名有古风。
浪许薄才酬大雅,长愁小户对洪钟。

月明如昼九江水，天静无云五老峰。
此赏不疏真共喜，登临归兴尚谁同。
○元丰三年。

① 伯伦酒德：指刘伶，字伯伦，"竹林七贤"之一，嗜好饮酒。这里指代宴席上的刘君。② 太白：唐代诗人李白，这里指代李君。

光山道中

客子空知行路难，中田耕者自高闲。
柳条莺啭清阴里，楸树蝉嘶翠带间。
梦幻百年随逝水，劳歌一曲对青山。
出门捧檄①羞闲友，归寿吾亲得解颜。
○治平四年，赴叶县作。

① 捧檄：高兴地拿着檄文。典出《后汉书·刘平等传序》，指东汉人毛义本不愿出来做官，为了母亲而屈从出仕。

过方城寻七叔祖旧题〔一〕

壮气南山若可排，今为野马与尘埃①。
清谈落笔一万字，白眼举觞三百杯。
周鼎不酬康瓠②价，豫章元是栋梁材。
眷然③挥涕方城路，冠盖当年向此来。

〔一〕元丰元年北京作。叔祖讳注,字梦升,终南阳主簿。方城属唐州。

① 野马与尘埃:即野马尘埃,语出《庄子·逍遥游》,指代云烟灰尘,比喻容易消失的事物。② 康瓠:破瓦壶。③ 眷然:形容顾念、依恋。

新息渡淮

京尘无处可轩眉①,照面淮滨喜自知。
风里麦苗连地起,雨中杨树带烟垂。
故林归计嗟迟暮,久客平生厌别离。
落日江南采蘋去,长歌柳恽②洞庭诗。

① 轩眉:扬眉,形容高兴得意。② 柳恽:南朝齐、梁之间的大臣、诗人,曾作《江南曲》:"洞庭有归客,潇湘逢故人。"

初望淮山

风裘雪帽别家林,紫燕黄鹂已夏深。
三釜①古人干禄②意,一年慈母望归心。
劳生逆旅何休息,病眼看山力不禁。
想见夕阳三径里,乱蝉嘶罢柳阴阴〔一〕。

〔一〕三径、乱蝉,指双井家林也。

① 三釜：一釜为六斗四升，比喻微薄的俸禄。② 干禄：指求取禄位、仕途。

宿广惠寺

鸦啼残照下层城，僧舍初寒夜气清。
风乱竹枝垂地影，霜干桐叶落阶声。
不遑①将母②伤今日，无以为家③笑此生。
都下苦无书信到，数行归雁月边横。
○元丰七年赴德平作。

① 不遑：没有闲暇，没有时间。② 将母：陪伴母亲。③ 无以为家：指常年在外奔波，没有时间回家。

初至叶县

白鹤去寻王子晋，真龙得慕沈诸梁。
千年往事如飞鸟，一日倾愁对夕阳。
遗老能名唐郡邑，断碑犹是晋文章。
浮云不作苞桑①计，只有荒山意绪长。
○熙宁元年。

① 苞桑：形容牢固的根基。这里指浮云飘忽不定，不会在此长久停留。

和答王世弼①

文章年少气如虹,肯爱闲曹②一秃翁。
弦上深知流水意③,鼻端不怯运斤风④。
燕堂淡薄无歌舞,鲑菜⑤清贫只韭葱。
惭愧伯鸾留步履,好贤应与孟光同。

① 弼:音弼(bì)。② 闲曹:指闲散的官位。③ 流水意:借用伯牙、钟子期高山流水的典故。④ 运斤风:借用"运斤成风"的典故。这里表示对对方的信任。⑤ 鲑菜:鱼类菜肴。

陈氏园咏竹

不问主人来看竹,小溪风物似家林。
春供馈妇几番笋,夏与行人百亩阴。
直气虽冲云汉上,高材终恐斧斤寻。
截竿可举北溟钓,欲赠溪翁谁姓任。
○叶县作。

哀逝

玉堂岑寂网蜘蛛,那复晨妆觑阿姑①。
绿发朱颜成异物②,青天白日闭黄垆③。
人间近别难期信,地下相逢果有无。

万化④途中能邂逅，可怜风烛不须臾。

○熙宁三年，叶县作。

① 阿姑：对丈夫母亲的称呼，即婆婆。② 异物：指代人死。③ 黄垆：用"黄公酒垆"典，指哀悼友人。④ 万化：自然变化。

迎醇甫夫妇〔一〕

陈甥归约柳青初，麦陇纤纤忽可鉏。
望子从来非一日，因人略不寄双鱼。
园中鸟语劝沽酒，窗下日长宜读书。
策马得行休更秣①，已令僮稚割生刍②。

〔一〕公之妹适陈塑，醇甫其字也。

① 更秣：用饲料喂养牲畜。② 生刍：鲜草，用来喂马。

河舟晚饮呈陈说道

西风脱叶静林柯①，浅水扁舟阁半河。
落日游鱼穿镜面，中秋明月涨金波②。
由来白发生无种，岂似青山保不磨。
胜事只愁樽酒尽，莫言争奈醉人何。

① 林柯：树木的枝条。② 金波：月光洒在湖面上荡漾起波澜。

次韵任君官舍秋雨

墙根戢戢①数蜗牛,雨长垣衣亭更幽。
惊起归鸿不成字,辞柯落叶最知秋。
菊花莫恨开时晚,谷穟②犹思晴后收。
独立搔头人不解,南山用取一樽酬。

① 戢（jí）戢：密集的样子。② 谷穟：结满谷子的谷穗。

题樊侯①庙二首

汉兴丰沛②开天下,故旧因依日月明。
拔剑一卮戏下酒③,剖符千户舞阳城。
鼓刀屠狗④少时事,排闼谏君⑤身后名。
异日淮阴⑥倘相见,安能鞅鞅似平生。

① 樊侯：即西汉开国大将樊哙，被刘邦封为舞阳侯。② 丰沛：指刘邦从老家沛县。③ 戏下酒：指樊哙闯入鸿门宴护主，接下项羽赐给的酒。④ 鼓刀屠狗：樊哙在起事前曾是屠狗户。⑤ 排闼谏君：当初刘邦攻下咸阳城，沉迷于秦宫的奢侈繁华，樊哙就闯进宫门劝阻刘邦。⑥ 淮阴：指淮阴侯韩信。韩信为人孤傲，看不起樊哙，有一次两人见面，樊哙向其恭敬作揖，韩信则冷笑。

门掩虚堂阴窈窈,风摇枯竹冷萧萧。
丘墟余意谁相问,丰沛英魂我欲招。
野老无知惟卜岁,神巫何事苦吹箫。

人归里社黄云暮，只有哀蝉伴寂寥。

和答任仲微赠别

任君洒墨即成诗，万物生愁困品题。
清似钓船闻夜雨，壮如军垒动秋鼙①。
寒花篱脚飘金钿②，新月天涯挂玉篦③。
更欲少留观落笔，须判一饮醉如泥。
〇元丰五年，太和作。

① 秋鼙（pí）：秋战中的鼙鼓声。② 金钿（diàn）：一种嵌有金花的妇人首饰。这里形容菊花落下。③ 玉篦（bì）：玉制的密齿梳子。这里形容新月外形如篦。

和仲谋夜中有感

纸窗惊吹玉蹀躞①，竹砌碎撼金琅珰。
兰缸有泪风飘地，遥夜无人月上廊。
愁思起如独绪茧②，归梦不到合欢床。
少年多事意易乱，诗律坎坎同寒螀。
〇叶县作，亦哀逝以后之诗。

① 玉蹀躞（dié xiè）：一种衣带上的玉饰品。② 绪茧：蚕丝，形容心绪极乱。

书睢阳事①后

莫道睢阳覆我师,再兴唐祚②匪公谁。
流离颠沛义不辱,去就死生心自知。
政使贺兰非长者,岂妨南八③是男儿。
乾坤震荡风尘晦,愁绝宗臣陷贼诗[一]。

〔一〕诗:一作时。

① 睢阳事:指安史之乱时睢阳太守张巡死守睢阳,拖住安史叛军长达十个月,最后战死殉国,粉碎了叛军进军江南的企图,为唐朝的反击争取了宝贵的时间。② 唐祚:唐朝的国运。③ 南八:即唐朝名将南霁云,协助张巡守卫睢阳,最后壮烈牺牲。

漫书呈仲谋

漫来从宦着青衫,秣马何尝解辔衔。
眼看人情如格五①,心知外物等朝三②。
经时道上冲风雨,几日樽前得笑谈。
赖有同僚慰羁旅,不然吾已过[一]江南。

○叶县作。　　〔一〕"过"字疑当作"返"。

① 格五:中国古代一种棋类游戏,双方各执黑白棋五枚,共行中道,每次移一步,遇对方则跳越,以先抵敌境为胜。格五又称簺戏,致对手于险境。② 朝三:朝三暮四,形容反复无常。《庄子·齐物论》载狙公喂猴子橡子,早三粒晚四粒,众猴不满,狙公改为早四粒晚三粒,众猴高兴。

登南禅寺怀裴仲谋

茅亭风入葛衣轻,坐见山河表里清。
归燕略无三月事,残蝉犹占一枝鸣。
天高秋树叶公邑,日暮碧云樊相城。
别后寄诗能慰我,似逃空谷听人声。

次韵答任仲微

邂逅相逢讲世盟,诸任尊行各才名。
交情吾子如棠棣①,酒碗今秋对菊英。
高论生风摇麈尾,新诗掷地作金声。
文章学问嗟予晚,深信前贤畏后生。
〇元丰五年,太和作。

① 棠棣:指交情深厚,如同亲兄弟一般。

夏日梦伯兄寄江南

故园相见略雍容①,睡起南窗日射红。
诗酒一年谈笑隔,江山千里梦魂通。
河天月晕鱼分子②,槲叶风微鹿养茸。
几度白砂青影里,审听嘶马自搐笼③。
〇叶县作。

① 雍容：形容面色舒缓、从容不迫。② 鱼分子：指鱼产卵。③ 搘筇（zhī qióng）：撑起竹杖。

同孙不愚过昆阳〔一〕

田园恰恰值春忙，驱马悠悠昆水阳。
古庙藤萝穿户牖，断碑风雨碎文章。
真人寂寞神为社，坚垒委蛇①女采桑。
拂帽村帘夸酒好，为君聊解一瓢尝。

〔一〕原注：昆阳正属叶县，即光武破王寻之地。

① 委蛇（wēi yí）：形容蜿蜒迂回。

寄顿二主簿，时在县界首，部夫凿石塘河

杨柳青青春向分，遥知河曲万夫屯。
侵星部曲①随金鼓，带月旌旗宿渚潬②。
畚锸如云声汹汹，风埃成雾气昏昏。
已令访问津头路，行约青帘共一樽。

① 部曲：指部署。这里说征召开河的农夫。② 渚潬（wěi）：指水缓慢流动的岸边。

次韵答蒲元礼病起

暖律温风何处饶,莫言先上绿杨条。
梢头红糁①杏花发,瓮面浮蛆酒齐销。
吏事困人如缚虎,君诗入手似闻韶②。
直须扶病营春事,老味难将少壮调。

① 红糁:红色散粒状之物。这里形容花朵绽放。② 闻韶:语出《论语·述而》,形容对韶乐的极度热爱。这里指对对方诗作的喜爱。

春祀分得叶公庙双凫观

春将祠事出门扉,宫殿参差缭翠微。
清晓风烟迷部曲,小蹊桃杏挂冠衣。
叶公在昔真龙去①,王令何时白鹤归②。
糟魄相传漫青史,独怀千古对容徽。

① 真龙去:化用叶公好龙的典故。② 白鹤归:指王乔飞凫入朝的典故。

送陈氏女弟至石塘河

富贵常多覆族①忧,贱贫骨肉不相收。
独乘舟去值花雨,寄得书来应麦秋②。

行李淮山三四驿,风波春水一双鸥。
人言离别愁难遣,今日真成始欲愁。

① 覆族:指全族覆灭。形容富贵不长久。②"寄得"句:指分别的时候还是春天,等寄来书信已经是秋天了。

戏赠顿二主簿〔一〕

桐植客亭欣款曲〔二〕①,歌倾家酿勿徘徊〔三〕。
百年中半②夜分去,一岁无多春暂来。
落日园林须秉烛,能言桃李听传杯。
红疏绿暗明朝是,公事相过得几回。

〔一〕不置酒。　〔二〕一作四海声名习主簿。　〔三〕一作相逢未见酒樽开。

① 款曲:指殷勤应酬,互述心思。② 百年中半:指人到中年,年过半百。

孙不愚引开元故事,请为移春槛,因而赠答

南陌东城处处春,不须移槛①损天真。
鬓毛欲白休辞饮,风雨无端只误人。
鸟语提壶元自好,酒狂惊俗未应瞋。
稍寻绿树为诗社,更藉残红作醉茵。

① 移槛:移动栽种的草木。

答和孔常父见寄

孔氏文章冠古今，君家兄弟况南金①。
为官落魄人谁问，从骑雍容独见寻。
旅馆别时无宿酒②，邮筒开处得新吟。
黄山依旧寒相对，岂有愁思附七林。

① 南金：指南方的优秀人才。② 宿酒：即宿醉，隔夜仍使人醉而不醒的酒力。

次韵伯氏谢安石塘莲花酒

花蕊芙蕖拍酒醇，浮蛆①相乱菊英新。
寒光欲涨红螺②面，烂醉从歌白鹭中。
行乐衔杯常有意，过门问字久无人。
王孙欲遣双壶到，如入醉乡④三月春。

① 浮蛆：指浮在酒面上的泡沫或膏状物。② 红螺：酒的代称。

题双凫观

飘萧阅世等虚舟，叹息眼前无此流。
满地悲风盘翠竹，半丛寒日破红榴。

青山空在衣冠古①,白鹤不归空殿秋②。
王令③平生樽酒地,千年万岁想来游。

① 衣冠古:指物是人非的景象,人已经作古但青山依旧。② 空殿秋:化用了唐崔浩《黄鹤楼》:"昔人已乘黄鹤去,此地空余黄鹤楼"。③ 王令:王子乔,古仙人。《后汉书》王乔传载,后汉显宗时,王乔为叶县令,自县至京都,无车骑,每见双凫从东南飞来。

从陈季张求竹竿引水入厨

井边分水过寒厅,轩竹南溪仗友生。
来酿百壶春酒味,怒流三峡夜泉声。
能令官舍庖厨洁,未减君家风月清。
挥斧直须轻放手,却愁食实凤凰惊。

呈王明复陈季张

倦客西来厌马鞍,为予休辔小长安。
陈遵投辖①情何厚,王粲登楼②兴未阑。
雪压群山晴后白,月临千里夜深寒。
少留待我同归去,洛下林中斫钓竿。

① 陈遵投辖:指主人殷勤留客。见《汉书·游侠传》之陈遵传。② 王粲登楼:王粲作《登楼赋》有"虽信美而非吾土兮,曾何足以少留"句。

陈季张有蜀芙蓉,长饮客至,开辄剪去,作诗戏之

剪花莫学韩中令,投辖惟闻陈孟公①。
客兴不孤春竹叶,年华全属拒霜丛。
玄子蹙迫②三秋尽,青女摧残一夜空。
着意留连好风景,非君谁作主人翁。

① 陈孟公:化用陈遵投辖的典故。② 蹙(cù)迫:困窘,窘迫。

再赠陈季张拒霜花二首

鼓盆庄叟①赋情浓,天遣霜华慰此公。
想见尚能迷蝶梦②,移栽闻说自蚕丛。
酒倾玉盏垂莲尽,鲙簇③金盘下箸空。
秉烛栏边连夜饮,全藤折与卖花翁。

① 鼓盆庄叟:语出《庄子·至乐》,庄子的妻子去世了,庄子反而拍着盆唱歌。其实这里饱含了庄子对妻子的真情。② 迷蝶梦:借用庄子梦蝶的典故。③ 鲙簇:泛指鱼、肉类食物。

倒着接䍦①吾素风,当时酩酊似山公②。
且看小槛新花蕊,休泥他家晚菊丛。
雇笑千金延客醉,解酲③五斗为君空。
欢娱尽属少年事,白发欺人作老翁。

① 接䍦(lí):古代的一种头巾。② 山公:即山涛,西晋名士,"竹林七贤"之一,嗜好饮酒。③ 解酲(chéng):即醒酒。

送杜子卿归西淮

雪意涔涔①满面风,杜郎马上若征鸿。
樽前谈笑我方惜,天外淮山谁与同。
行望村帘沽白蚁②,醉吟诗句入丹枫。
一时真赏无人共,尚忆江南把钓翁。

① 涔(cén)涔:形容雪花不停落下。② 沽白蚁:指买酒。

雪中连日行役戏书同僚

简书催出似驱鸡①,闻道饥寒满屋啼。
炙背宵眠榾柮②火,嚼冰晨饭萨波齑。
风如利剑穿狐腋,雪似流沙饮马啼。
官小责轻聊自慰,犹胜擐甲③去征西。

① 驱鸡:喻指做官,此处双关。② 榾柮(gǔ duò):即木柴块,树根疙瘩,用来烧火。③ 擐(huàn)甲:穿上甲胄。

呈李卿

歌舞如云四散飞,东园篮舆醉归时〔一〕。
细看春色低红烛,仰折花枝坠接䍦。
仙李回风转长袖,野桃侵雨浸燕脂。

夜长昼短知行乐,不负君家乐府诗。
〔一〕舆:去声。

六月闵雨①

汤帝咨嗟惩六事②,汉庭灾异劾三公。
圣朝罪己恩宽大,时雨愆期③早蕴隆④。
东海得无冤死妇,南阳疑有卧云龙。
传闻已减太官膳,肉食诸君合奏功。
○熙宁七年,北京作。

① 闵雨:古代君王施恩泽于民。② "汤帝"句:指商朝开国君主成汤于商初天下大旱,曾祷于桑林,以六事自责。③ 愆(qiān)期:指错过下雨的时期。④ 蕴隆:暑气郁结而炽盛、炎热。

既作闵雨诗,是夕遂澍雨①,夜中喜不能寐,起作喜雨诗

南风吹雨下田塍②,田父伸眉愿力耕。
荞麦③明年应解好,帘栊今夜不胜清。
直须洗尽焦枯意,不厌屡闻飘洒声。
黄卷④腐儒何所用,惟将歌咏报升平。

① 澍(shù)雨:即下雨。② 田塍(chéng):即田埂。③ 荞

（móu）麦：泛指麦类作物。④ 黄卷腐儒：作者愧称自己只会读书。黄卷，古时为防书蠹，多用黄蘗染纸，因纸色黄，故称之。

予既不得叶，遂过洛滨，醉游累日

瘿民见我亦悠悠，瘿木累累满道周。
飞舄已随王令化①，真龙宁为叶公留②。
未能洗耳箕山③去，且复吹笙洛浦④游。
舍故趋新归有分，令人何处欲藏舟。

①"飞舄"句：飞舄，即飞鞋。指东汉人王乔化鞋随飞鸟入朝的典故。② 叶公留：指叶公好龙的典故。③ 洗耳箕山：指许由因尧让天下于他，隐遁箕山，尧又征召，耻听，洗耳颍水滨。见《史记·伯夷列传》。④ 吹笙洛浦：指王子乔好吹笙，游伊、洛间。见刘向《列仙传·王子乔》。

曹村道中

嘶马萧萧苍草黄，金天云物弄微凉。
瓜田余蔓有荒陇，梨子压枝铺短墙〔一〕。
明月风烟如梦寐，平生亲旧隔湖湘。
行行秋兴已孤绝，不忍更临山夕阳。
○元丰二年，北京作。　　〔一〕"苍"字、"有"字疑误。

秋怀二首

秋阴细细压茅堂，吟虫啾啾昨夜凉。
雨开芭蕉新间旧，风撼筼筜①宫应商。
砧声已急不可缓，檐景②既短难为长。
狐裘断缝弃墙角，岂念晏岁③多繁霜。
○熙宁八年，北京作。

① 筼筜（yún dāng）：指生长在水边的大竹子。② 檐景：指阳光洒在屋檐上的落影，表示已经黄昏天将暮。③ 晏岁：岁晚，到年底。

茅堂索索秋风发，行绕空庭紫苔滑。
蛙号池上晚来雨，鹊转南枝夜深月。
翻手覆手不可期，一死一生交道绝。
湖水无端浸白云①，故人书断孤鸿没。

① 浸白云：指天上白云的景色倒映在水中。

次韵伯氏寄赠盖郎中喜学老杜诗

老杜文章擅一家，国风纯正不欹斜。
帝阍①悠邈开关键，虎穴深沉样爪牙。
千古是非存史笔，百年忠义寄江花。
潜知有意升堂室，独抱遗编校舛差②。
○元丰二年，北京作。

① 帝阍（hūn）：泛指宫门。② 舛（chuǎn）差：差错，错误。

盖郎中惠诗有二强攻一老，不战而胜之嘲，次韵解之

诗翁琢句玉无瑕①，淡墨稀行秋雁斜。
读罢清风生麈尾，吟余新月度檐牙。
自知拙学无师匠②，要且强〔一〕言遮眼花。
笔力有余先示怯，真成勾践胜夫差③。

〔一〕强：一作狂。

①"诗翁"句：指诗人推敲诗句的一字一词。② 师匠：可以为人学习和榜样的宗师。③ 勾践胜夫差：借吴越相争的典故指代写诗斗胜。

雨晴过石塘留宿赠大中供奉

长虹垂地若篆字，晴岫①插天如画屏。
耕夫荷锄解袯襫②，渔父晒网投笭箵③。
子期闻笛正怀旧，车胤当窗④方聚萤。
独卧萧斋⑤已无月，夜深犹听读书声。

① 晴岫（xiù）：晴日下高耸的山峰。② 袯襫（bó shì）：蓑衣。③ 笭箵（líng xǐng）：指放置在水下引诱鱼儿的竹笼陷阱。④ 车

胤当窗：东晋时车胤，从小聪颖好学，因家境贫寒，常无油点灯，就在夏夜捕捉萤火虫用以照明读书。⑤萧斋：书斋。

次韵奉和仲谟夜话唐史

贞观规模诚远大，开元宗社半存亡。
才闻冠盖游西蜀，又见干戈暗洛阳。
哲妇①乘时倾嫡后，大阍②当国定储皇③。
伤心不忍前朝事，愿作元龟献未央。

① 哲妇：指多有谋略的妇人。这里指武则天用计除掉唐高宗的王皇后，成功上位。② 大阍：古代守城门的官员。这里应该指守宫门之人，即宦官。③ 定储皇：指唐朝中后期的宦官专政，甚至能废立皇太子。

答龙门潘秀才见寄

男儿四十未全老，便入林泉真自豪。
明月清风非俗物，轻裘肥马谢儿曹。
山中是处有黄菊，洛下谁家无白醪①。
想得秋来常日醉，伊川清浅石楼高。
○熙宁四年，叶县作。

① 白醪（láo）：糯米甜酒。

寄张仲谋次韵

风力萧萧吹短衣,茅檐霜日淡晖晖。
天寒塞北雁行落,岁晚大梁书信稀。
湖稻初春云子白,家鸡正有藁头肥。
割鲜炊黍庶前约,公事可来君不违。

客自潭府来,称明因寺僧作静照堂,求予作

客从潭府渡河梁,藉甚①传夸静照堂。
正苦穷年对尘土,坐令合眼梦湖湘。
市门晓日鱼虾白②,邻舍秋风橘柚黄。
去马来舟争岁月,老僧元不下胡床。

① 藉甚:形容盛大。② 鱼虾白:指到秋天时鱼虾都已经长得肥美。

饮韩三家醉后始知夜雨

醉卧人家久未曾,偶然樽俎②对青灯。
兵厨②欲罄浮蛆瓮③,馈妇初供醒酒冰〔一〕。
只见眼前人似月,岂知帘外雨如绳④。
浮云不负青春色,未觉新诗减杜陵。

〔一〕原注云:予尝醉后字水晶鲙为醒酒冰,酒徒以为知言。

①樽俎：樽用来盛酒，俎用来盛肉。后泛指宴席。②兵厨：典出《三国志·魏书·阮籍传》。三国魏阮籍听说步兵校尉的厨房贮存美酒数百斛，营人善酿，就请求担任步兵校尉。后世代称储存好酒的地方。③浮蛆瓮：即酒坛。④雨如绳：形容大雨下得猛烈。

张仲谋许送河鲤未至，戏督以诗

浮蛆琰琰①动春醅，张仲临津许鲙材②。
盐豉③欲催蓴菜④熟，霜鳞⑤未贯柳条来。
日晴鱼网应曾晒，风软河冰必暂开。
莫误小窗占食指，仍须持取报章回。

①琰（yǎn）琰：形容酒面泛光荡漾。②鲙材：指新鲜的鱼食。③盐豉：即豆豉，用黄豆煮熟霉制而成，用来给食物调味。④蓴（pò）菜：一种草本食物。⑤霜鳞：代指鱼。

和答张仲谋泛舟之诗

云容天影水中摇，分坐船舷似小桥。
联句敏于山吐月，举觞疾甚海吞潮。
兴来活脔牛心熟，醉罢红炉鸭脚焦。
公子翩翩得真意，马蹄尘里有嘉招①。

①嘉招：邀请的美称。

食瓜有感

暑轩无物洗烦蒸,百果凡材得我憎。
藓井①筼笼②浸苍玉,金盘碧箸荐寒冰〔一〕。
田中谁问不纳履③,坐上适来何处蝇。
此理一杯分付与,我思明哲在东陵④。

〔一〕食瓜者,先以井水浸之,或以竹笼置井中。苍玉,喻瓜之皮。寒冰,喻瓜之瓤也。

① 藓井:长满青苔的水井。② 筼笼:竹笼一类的盛器,将东西放入其中浸在水里。③ 不纳履:不穿鞋,即在瓜田不弯腰穿鞋,比喻不惹嫌疑。④ 东陵:指东陵瓜的典故。

道中寄公寿

坡陀①羸马暮云昏,苦忆兔园②高帝孙。
子舍芝兰皆可佩,后房桃李总能言。
鞦韂门巷火新改,桑柘田园春向分。
病酒相如③在行役,梁王谁与共清樽。

① 坡陀:指高低起伏的山坡。② 兔园:指西汉梁孝王的园囿。梁孝王是汉文帝之子,汉高祖刘邦之孙。③ 病酒相如:唐李白作《自汉阳病酒归,寄王明府》有"圣主还听子虚赋,相如却与论文章"句。此处黄庭坚以汉司马相如自喻。

去贤斋

争名朝市鱼千里,观道诗书豹一斑①。
末俗风波尤浩渺,古人廉陛②要跻攀③。
螳螂怒臂当车辙④,鹦鹉能言⑤着锁关。
顾我安知贤者事,松风永日下帘间。
○熙宁四年,叶县作。

① 豹一斑:化用成语"窥豹一斑"。这里反其意用之,指能窥探书中知识。② 廉陛:指台阶,比喻向上的凭借或途径。③ 跻攀:即攀登。④ 当车辙:即典故"螳臂当车",指做力量做不到的事情,必然失败。⑤ 鹦鹉能言:语出《淮南子·说山》,比喻谨防走漏消息。

粹老家隔帘听琵琶

马卿①劝客且无喧,请以侍儿临酒樽。
妆罢黄昏帘隔面,曲终清夜月当轩。
弦弦不乱拨来往,字字如闻人语言。
千古胡沙埋妙手,岂如桃李在中园。
○元丰二年,北京作。

① 马卿:指西汉的司马相如。

道中寄景珍兼简庾元镇[一]

传语濠州贤刺史,隔年诗债几时还。
因循樽俎疏相见,弃掷光阴只等闲。
心在青云故人处,身行红雨乱花间。
遥知别后多狂醉,恼杀江南庾子山。
〔一〕熙宁五年,北京作。

次韵景珍酴醾

莫惜金钱买玉英①,担头春老过清明。
天香国艳不着意,诗社酒徒空得名。
及此一时须痛饮,已拚三日作狂酲②。
濠州园里都开尽,肠断萧萧雨打声。

① 玉英:指美酒。② 狂酲:大醉。

呈马粹老范德孺

颍上相逢杏始青,尔来瓜垄有新耕。
四时为岁已中半,万物得秋将老成。
日永清风摇麈尾,夜阑飞雹落棋枰①。
两厅未觉过从数,政以疏顽②累友生。
〇元丰二年,北京作。

① 棋枰：即棋盘。② 疏顽：懒散顽钝。

雨过至城西苏家

飘然一雨洒青春，九陌净无车马尘。
渐散紫烟笼帝阙，稍回晴日丽天津①。
花飞衣袖红香湿，柳拂鞍鞯②绿色匀。
管领风光唯痛饮，都城谁是得闲人。
○元祐元年，秘书省作。

① 天津：原来指银河。这里指代京城里的河流。② 鞍鞯（ān jiān）：鞍，马背上的坐垫。鞯，鞍下的垫褥。二者皆为骑马时放在马背上的坐具。

谢仲谋示新诗

赠我新诗许指瑕①，令人失喜更惊嗟。
清于夷则②初秋律，美似芙蓉八月花。
采菲直须论下体，炼金犹欲去寒沙。
唐朝韩老③夸张籍，定有云孙作世家。

① 指瑕：指出诗歌中的毛病和错误。② 夷则：十二律之一，古代乐律名。③ 韩老：指韩愈。

红蕉洞独宿

南床高卧读逍遥,真感生来不易销。
枕落梦魂飞蛱蝶,灯残风雨送芭蕉。
永怀玉树埋尘土,何异蒙鸠挂苇苕。
衣笐①妆台蛛结网,可怜无以永今朝。
〇熙宁三年,叶县作。

① 衣笐(hàng):用竹子制作而成的衣架。

春雪呈仲谋

暮雪霏霏若散盐①,须知千陇麦纤纤。
梦阑半枕听飘瓦,睡起高堂看入帘。
剩与月明分夜砌,即成春溜②滴晴檐。
万金一醉张公子,莫道街头酒价添。

① 若散盐:化用《世说新语·言语》"撒盐空中差可拟"的典故。② 春溜:指春水。

和答刘太博携家游庐山见寄

缓辔松阴不起尘,岚光经雨一番新。
遥知数夜寻山宿,便是全家避世人。

落日已迷烟际路,飞花还报洞中春。
可怜不更寻源入,若见刘郎想问秦。
○元丰三年,赴太和道中作。

次韵伯氏戏赠韩正翁菊花开,时家有美酒

鬓发斑然潘骑省①,腰围瘦尽沈东阳②。
茶瓯屡煮龙山白,酒碗希逢若下黄。
乌角巾边簪钿朵③,红银杯面冻糖霜。
会须着意怜时物,看取年华不久芳。

① 潘骑省:指西晋文学家潘岳。② 沈东阳:指南朝梁文学家沈约。③ 钿朵:金银贝玉等做成的花朵状饰物。

答李康文

才甫经年断来往,逢君车马慰秋思。
幽兰被径闻风早,薄雾乘空见月迟。
每接雍容端自喜,交无早晚在相知。
深惭借问谈经地,敢屈康成①入绛帷②。

① 康成:指汉代大经学家郑玄,康成乃他的字。② 绛帷:指讲席,用马融施绛帐授业之典。

送彭南阳

南阳令尹振华镳①,三月春风困柳条。
携手河梁愁欲别,离魂芳草不胜招。
壶觞调笑平民讼,宾客风流醉舞腰。
若见贤如武侯者,为言来仕圣明朝。

① 华镳(biāo):指精美的马勒。

送邓慎思归长沙

邓侯过我解新靯,潦倒犹能似旧时。
西邑初除折腰①尉,南陔常咏采兰诗。
姓名已入飞龙榜②,书信新传喜鹊知。
何日家庭供一笑,绿衣便是老莱衣。

① 折腰尉:指品阶低下的小官。折腰,指屈身侍奉。② 飞龙榜:指科举中第。

景珍太傅见示旧倡和蒲萄诗,因而次韵

映日圆光万颗余,如观宝藏隔虾须①。
夜愁风起飘星去,晓喜天晴缀露珠。
宫女拣枝模锦绣,论〔一〕师持昧比醍醐。

欲收百斛供春酿,放出声名压酪奴②。

〔一〕论:一作包。

① 虾须:指帘子。② 酪奴:茶的别称。

喜念四念八至京〔一〕

朔雪萧萧映薄帏,梦回空觉泪痕稀。
惊闻庭树鸟乌乐,知我江湖鸿雁归。
拂榻喜开姜季被,上堂先着老莱衣。
酒樽烟火长相近,酬劝从今更不迟。

〔一〕元丰八年,都下改官时作。念四,即阿熊。念八,讳仲堪,字觉民,公从弟。

和吕秘丞

北海尊①中忘日月,南山雾②里晦文章。
清朝不上九卿列,白发归来三径荒③。
车辙马蹄疏市井,花光竹影照门墙。
人间荣辱无来路,万顷风烟一草堂。
○元丰二年,北京作。

① 北海尊:典出《后汉书·孔融列传》。后世形容主人好客。
② 南山雾:借用"南山豹"的典故。这里形容富有文采。③ 三径

荒：化用"陶潜三径"的典故，形容因出外做官导致田园荒芜。

次韵子高即事

诗礼不忘他日问，文章未觉古人疏。
青云自致屠龙学①，白首同归种树书②。
绿叶青阴啼鸟下，游丝飞絮落花余。
无因常得杯中物，愿作鸱夷③载属车。

① 屠龙学：即屠龙技，语出《庄子·列御寇》，指高超的技艺、学问或虽然高超而无实用价值的技艺。这里指为了参加科举考试而读书。② 种树书：指有关农桑之学。③ 鸱夷：指盛酒器。

次韵寄蓝六在广陵

圣学①相期沧海头，当时各倚富春秋。
班扬②文字初无意，滕薛功名③自不优。
焦尾朱弦非众听，南山白石使人愁。
传声为向扬州问，相忆犹能把酒不？
○崇宁二年，自鄂赴宜州作。

① 圣学：指孔子之学。② 班扬：汉代班固和扬雄的并称。③ 滕薛功名：指春秋时滕侯与薛侯争夺席位。

再和寄蓝六

南极一星淮上老,承家①令子气横秋。
万端只要称心耳,五鼎②何如委吏优。
海燕催归人作社,江花欲动雨含愁。
追思二十年前会,棠棣飘零叹鄂不?

① 承家:继承家业。② 五鼎:古代行祭礼时,大夫用五个鼎,分别盛羊、豕、肤(切肉)、鱼、腊五种供品。

戏书效乐天

造物生成嵇叔①懒,好人容纵接舆狂②。
鸟飞鱼泳随高下,蚁集蜂衙听典常。
母惜此儿长道路,兄嗟予弟困冰霜。
酒壶自是华胥国,一醉从他四大忙。
〇叶县作。

① 嵇叔:指西晋文学家嵇康。② 接舆狂:即《论语·微子》记载的楚国隐士,后指代隐士或狂者。

讲武台南有感〔一〕

明月犹在搭衣竿,晓蹋台南路屈盘。
骡子①雨中先马去,村童烟外倚墙看。

鸦啼宰木②秋风急,鹭立渔船野水干。

花似去年堪折赠,插花人去泪阑干。

〔一〕北京作,有感者哀逝也。　　○按此诗亦载东坡集,小异。

① 驺子:掌管车马的仆役。② 宰木:指坟墓上的树木。

孙不愚索饮,九日酒已尽,戏答一篇

满眼黄花慰索贫①,可怜风物逐时新。

范舟②出后尘生釜,郭泰③归来雨垫巾。

偶有清樽供寿母,遂无余沥④及他人。

年丰酒价应须贱,为子明年作好春。

① 索贫:即贫困。② 范舟:指范蠡扁舟归隐江湖。③ 郭泰:太原郡介休县(今山西介休)人,东汉名士,与许劭并称"许郭",被誉为"介休三贤"之一。④ 余沥:剩酒。

辱粹道兄弟寄书久不作,报以长句谢不敏

病癖①无堪吾懒书,交亲②情分岂能疏。

深惭烟际两鸿雁③,遗我罾中双鲤鱼④。

故国青山长极眼,今年白发不胜梳。

几时得计休官去,笋叶裹茶同趁虚。

①病癖：指耽于癖好。②交亲：指亲戚朋友。③两鸿雁：比喻兄弟。④鲤鱼：指代书信。

秋思

椎牛①作社酒新篘②，扶老将儿嬉陇头。
木落人家见鸡犬，晓寒溪口在汀洲。
无功可佩水苍玉，卒岁空思狐白裘。
身到楚伧非屈宋，顾惭疏懒作悲秋。

①椎牛：宰牛。②篘（chōu）：一种竹制的滤酒的器具。

希仲招饮李都尉北园

晓踏骅骝①傍古墙，北园同系紫游缰②。
主人情厚杯无算，别馆春深日正长。
杨柳阴斜移坐晚，酴醾花暗染衣香。
夜深恐触金吾禁③，走马天街趁夕阳。
○元丰二年，北京作。

①骅骝（huá liú）：周穆王的八骏之一，后泛指骏马。②游缰：指马缰绳。③金吾禁：指古代戒备禁卫的官差。

赠谢敞王博谕

高哉孔孟如秋月,万古清光仰照临。
千里特来求骥马,两生于此敌南金。
文章最忌随人后,道德无多只本心。
废轸断弦尘漠漠,起予惆怅伯牙琴。
○北京作。

和答郭监簿咏雪

细学梅花落晚风,忽翻柳絮[①]下春空。
家贫无酒愿邻富,官冷有田知岁丰。
夜听枕边飘屋瓦,梦成江上打船篷。
觉来幽鸟语声乐,疑在白鸥寒苇中。
○北京作。

[①] 柳絮:引用《世说新语·言语》"未若柳絮因风起"的典故,将雪花比作柳絮。

题司门李文园亭

白氏草堂元自葺[①],陶公三径[②]不教荒。
青蕉雨后开书卷,黄菊霜前碎鹄裳[③]。
落日看山凭曲槛,清风谈道据胡床。

此来遂得归休意，却莫翻然起相汤。

① 葺：翻修，修葺。② 陶公三径：语出陶渊明"三径就荒，松菊犹存，归去来兮"的之句，形容隐居者的家园。③ 鹄裳：指男女穿着的下衣。

南屏山

襞积①蓝光刻削成，主人题作正南屏。
身更万事已头白，相经百年终眼青②。
烟雨数峰当隐几③，林塘一带是中庭。
红尘车马无因到，石壁松门本不扃。
○治平三年丙午，二十三岁。

① 襞积：重叠，堆积。② 眼青：即青眼，谓以正眼相看表示重视。③ 隐几：即几案。

七台峰

欲雕佳句累层峦，深愧挥斤斫鼻端①。
作者七人俱老大，昂藏②却立古衣冠。
千年避世朝市改，万籁入松溪涧寒。
我有号钟锁蛛网，何时对汝发清弹。
○ 三四句，以七人比山之七峰。

① 斫鼻端：引用运斤成风的典故。这里形容七台峰山势鬼斧神工。② 昂藏：形容外表雄伟、气度不凡。

叠屏岩

篁竹参天无人行，来游者多蹊自成。
石屏重叠翡翠玉，莲荡宛转芙蓉城。
世缘遮尽不到眼，幽事相引颇关情。
一炉沉水坐终日，唤梦鹁鸪相应鸣。

灵寿台

藤树谁知先后生，万年相倚共枯荣。
层台定自有天地，鼻祖已来传父兄。
虎豹文章藏雾雨，龙蛇头角听雷声。
何时暂取苍烟策，献与本朝优老成〔一〕。

〔一〕苍烟策，谓竹之根节可作杖者。优老成，用孔光灵寿杖事。

仙桥洞

横阁晴虹渡石溪，几年钥锁镇瑶扉。
洞中日月真长久，世上功名果是非。

叱石原知牧羊在①，烂柯应有看棋归②。
若逢白鹤来华表，识取当年丁令威。

① 牧羊在：借用黄大仙"叱石成羊"的典故，牧羊童黄初平（黄大仙）入金华山修成神仙，能叱白石化成群羊。② 看棋归：化用"观棋烂柯"典故。晋时有一位叫王质的人，入山砍柴时看到一童一叟在溪边大石上正在下围棋，驻足观看。结束后发现斧柄（柯）已经腐朽了，回到家里才得知世间已经过去几百年。

灵椿台

固蒂深根且一丘，少时常恐斧斤求。
何人比拟明堂柱，几岁经营江汉洲。
终以不才名四海，果然无祸阅千秋。
空山万籁月明底，安得闲眠石枕头。

云溪石

造物成形妙画工，地形咫尺远连空。
蛟鼍出没三万顷，云雨纵横十二峰。
清坐使人无俗气，闲来当暑起清风。
诸山落木萧萧夜，醉梦江湖一叶中。

群玉峰

洞天名籍知第几,洞口诸峰苍翠堆。
雕虎①啸风斤斧去,飞廉②吹雨晓烟回。
日晴圭角升虹气,月冷明珠割蚌胎。
种玉田中饱春笋,仙人忆得早归来。

① 雕虎:即虎。② 飞廉:上古传说的风神。

夜观蜀志

盖世英雄不自知,暮年初志各参差。
南阳陇底卧龙日,北固樽前失箸时。
霸主三分割天下,宗臣十倍胜曹丕①。
寒炉夜发尘书读,似覆输筹一局棋。

① 胜曹丕:刘备白帝城托孤时,曾对诸葛亮说"君才十倍曹丕"。

行役县西喜雨寄任公渐大夫

行役劳劳望县斋,心如枯井喜尘埃。
青灯帘外萧萧雨,破梦山根殷殷雷。
新麦欲连天际好,浓云犹傍日边来。

田歌已有丰年意,令尹眉头想豁开。
○叶县作。

戏题水牯菴

水牯①从来犯稼苗,着绳只要鼻穿牢。
行须万里无寸草,卧对十方同一槽。
租税及时王事②了,云山横笛月轮高。
华亭浪说吹毛剑③,不见全牛可下刀。
○太和作。

① 水牯(gǔ):指公水牛。② 王事:指朝廷的赋税。③ 吹毛剑:形容锋利的宝剑。

癸亥立春日,煮茗于石屯寺,见庚戌中盛二十舅中叔为县时题名,叹此寺不日而成,哀县学①弊而不能复

中叔风流映江左,当年桃李②自光辉。
看成佛屋上云雨,不忍学官荒蕨薇。
人物深藏青白眼,官联曾近赭黄衣〔一〕③。
蛛丝柱后惠文④暗,憔悴今乘别驾归。
○太和作。　〔一〕第五句原注云:中叔胸中人物了了,而未尝危言剧论。

① 县学：旧时供生员读书的学校，当童试录取后便准入县学读书，以备参加高一级之考试。② 桃李：指代县学里的生员。③ 赭黄衣：即赭黄袍，指代天子。这里指官联是由皇帝赐予的。④ 惠文：指惠文冠。

次韵答任仲微

伯氏文章足起家，雁行唯我乏芳华①。
不堪黄绶腰铜印，只合清江把钓车。
缩项②鱼肥炊稻饭，扶头③酒熟卧芦花。
吴儿何敢当伦比，或有离骚似景差④。

① 乏芳华：作者自贬文采最差。② 缩项：形容恐惧。③ 扶头：扶着头，形容醉态。④ 景差：战国时楚辞的著名作家，与屈原、宋玉并称。

何主簿萧斋郎赠诗思家，戏和答之

善吟闺怨断人肠，二妙风流不可当。
傅粉未归啼玉箸①，吹笙无伴涩银簧。
睡添乡梦客床冷，瘦尽腰围衣带长。
天性少情诗亦少，羡他萧史与何郎。

① 玉箸（zhù）：指代眼泪。

南安试院无酒饮，周道辅自赣上携一榼①，时时对酌，惟恐尽。试毕，仆夫言尚有余樽。木芙蓉盛开，戏呈道辅

闻说君家好弟兄，穷乡相见眼俱青②。
偶同一饭论三益，颇为诸生醉六经。
山邑已催乘传马，晓窗犹共读书萤。
霜花留得红妆面，酌尽斋中竹叶瓶。

① 榼（kē）：古代盛酒的器具。② 眼俱青：青眼。指相互欣赏。

赠清隐持正禅师

清隐开山有胜缘，南山松竹上参天。
擘开华岳三峰手，参得浮山九带禅。
水鸟风林成佛事，粥鱼①斋鼓②到江船。
异时③折脚④铛安稳，更种平湖十顷莲。
〇叶县作。

① 粥鱼：即木鱼，把木头做成鱼形，其中凿空，扣之作声，悬于廊下。寺庙里在粥饭或集聚僧众时使用。② 斋鼓：指云鼓，是僧人吃饭前敲击的鼓。③ 异时：从前。④ 折脚：太学考试接连失败两次。

奉答固道

平生湖海鱼竿手,强学来操制锦刀。
末俗相看终眼白,古人不见想山高。
未乘春水归行李,倘得闲官去坐曹①。
自是无能欲乐尔,烦君错为叹贤劳②。
○元丰六年癸亥,太和作。　○以下缃香堂本《别集》。

① 坐曹:官吏在衙门里办公。② 贤劳:指劳苦、辛劳。

奉答圣思讲论语长句

簿领文书千笔秃,公庭嚣讼①百虫鸣。
时从退食须臾顷,喜听邻家讽诵声。
观海诸君知浩渺,学山他日看崇成。
暮堂吏退张灯火,抱取鲁论②来讲评。
○元丰六年癸亥,太和作。

① 嚣讼:指聚颂,形容众说纷纭、没有定论。② 鲁论:代指《论语》。《鲁论语》是汉代《论语》传本之一,相传鲁国旧地流传,是今本《论语》的来源之一。

次韵清虚同访李园〔一〕

年来高兴满蓴丝①,寒薄春风骀荡②时。
稍见胭脂开杏萼,已闻香雪烂梅枝。

老逢乐事心犹壮,病得新诗和更迟。
何日联镳③向金谷,拟追仙翼到瑶池。
〔一〕清虚,谓王定国。元丰乙丑作。

① 蓴(chún)丝:一种草本植物,花穗和嫩芽可以食用。② 骀(dài)荡:形容使人舒畅。③ 联镳(biāo):即联鞭,并骑而行。

次韵清虚

地远城东得得来,正如湖畔昔衔杯。
眼中故旧青常在,鬓上光阴绿不回。
归去汴桥三鼓①月,相思梁苑②一枝梅。
我闲时欲从君醉,为备芳醪更满罍③。

① 三鼓:古代用打更鼓来报夜间时刻,三鼓表示三更。② 梁苑:指代汴梁城。③ 满罍(léi):装满酒器。罍,古代一种盛酒的容器。

次韵清虚喜子瞻得常州

喜得侵淫动搢绅①,俞音②下报谪仙人③。
惊回汝水间关梦,乞与江天自在春。
罨画④初游冰欲泮,浣花何处月还新。
凉州不是人间曲,仵见君王按玉宸⑤。

①搢绅：指代身有官职或做过官的人。②俞音：指皇帝表示允可的诏令。③谪仙人：指代苏轼。④罨（yǎn）画：指色彩明丽的绘画。⑤玉宸：指皇宫。

次韵公秉子由十六夜忆清虚

九陌①无尘夜际天，两都风物各依然。
车驰马逐灯方闹，地静人闲月自妍。
佛馆醉谈怀旧岁，齐宫诗思锁今年。
但闻公子微行②去，门外骅骝立绣韂③。
○元丰乙丑作。

①九陌：指京城里的大道和繁华区。②微行：悄无声息地离去。③绣韂：马鞍下华美的垫子。

和王明之雪

金母紫皇开寿域①，炼成天地一炉沙。
千花乱发春无耐，万井交光月未斜。
贫巷有人衣不纩②，北窗惊我眼飞花。
歌楼处处催沽酒，谁念寒生泣白华③。

①寿域：指人人得享天年的天平盛世。②纩：丝绵。这里形容人穿不上御寒的衣服。③白华：代指雪花。

与黔倅张茂宗

静居门巷似乌衣,文采风流众所归。
别乘来同二千石①,化民曾寄十三徽②。
寒香亭下方遗爱,吏隐堂中已息机③。
暂与计司参妙画,百城官吏借光辉。

①二千石:指代高官。②十三徽:指代琴。③息机:息灭机心,消除争名夺利的心机。

史天休中散挽词

光禄①九男公独秀,赋名几与景仁②班③。
淹留州县看恬默④,出入风波笑险艰。
遗爱蜀中三郡有,退身林下十年闲。
山川英气消磨尽,昨日华堂作土山。

①光禄:官职名。掌管皇室祭品、膳食及招待酒宴等。②景仁:即北宋文学家范镇。③班:齐名。④恬默:恬淡沉静。

宋夫人挽词

往岁涂宫暗碧纱,倾城出祖①路人嗟。
松楠峰下迁华寝,雪月光中咽晓笳。

有子今为二千石,同州才数两三家。
儿孙满地廞衣举②,不见归时桃李华。
○崇宁癸未作。

① 出祖:出丧时为人践行送别。② 廞(xīn)衣举:形容大丧时,子孙都穿着孝衣列入其中。

四月末天气陡然如秋,遂御夹衣,游北沙亭观江涨

沙岸人家报急流,船官解缆正夷犹①。
震雷将雨度绝壑,远水粘天吞钓舟。
甚欲去挥曲羽箑②,可堪更着紫茸裘。
平生得意无人会,浩荡春锄且自由。
○熙宁元年,叶县作。

① 夷犹:形容犹豫不决。② 羽箑(shà):羽毛扇子。